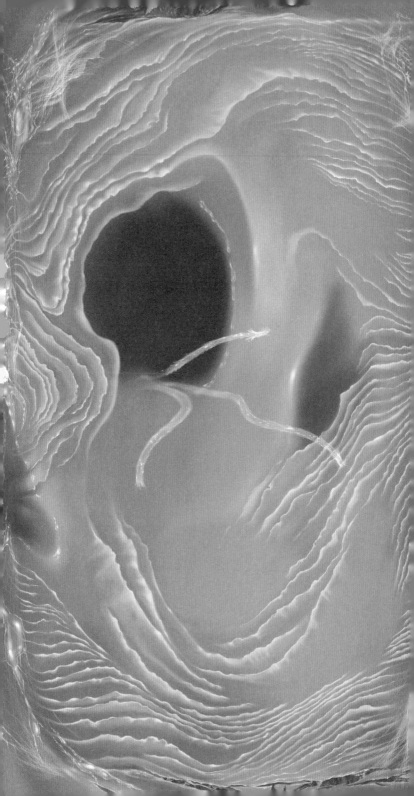

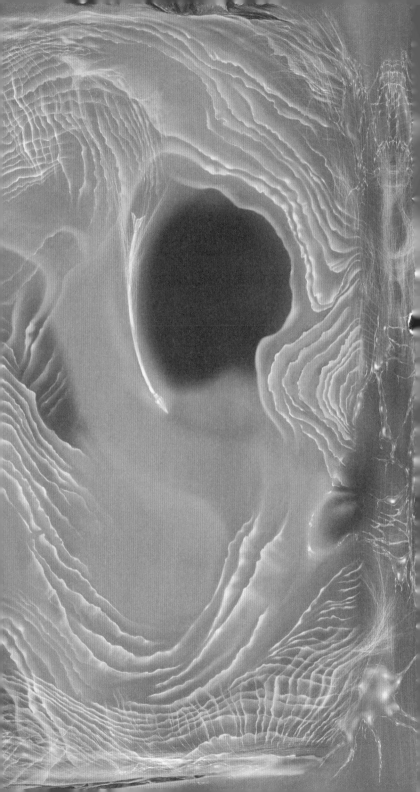

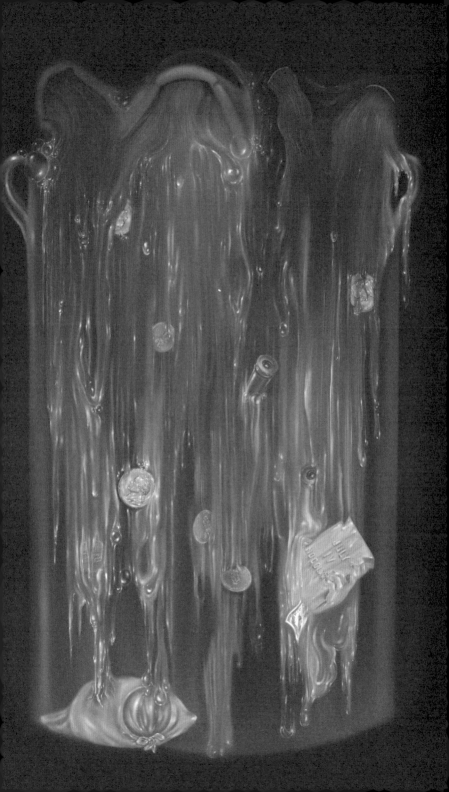

서평가의 독서법

서평가의 독서법

: 분열과 고립의 시대의 책읽기

미치코 가쿠타니 지음 | 김영선 옮김

2023년 3월 13일 초판 1쇄 발행

펴낸이 한철희 | 펴낸곳 돌베개 | 등록 1979년 8월 25일 제406-2003-000018호
주소 (10881) 경기도 파주시 회동길 77-20 (문발동)
전화 (031) 955-5020 | 팩스 (031) 955-5050
홈페이지 www.dolbegae.co.kr | 전자우편 book@dolbegae.co.kr
블로그 blog.naver.com/imdol79 | 페이스북 /dolbegae | 트위터 @Dolbegae79

편집 김혜영
표지디자인 김민해 | 본문디자인 김민해·이연경
마케팅 심찬식·고운성·김영수·한광재 | 제작·관리 윤국중·이수민·한누리
인쇄·제본 영신사

ISBN 979-11-92836-00-3 (03800)

책값은 뒤표지에 있습니다.

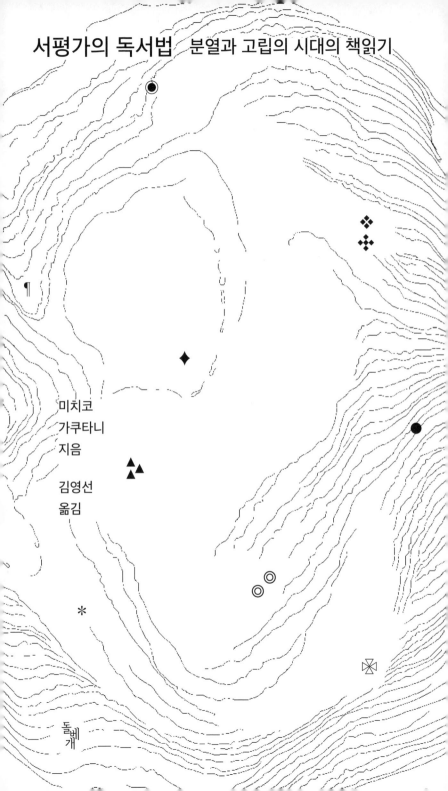

서평가의 독서법 분열과 고립의 시대의 책읽기

미치코
가쿠타니
지음

김영선
옮김

돌베
개

세상 모든 곳의 독자와 작가를 위하여

차례

일러두기

1. 이 책은 미치코 가쿠타니(Michiko Kakutani)의 *Ex Libris: 100+ Books to Read and Reread*(2020)를 완역한 것이다.

2. 외국 인명, 지명, 작품명 및 독음은 외래어 표기법을 따르되 관용적인 표기를 따른 경우도 있다.

3. 국내에 소개된 작품은 번역된 제목을 따랐고, 소개되지 않은 작품은 우리말로 옮기고 원서명을 병기했다.

4. 책 제목은 겹낫표(『 』)로, 시, 논문명 등은 낫표(「 」)로, 신문과 잡지 등의 매체명은 겹격쇠(《 》)로, 영화명, 미술작품명, 텔레비전 프로그램명, 곡명 등은 홀격쇠(〈 〉)로 묶었다.

5. 각 글의 제목은 편집자가 넣은 것이다.

풀리처상을 받은 극작가 오거스트 윌슨은 한 연설에서 회상했다. 어릴 적 자신은 가족 중에서 집에 있는 책을 모두 읽고 싶어한 유일한 사람이었으며, 도서대출증은 나달나달해지고 집에 반납 기한을 넘긴 책을 갖고 있었다고. 윌슨은 열다섯 살에 고등학교를 중퇴했으나 매일 학교에 있어야 할 시간을 피츠버그의 카네기 도서관에서 역사, 전기, 시, 인류학을 읽으며 보냈다. 결국 카네기 도서관은 윌슨에게 명예 고등학교 졸업장을 주었다. 그곳에서 발견한 책들이 "내가 들어가서 떠난 적이 없는 세계를 열어주"고 자신을 "작가가 될 수 있다"는 자각으로 이끌어 큰 변화를 일으켰다고 윌슨은 말했다.

올리버 색스 박사는 어린 시절 자신이 진짜로 교육받은 곳은 런던 윌즈던의 지역 공공도서관이라 여겼고, 레이 브래드버리도 똑같이 본인은 "전적으로 도서관에서 교육받았다"고 말했다. 유명한 독학자인 에이브러햄 링컨과 프레더릭 더글러스의 경우에는, 자라면서 읽은 책이 이들의 영원한 이상과 포부를 형성했으며 언어와 논쟁이라는 도구를 제공해 이들이 자국의 역사를 만들어나가는 데 도움을 주었다.

버지니아 울프는 이렇게 썼다. "책읽기의 즐거움이 너무 커서 그게 없었다면 세상이 지금과는 많이 다르고 지금보다 많이 못했으리라는 점은 의심할 여지가 없다. 책읽기는 세상을 변화시켰고 계속해서 변화시키고 있다." 울프는 실제로 이렇게 주장했다. "우리가 유인원에서 인간으로 성장하고 동굴을 떠나 활과 화살을 내려놓고서 불 주위에 둘러앉아 이야기하며 가난한 사람들에게 베풀고 병든 사람들을 도운 이유는, 다시 말해 황폐한 사막과 혼란한 정글에서 벗어나 집을 짓고 사회를 만든 이유는, 책읽기를 사랑했기 때문이다."

알베르토 망겔은 1996년 출간한 『독서의 역사』(국내 번역판은 2020년에 출간되었다. _옮긴이)에서 10세기 페르시아의 한 통치자에 대해 이야기한다. 이 통치자는 "알파벳순으로 걷도록 훈련시킨 4백 마리 낙타들"의 등에 11만 7천 권의 책을 싣고 여행했다고 전해진다. 망겔은 19세기 쿠바의 담배공장에 고용되어 노동자들에게 큰 소리로 책을 읽어주던 낭독자에 대해서도 썼다. 어린 시절 망겔을 가르쳤던 한 교사의 아버지로, 많은 고전을 암기하고 있었던 학자에 대한 이야기도 있다. 이

학자는 나치의 작센하우젠 강제수용소에서 동료 수용자들을 위한 도서관 역할을 자원했다. 그는 책 전체를 큰 소리로 암송할 수 있었다. 책을 암기해 지식의 명맥을 이어가는 『화씨 451』의 애서가들과 아주 비슷하게 말이다.

우리는 왜 이렇게 책을 사랑할까?

종이, 잉크, 접착제, 실, 판지, 천, 또는 가죽으로 만들어진, 벽돌 크기의 이 마술 같은 물건은 실로 작은 타임머신이다. 책은 우리를 과거로 데려가 역사의 교훈을 배우게 할 수 있으며 이상적이거나 반이상적인 미래로 데려갈 수도 있다. 지구상의 먼 곳, 그리고 그보다 훨씬 더 먼 다른 행성과 우주로 데려갈 수도 있다. 우리가 직접 만날 일이 없을 남자와 여자의 인생 이야기를 들려주고, 위대한 인물들이 이룬 발견을 조명하며, 이전 세대의 지혜에 접근할 수 있게 해준다. 천문학, 물리학, 식물학, 화학을 가르쳐주고, 우주 비행의 역학과 기후변화를 설명해주며, 우리 것과 다른 신념, 사상, 문학을 소개해줄 수 있다. 또 오즈, 중간계, 나니아, 원더랜드 같은 허구의 세계, 그리고 맥스가 괴물들의 왕이 되는 곳으로 우리를 데려갈 수 있다.

*

내가 어렸을 때, 책은 도피이자 안식이었다. 나는 많은 시간을 혼자 보내는 데 익숙한 외동아이였다. 아버지가 옆면에

문과 창을 내 장난감 집으로 변신시킨, 판지로 된 냉장고 상자 안에서 책을 읽었다. 밤에 담요 밑에서 손전등을 켜고 책을 읽었다. 운동장에서 괴롭히는 아이들을 피하고 싶은 마음에 쉬는 시간 동안 학교 도서관에서 책을 읽었다. 차멀미를 하면서도 자동차 뒷좌석에 앉아 책을 읽었다. 게다가 식탁에서도 읽었다. 어머니가 식사를 하는 동안 책읽기를 금지했기 때문에, 식탁에 앉아 가까이에 있는 무엇이든 닥치는 대로 읽곤 했다. 시리얼 상자, 전자제품 설명서, 슈퍼마켓 광고전단, 새러리 피칸 커피 케이크나 엔텐먼 크럼 케이크의 성분을 읽어댔다. 리츠 크래커 상자 뒷면에 있는 가짜 사과 파이 조리법은 하도 여러 번 읽어서 거의 암송할 수 있을 지경이었다. 나는 늘 읽을거리가 고팠다.

어릴 적, 어떤 소설에 나오는 인물들은 정말로 실재하는 것 같아서 책표지를 펼쳐두면 밤에 페이지에서 튀어나올까 봐 걱정스러웠다. L. 프랭크 봄의『오즈의 마법사』에 나오는 날개 달린 원숭이나 사악한 놈 왕이나 위험한 생명의 가루를 가진 마녀 몸비 같은 무서운 인물들이 책에서 빠져나와 내 방을 포털로 이용해 현실세계를 아수라장으로 만들고 파괴할지도 모른다고 상상했다.

〈왕좌의 게임〉, 〈브레이킹 배드〉, 〈소프라노스〉를 몰아서 보기 수십 년 전, 나는 낸시 드루의 미스터리 소설, 소설『검은 종마』시리즈, 랜드마크 위인전(중요한 인물과 사건에 대한 이야기를 담은 랜덤하우스 출판사의 어린이 도서 시리즈. _옮긴이), 심지어 아버지가 일본에서 미국으로 처음 이민 와 영어를 익히려 보던 『월드북 백과사전』까지 몰아서 읽었다.

고등학교와 대학교를 다니면서는 카뮈의 『이방인』, 사르트르의 『출구는 없다』, 도스토예프스키의 『지하생활자의 수기』, 윌리엄 배럿의 『비이성적 인간』, 키르케고르의 『이것이나 저것이냐』, 니체의 『비극의 탄생』 같은 실존주의에 관한 책, 『맬컴 엑스 자서전』, 제임스 볼드윈의 『단지 흑인이라서, 다른 이유는 없다』, 클로드 브라운의 『약속의 땅의 사내아이』, 존 하워드 그리핀의 『블랙 라이크 미』, 프란츠 파농의 『검은 피부, 하얀 가면』 같은 흑인의 역사에 관한 책, 오웰의 『1984』와 『동물농장』, 프랭크 허버트의 『듄』, 레이 브래드버리의 『일러스트레이티드 맨』과 『화씨 451』, 아서 클라크의 『유년기의 끝』, 앤서니 버지스의 『시계태엽 오렌지』, 커트 보니것의 『고양이 요람』 같은 SF소설과 디스토피아 소설을 몰아 읽었다. 내 독서는 체계가 없었다. 당시에는 내가 왜 이런 책에 끌리는지 깨닫지도 못했다. 하지만 돌이켜보면 학교에서 몇 안 되는 백인이 아닌 아이들 가운데 하나로서, 자신이 누구인지, 어디에 속하는지 알고 싶어하는 국외자에 관한 책에 끌렸음에 틀림없다. 오즈의 도로시, 원더랜드의 앨리스, 나디아의 루시도 낯선 땅의 국외자로서 일반 규칙이 적용되지 않는 세계에서 길 찾는 법을 익히려 애쓰고 있었음을 나중에야 깨달았다.

인터넷이 생겨나기 전에는 새로운 책이나 저자에 관한 이야기를 어떻게 들었는지 또는 다음에 읽을 책을 어떻게 정했는지 정확히 기억나지 않는다. 어릴 적에는 《라이프》나 《룩》 같은 잡지에 실린 어니스트 헤밍웨이, 로버트 펜 워런, 제임스 볼드윈, 필립 로스가 쓴 기사 또는 이 작가들에 대한 기사를 통해 이들을 처음 알게 됐던 것 같다. 레이철 카슨의 『침묵의 봄』을 읽은 건 어머니가 이 책을 읽고 있었기 때문이다. 또 T. S 엘리엇의 시를 읽은 건 내가 고등학교 때 매우 좋아하던 애디놀피 선생님이 「J. 앨프리드 프루프록의 연가」를 암기하게 했기 때문이다. 많은 걸 책을 통해 처음 경험하는 사람들이 있는데, 내가 그런 사람 가운데 하나였다. 현실 경험은 나중 일이었으며, 그 반대가 아니었다.

"우리는 우리한테만 일어났다고 생각한 일을 책에서 읽고서 그 일이 100년 전 도스토예프스키한테도 일어났음을 알게 된다." 제임스 볼드윈은 언젠가 이렇게 말했다. "이는 언제나 자기 혼자라 생각하고 괴로워하며 고군분투하는 사람에게 매우 큰 해방이다. 이것이 예술이 중요한 이유이다."

여기에 실은 책에는 매들렌 렝글의 『시간의 주름』, 허먼 멜빌의 『모비딕』, 월리스 스티븐스의 『마음 끝의 종려나무』같이 사람들이 오랫동안 애독해온 책, 리처드 호프스태터의 『미국 정치의 편집성 스타일』, 한나 아렌트의 『전체주의의 기원』, 알렉산더 해밀턴 등의 『연방주의론』같이 문제가 많은 오늘날 정치에 빛을 밝혀주는 좀 더 오래된 책, 셔우드 앤더슨의『와인즈버그, 오하이오』, 윌리엄 포크너의『내가 죽어 누워 있을 때』, 호메로스의『오디세이아』처럼 세대를 이어 작가들에게 중요한 영향을 미치고 있는 잘 알려진 문학작품, 덱스터 필킨스의『영원한 전쟁』, 엘리자베스 콜버트의『여섯 번째 멸종』, 재런 러니어의『가상현실의 탄생』등 우리 시대에 가장 긴급한 문제를 다루는 저널리즘 및 학술 관련 책, 배리 로페즈의『북극을 꿈꾸다』, 호프 자런의『랩 걸』, 올리버 색스의『아내를 모자로 착각한 남자』같이 우리 세계 또는 인간 정신의 숨은 구석을 조명하는 책, 그리고 내가 친구들에게 자주 선물하고 권하는 책들이 포함되어 있다.

내가 좋아하는 고전이 일부 포함되어 있지만, 우리가 고등학교와 대학교 수업시간에 배운 건 말할 것도 없고 이 외에도 꼭 읽어야 할 고전은 많다. 동시대 작가가 쓴 소설, 이야기, 회고록, 그리고 기술과 정치 및 문화의 대변동이 우리 세계에 어떤 구조 변화를 가져올지에 관한 논픽션 등 최근에 나온 책도 많이 포함시키려 했다.

모든 도서목록 또는 선집과 마찬가지로, 나의 선택은 주관적이고 분명 자의적이다. 책 100권을 골라내기란 쉽지 않은 일이었다. 몇몇 항목에 실제로는 여러 권의 책이 포함되어 있는 건 이런 이유에서이다. 똑같이 영향력 있거나 가슴 뭉클하게 하거나 시의적절한 책을 100권 더 추가하는 일은 어렵지

세월이 흐르면서, 나는 운 좋게도
책에 대한 이해와 안목을 높이도록
영감을 준 선생님들을 만났다.

않다.

　세월이 흐르면서, 나는 운 좋게도 책에 대한 이해와 안목을 높이도록 영감을 준 선생님들을 만났다. 게다가 많은 사람들의 멘토이자 문화계는 물론 뉴스 속보가 전하는 세계에도 정통한 기자로《뉴욕타임스》전 편집장인 아서 겔브 같은 훌륭한 편집자들 덕분에 오랜 세월 동안 책읽기로 생계를 꾸릴 수 있었다.

　여기서 나는 비평가보다는 책을 좋아하는 사람으로서 책을 소개하려 한다. 숨겨진 의미를 설명하거나 전체 문학 속에 위치 지으려 하지는 않으련다. 독자들이 이 책들을 읽거나 다시 읽도록 권유하려 한다. 이 책들은 가능한 한 폭넓은 독자들이 읽을 만하기 때문이다. 이 책들은 감동을 주거나 시의적절하거나 아름답게 쓰였기 때문이다. 세계나 다른 사람들에 대해, 또는 우리의 감정생활에 대해 무언가를 가르쳐주기 때문이다. 또는 이 책들은 그야말로 애당초 우리가 왜 책읽기에 빠져들었는지 그 이유를 상기시켜주기 때문이다.

*

서로 분열되어 팽팽히 맞서는 오늘날 세계에서 책읽기는 그 어느 때보다도 중요하다. 우선 책은 주의력 결핍증을 보이는 이 산만한 시대에 점점 보기 힘든 깊이 있는 경험을 제공한다. 흥미진진한 소설이 제공하는 마법과도 같은 몰입감 또는 분별 있거나 도발적인 논픽션 작품이 촉발하는 깊은 사색의 경험 말이다.

책은 역사를 보는 아주 놀라운 창을 열어줄 수 있다. 오랜 지식과 새로운 지식에 전면 접근할 수 있는 통행증을 제공해줄 수 있다. 전 미국 국방장관 제임스 매티스는 7천 권의 장서를 모았는데 자신의 군 시절에 대해 이렇게 말했다. "책을 읽은 덕분에 어떤 상황에서도 무방비 상태에 놓인 적이 없었다. 어떤 문제를 예전에 어떻게 다뤘는지 몰라 갈팡질팡한 적이 없었다. 책이 모든 답을 주진 않지만 종종 우리 앞에 놓인 어두운 길을 밝혀준다."

무엇보다 책은 점점 부족화·양극화되는 세계에서 더욱 소중해지는 공감을 촉진할 수 있다. 영국 소설가 진 리스는 이렇게 썼다. "책읽기는 우리 모두를 이민자로 만든다. 우리를 고향으로부터 멀리 데려간다. 하지만 더욱 중요하게, 어디서든 우리의 고향을 찾게 해준다."

최고의 문학은 우리를 놀라게 하고 감동시키며, 확실성에 이의를 제기하고, 우리의 기본 설정값을 재검토하도록 자극할 수 있다. 책은 우리를 오랜 사고방식으로부터 흔들어 깨워, 우리 대 그들이라는 반사적인 생각을 미묘한 차이와 맥락에 대한 인식으로 바꿔놓을 수 있다. 문학은 정치 신념, 종교 교리, 관습에 따른 사고에 이의를 제기한다. 권위주의 정권이 책을 금지하고 불태우는 건 물론 이런 이유에서다. 교육과 여행도 문학과 같은 일을 한다. 즉, 우리를 다양한 관점과 목소리에 노출시킨다.

데이비드 포스터 월리스가 지적한 대로, 문학은 "자기 두개 골 속에 고립된" 독자가 상상으로 "다른 자아에 접근"하게 해 준다.

또는 전 미국 대통령 버락 오바마가 백악관에서 마지막 주를 보내며 말한 대로, 책은 역사에 대한 균형 잡힌 시각, 다른 사람들과의 연대감, 그리고 "다른 사람의 입장이 돼보는 능력"을 제공해줄 수 있다. "우리가 매일 다투는 것의 표면 아래에 있는 진실"과 "분열이 아닌 통합, 주변화보다는 포용에 대해 이야기"하는 능력을 일깨울 수 있다.

정치와 사회의 분열로 쪼개진 세계에서, 문학은 시간과 장소를 가로질러, 문화와 종교 그리고 국경과 역사 시대를 가로질러 사람들을 연결할 수 있다. 우리의 것과 아주 다른 삶에 대한 이해, 그리고 인간 경험이 주는 기쁨과 상실감을 함께 나눠 갖는 느낌을 가져다줄 수 있다.

001

장소는 우리를 어떻게 형성하는가

치마만다 응고지 아디치에
Chimamanda Ngozi Adichie

✳

『아메리카나』(2013)
Americanah

치마만다 응고지 아디치에의 『아메리카나』는 큰 감동을 주면서도 신랄하며 대단히 재미있는 성장담이다. 구식의 사랑 이야기이면서, 급속히 변화하는 세계화된 세상의 인종, 계급, 이민, 정체성 문제를 날카로운 시선으로 사색한다.

아디치에의 씩씩하고 솔직한 여주인공 이페멜루는 나이지리아의 라고스에서 성장한다. 고등학생인 이페멜루는 문학 교수의 아들로 진지하고 차분한 매력이 있는 오빈제와 사랑에 빠진다. 둘은 순식간에 서로에게 이끌린다. "이페멜루는 문득 오빈제와 같은 공기를 호흡하고 싶다는 생각이 들었다." 그래서 오빈제가 숭배하는 나라인 미국에서 함께할 미래를 상상한다.

교원 파업으로 대학 생활이 중단되고 이페멜루가 미국 대학에 진학할 수 있는 장학금을 받게 되자, 오빈제는 미국으로 가라고, 그러면 본인도 학사학위를 받자마자 비자를 받아 미국으로 뒤따라가겠노라고 이페멜루에게 말한다. 하지만 9·11 테러 이후 이민 정책이 강경해지는 바람에, 그럴 수 없게 된다. 오빈제는 몇 년 동안 런던에서 불법 체류하며 허드렛일밖에 구할 수 없어 고달픈 생활을 한다. 그러다 결국에는 라고스로 돌아가 부동산 개발업자로 성공해서 결혼을 하고 아이도 낳는다.

한편 이페멜루는 미국 생활에 적응하느라 고군분투한다. 자신이 직접 목격하는 것과 어릴 적 〈코스비 가족 만세〉에서 보고 기억하는 것을 견준다. 그리고 "미국의 모든 것을 이해하"기를 갈망한다. 슈퍼볼에서 한 팀을 응원하고, 트윙키(노란색의 단맛이 많이 나는 작은 케이크로 가운데에 크림이 들어 있다. _옮긴이)가 뭔지 스포츠의 '직장 폐쇄'가 뭘 뜻하는지 알고, "이게 실은 케이크라는 생각을 하지 않으면서 '머핀'"을 주문하고 싶어한다. 이페멜루는 고향에서는 자신이 '흑인'이라 생각한 적이 없었는데, 미국에서는 인종 논란이 아주 흔한 것을 보고 깜짝 놀란다. 연애부터 우정과 직장의 역학관계까지 인종 논란이 스며들지 않은 곳이 없다. 이페멜루는 '비미국인 흑인 동료'를 대상으로 한 블로그 게시글에서 이렇게 쓴다. "언쟁은 그만해. 나는 자메이카인이라거나 가나인이라거나 하는 소리는 그만두라고. 미국은 그런 구분에 아무 관심 없어. 자기 나

♠

아디치에는 사회와 감정의 세부를
낱낱이 들여다보는 열 추적 장치와도 같은 눈을
갖고 있다. 이런 재능으로 이페멜루의 경험을
놀랍도록 직접성 있게 전한다.

라에서 '흑인'이 아니었다고 한들 무슨 상관일까? 우린 지금 미국에 있는데."

아디치에는 사회와 감정의 세부를 낱낱이 들여다보는 열 추적 장치와도 같은 눈을 갖고 있다. 이런 재능으로 이페멜루의 경험을 놀랍도록 직접성 있게 전하는 한편, 일부 미국인들의 무신경한 인종주의와, 자유주의 정치를 휘장처럼 두르고 싶어하는 저 진보주의자들의 위선을 풍자한다.

외국인인 이페멜루는 짓궂은 유머로 미국 문화가 가진 수많은 이상한 점을 지적한다. 미국인들은 파티에서 춤을 추는 대신 우두커니 서서 술을 마시는 경향이 있으며, 많은 사람들이 "학교에 잠옷을, 쇼핑몰에 속옷을 입"고 가는데 이는 본인이 너무 "우월해서/바빠서/멋져서/격식을 차리는 사람이 아니어서" 멋지게 보이려 신경 쓰지 않는다는 메시지를 보내기 위해서라고 말한다. 미국인들은 수학을 'maths'가 아니라 'math'라 하고(오랫동안 영국의 식민지였던 나이지리아는 현재 영어를 공식 언어로 사용하고 있는데 수학을 뜻하는 'mathematics'를 영국

식 영어에서는 'maths'로, 미국식 영어에서는 'math'로 줄여 사용한다. _
옮긴이), 학계에 있는 부류들은 '트럭에서 숙성시킨 수입 채소'
같은 문제에 이상하리만치 격분할 수 있다고 지적한다.

세월이 흐르면서, 이페멜루는 "레이스틴스(Raceteenth) 또는
미국에서 흑인-되기라는 주제에 관한 비미국인 흑인의 호기
심 많은 관찰"이라는 블로그로 성공을 거둔다. 이페멜루는 이
제 예전과 달리 자신감이 넘치며, 부유한 백인 사업가와 결별
한 후 예일 대학교에서 학생들을 가르치는 흑인 교수와 서류
를 완벽히 갖춘 관계에 정착한다.

하지만 이페멜루는 오빈제를 잊을 수가 없다. 오빈제는 '첫
사랑', 첫 연인, 자신을 설명할 필요를 느끼지 않은 유일한 사
람이었다. 이페멜루는 종종 느끼는 "자기 영혼 속 납덩이"가
라고스와 가족에 대한 향수병임을 깨닫는다. 그래서 고향을
떠난 지 13년 만에 돌아가기로 결심하는데, 이 여정은 과거의
미국행만큼이나 삐걱거린다. 아디치에가 매우 효과적으로 들
려주는 이페멜루의 경험은 정체성이 더욱 유동성과 규정성을
갖는 세계에서의 소속됨과 소속되지 않음에 대한 이야기, 우
리가 성장한 곳과 살아가는 곳이 어떻게 우리를 형성하는지
에 대한 이야기이다.

002

나는 기억하고 싶어요

엘리자베스 앨릭잰더
Elizabeth Alexander

✳

『세상의 빛: 회고록』(2015)
The Light of the World: A Memoir

엘리자베스 앨릭잰더는 이 잊을 수 없는 회고록에서 사랑과 상실과 슬픔을 이야기한다. 사랑하는 남편 피크레 거브러여수스(에리트레아계 미국인 화가. _옮긴이)가 죽은 후 송두리째 뒤흔들린 감정의 여파를 그리면서 두 아들 솔로몬, 사이먼과 함께 어떻게 서로 위로하고 이끌어가며 슬픔의 어두운 통로를 지나 빛 속으로 빠져나왔는지 이야기한다.

어느 날 밤, 열세 살 난 사이먼이 잠자리에 들어 자기와 함께 천국에 있는 아빠를 만나러 가고 싶으냐고 물은 일을 앨릭잰더는 회상한다.

"응." 나는 이렇게 말하고 아이의 침대에 나란히 눕는다.

"먼저 눈을 감으세요." 아이가 말한다. "그리고 투명 유리

엘리베이터를 타세요. 자, 올라가요."

"뭐가 보이니?"

"신이 문 앞에 앉아 있네요."

"신이 어떻게 생겼는데?"

"신처럼요. 이제 우린 아빠가 있는 곳으로 가는 거예요."

"아빠 방은 두 개예요." 아이가 말한다. "한 방에는 일인용 침대와 책들이 있고, 아빠는 다른 방에서 그림을 그리고 있어요. 그림을 그리는 방은 아주 넓어요. 아빠는 원하는 창문을 내다보며 그림을 그릴 수 있어요."

떠날 시간이 되자, 두 사람은 다시 엘리베이터를 타고 내려온다. "엄마는 언제든 나하고 같이 거기에 갈 수 있어요." 사이먼이 엄마에게 말한다.

수상 경력이 있는 시인이자 전직 예일 대학교 교수이면서 현재는 앤드루 멜런 재단의 이사장인 앨릭잰더는 남편을 잃고 15년 동안 겪은 날것의 슬픔을 전한다. 이 책은 사실상 남편에게 보내는 연서로서, 남편이자 아버지이자 예술가인 거브러여수스의 잊을 수 없는 초상을 우리에게 남겨준다. 앨릭잰더는 거브러여수스의 훌륭한 채색화들을 페이지에 생생히 담아내면서 남편과의 만남에 대해 이야기한다. 두 사람이 어떻게 사랑에 빠져, 함께 요리하고, 공유하는 노트에 하이쿠를 쓰면서, "둘 다 찬사를 보내던 천재 아프리카 디아스포라"인 아마드 저말, 베티 카터, 애비 링컨, 랜디 웨스턴, 돈 풀런의 음악을 들었는지 떠올린다.

앨릭잰더의 시집 『미국의 숭고함』(*American Sublime*), 『호텐토트족 비너스』(*The Venus Hottentot*), 『전쟁 전의 해몽서』(*Antebellum Dream Book*)가 현재와 과거의 연관성 그리고 정체성의 복잡성을 탐구하듯, 이 회고록은 두 사람을 한데 묶는 이상하게 뒤얽힌 운명을 기념한다. 알고 보니, 앨릭잰더와 거브러여수스는 서로 두 달 간격으로 지구 반대편에서 태어났다. 앨릭잰더는 뉴욕 맨해튼의 할렘에서, 거브러여수스는 전쟁으로 폐허가 된 에리트레아에서. 거브러여수스는 열여섯 살때 그 나라에서 도망쳐 나와 수단, 이탈리아, 독일을 거쳐 미국에 도착했다.

앨릭잰더는 남편이 죽은 이후 집 안이 온통 슬픔으로 가득차 있다고 느낀다. "남편이 돌아오길 영원히 기다릴 수 있다"고 생각한다. "거실의 불을, 거리에 면해 있는 불을 계속 켜두"려 한다. 남편이 희한하게도 스케이트보드를 타고 돌아오는 꿈을 꾼다. "나는 나이가 들어가고 있지만 남편은 그렇지가 않다"고 생각한다.

앨릭잰더는 자신이 디지털 영상 장치 작동법을 모른다는 사실을 깨닫는다. 남편이나 자신이나 그 작동법을 배운다는 건 말도 안 되는 일이었기 때문이다. 또 남편의 문자메시지를 잃고 싶지 않아 남편이 죽은 후 1년 반이 지나도록 계속 휴대전화 요금을 낸다. 역사나 미술이나 원예 분야에서 남편을 보는 상상을 하게 되는 까닭에 서점을 피한다.

두 사람은 뉴헤이븐에서 만나 이곳과 인근의 햄든에서 두 아들을 키웠다. 앨릭잰더는 시인이자 이 지역의 오랜 주민으로서 뉴잉글랜드의 숲과 산업폐기물이 뒤섞여 어떤 은유처럼 읽히는 뉴헤이븐의 풍경뿐 아니라 이곳의 뜻밖에 훌륭한 음식 그리고 대학 생활과 도시 생활이 섞여 만들어내는 리듬을 완벽하게 담아낸다.

이 책은 앨릭잰더가 두 아들을 데리고 뉴헤이븐을 떠나 뉴욕으로 가면서 끝난다. 그로브 가에 있는 공동묘지에 들러 남편과 아빠에게 작별 인사를 하려 했으나, 의사와의 약속 때문에 시간이 늦어 공동묘지 문이 닫히기 전에 도착하지 못한다. 하지만 괜찮다. 아들 사이먼이 이렇게 말한다. "무덤을 보면 아빠의 죽음이 떠오르지만, 난 아빠의 삶을 기억하고 싶어요."

*

앨릭잰더의 시집이 현재와 과거의 연관성 그리고 정체성의 복잡성을 탐구하듯, 이 회고록은 두 사람을 한데 묶을 수 있는 이상하게 뒤얽힌 운명을 기념한다.

003

무하마드 알리를 생각하다

무하마드 알리·리처드 더럼, 『역대 최고: 나의 이야기』(1975)
Muhammad Ali (with Richard Durham), *The Greatest: My Own Story*

제럴드 얼리(편집), 『무하마드 알리 선집』(1998)
Edited by Gerald Early, *The Muhammad Ali Reader*

데이비드 렘닉, 『세상의 왕: 무하마드 알리와 미국 영웅의 등장』(1998)
David Remnick,, *King Of The World and the Rise
of an American Hero: Muhammad Ali*

《스포츠 일러스트레이티드》, 『무하마드 알리 1942-2016: 헌사』(2016)
Sports Illustrated, Muhammad Ali, 1942–2016: The Ttibute

물론 가장 좋아하는 건 이런 말이라고 그는 말했다. "번개에 수갑을 채우고" "천둥을 감옥에 던져넣은" "권투계의 우주 비행사", "쇠주먹과 아름다운 황갈색 피부를 가진" 눈부신 전사, "허리케인을 뚫고 달리"면서도 비에 젖지 않을 수 있는 "역대 최고의 파이터."

무하마드 알리는 링 위에서 전율을 일으키는 속도와 힘으로 세계를 뒤흔들었을 뿐 아니라 신념의 힘으로도 세상을 뒤흔들었다. 남부의 인종차별법인 짐 크로 법에 과감히 맞서고 스스로 자신을 만들어나갈 자유를 주장하기로 결심했다. "내가 당신들이 원하는 대로 될 필요는 없다. 나는 내가 원하는 대로 될 자유가 있다."

"나는 미국이다." '흑인의 목숨도 소중하다'(Black Lives

Matter) 운동이 일어나기 수십 년 전 알리는 당당히 선언했다. "나는 당신들이 인정하지 않을 (미국의) 일부이다. 하지만 내게 익숙해져라. 나는 흑인이고, 자신감이 넘치며, 건방지다. 나의 이름은 당신들의 것이 아니고 나의 종교는 당신들의 것이 아니다. 나의 목표는 나 자신의 것이다. 내게 익숙해져라." 알리는 자유와 사회 정의를 위해 마틴 루서 킹 주니어와 함께했다. 또 베트남 전쟁에 반대하며 1967년 양심적 병역 거부자로서 종교상 이유로 징집을 거부했다. 이 결정으로 알리는 권투 선수권, 역량이 절정에 이른 시기 3년 반 동안의 경력, 수천만 달러의 상금과 후원, 그리고 수년 동안의 인기를 잃었다.

알리는 전설 같은 인물이었다. 조명 아래 눈부시게 빛을 발하며 춤추듯 움직이는 운동선수일뿐더러 권력에 진실을 말하는 양심의 소유자이자 마음을 사로잡는 흥행사, 시인, 철학자, 행위예술가, 정치가, 힙합의 선구자로서 휘트먼, 로브슨, 맬컴 엑스, 엘링턴, 채플린에 비교되었다. 작가들은 알리의 모순에 매혹되었다. 이 고트(GOAT, 'Greatest of All Time'의 줄임말로 특히 스포츠 분야의 역대 최고 선수를 가리키는 말로 쓰이는데 무하마드 알리가 기자회견 등에서 자신을 이렇게 칭한 데서 유래했다고 한다. _옮긴이)는 지구상 최고 악당들을 격파했으나 세계에서 가장 존경받는 인도주의자의 한 사람이 되었고, 짓궂은 장난을 좋아하고 실제로 상대를 기죽이려 모욕하는 말을 지어내면서도 신앙심이 깊었으며, 오바마 대통령의 말대로 "급진적인 시대에도 급진적인 인물"이지만 정치적 입장과 상관없이 모든 미국인들로부터 사랑을 받아 디시코믹스의 만화책에 등장해 슈퍼맨과 한 팀을 이뤄 세상을 구했다.

세월이 흐르면서, 알리는 유난히 많은 흥미로운 책들에 영감을 주었다. 1974년 현재 콩고민주공화국으로 이름이 바뀐 자이르에서 조지 포먼(엄청난 신체 능력을 가진 헤비급 미국 권투선수. 프로 선수로서 통산 76승 5패 68 KO의 기록을 세웠으며 WBC, WBA, IBF 통합 세계 챔피언을 두 번이나 차지했다. _옮긴이)을 상대로 일리가 거둔 놀라운 승리를 훌륭히게 그린 노먼 메일러의 책부터, 알리가 미국 정치와 문화에 변화를 불러일으키는 인물로 등장했음을 설득력 있게 이야기한 데이비드 램닉의 『세상의 왕』에 이르기까지 다양하다. 조이스 캐럴 오츠, 조지 플림턴, 톰 울프, 헌터 S. 톰슨, 로저 칸 같은 재능 있는 작가들이 쓴 기억할 만한 글도 많은데, 이는 훌륭한 선집인 『무하마드 알리 선집』에서 찾아볼 수 있다.

알리의 아이콘이라 할 만한 사진들은 《스포츠 일러스트레이티드》가 출간한 『무하마드 알리 1942~2016』에 많이 실려 있다. 이 사진들은 프로 권투선수인 호세 토레스가 말한 "알리의 엄청난 마력"을 포착하고 있다. 유명한 사진으로는 알리가 승리를 거둔 후 쓰러진 소니 리스턴을 옆에서 지켜보는 사진, '정글의 난투극'에서 격렬한 동작으로 조지 포먼에게 오른주먹을 날려 강타하는 사진, '마닐라의 스릴러'에서 기진맥진한 조 프레이저와 암울한 대결을 벌이며 헤어나지 못하는 모습의 사진이 있다('정글의 난투극'은 권투 역사상 최고의 경기로 일컬어지는 알리 대 포먼의 대결을, '마닐라의 스릴러'는 알리와 프레이저가 앞서 각각 한 번씩 판정승을 거둔 상태에서 세 번째로 필리핀 마닐라에서 벌인 경기를 이른다. _옮긴이). 열두 살의 깡마른 캐시어스 클레이가 권투를 배우는 모습, 진지한 표정의 알리가 취재진에 둘러싸여 베트남 전쟁에 반대하는 입장을 설명하는 모습을 담은 사진도 있다(알리의 본명은 클레이로, 맬컴 엑스의 영향을 받아 이슬람교로 개종하고 백인 주인의 성을 딴 이름도 '알라의 사랑을 받는 자'를 뜻하는 무하마드 알리로 바꾸었다. _옮긴이).

이 책들은 불굴의 의지가 알리의 삶에 일관되는 한 가지 주제임을 상기시킨다. 정부의 강요로 링에서 쫓겨난 후 복귀해 1974년 자이르에서 조지 포먼을 상대로 끝까지 버텨 세계 선수권을 되찾았고, 프레이저와의 몹시 힘든 첫 번째 시합에서 패한 이후 그를 두 번 때려눕혔으며, 1978년 리언 스핑크스와 다시 맞붙어 세계 헤비급 선수권을 세 번째로 차지했다(1978년 2월 알리는 무난히 이길 것으로 예상되었던 스핑크스에게 져 세계 헤비급 선수권을 잃었으나 같은 해 9월 다시 싸워 이겨서 되찾아왔다. _옮긴이). 알리는 언젠가 이렇게 말했다. "챔피언은 체육관에서 만들어지지 않는다. 욕망, 꿈, 비전과 같이 마음 깊숙이 간직한 것으로부터 만들어진다. (…) 의지가 기량보다 강해야 한다."

캐시어스 클레이가 켄터키 주 루이빌에서 자랄 때 이 도시에는 인종차별이 있었는데, 1960년 올림픽에서 금메달을 따 목에 걸고 고향에 돌아왔을 때도 한 간이식당에서 쫓겨났다. 알리는 35년 후인 1996년 성화 봉송 최종 주자로서 애틀랜타 올림픽에 다시 참여했다. 그때쯤 알리는 지구상에서 가장 존경받는 한 사람이 되어 있었다.

알리는 2016년 6월 3일 사망했다. 장례차 행렬이 시내를 지날 때 조문객들이 꽃과 장미 꽃잎을 차에 뿌렸다. 사람들은 장례차 행렬이 지나가는 길목의 모든 잔디밭을 깎고 진입로를 새로 쓸어 마지막 길을 가는 이 역대 최고의 인물에게 경의를 표했다고 루이빌의 《쿠리어 저널》은 전했다.

004

아버지와 아들

마틴 에이미스

Martin Amis

✳

『경험: 회고록』(2000)

Experience: A Memoir

유명한 소설가인 아버지 밑에서 자라며 소설가가 되길 열망하는 건 어떤 느낌일까? 마틴 에이미스가 2000년 출간한 회고록인『경험』은 비상한 유머와 애정으로 이 문제를 다루면서 아버지와 아들의 관계를 가슴 뭉클하게 그린다. 문학에 대한 명석한 통찰, 변함없는 사랑, 그리고 감정을 놀랍도록 세세히 그려 과거를 되살리는 소설가의 능력이 여기에 생기를 불어넣는다.

아들 마틴 에이미스와 아버지 킹슬리 에이미스의 문학이 갖는 혈연관계는 두 작가의 작품을 좋아하는 이들에게 오래전부터 분명했다. 두 사람은 모두 풍자와 신랄한 유머로 사람들을 불편하게 하는 재능을 가진 성난 젊은이들(1950년대에 기성 사회의 질서와 제도, 기계 문명의 비정성, 문화 풍토의 보수성을 날카롭게 비판한 영국의 젊은 작가들을 이르는 말로 존 오즈번의 1956년 희곡 『성난 얼굴로 돌아보라』에서 유래했다. _옮긴이)로 시작했다. 둘 다 무기력하면서 자기기만에 빠진 주인공이 등장하는 빼어난 소설을 썼는데, 아버지 에이미스의 『럭키 짐』에 나오는 짐 딕슨, 아들 에이미스의 『돈 혹은 한 남자의 자살 노트』에 나오는 존 셀프와 『정보』(The Information)에 나오는 리처드 툴 같은 주인공이 그렇다. 게다가 둘 다 "제대로 된 작가라면 부활절의 설교부터 양의 피부에 들러붙은 기생충을 없애는 약물의 광고 전단까지 뭐든 쓸 수 있어야 한다"는 아버지 에이미스의 신조를 능숙히 따랐다.

세월이 흐르면서, 마틴 에이미스의 책들은 새로움과 패기면에서 아버지의 책을 뛰어넘었다. 『런던 필즈』가 종말이 닥친 듯 타락한 세상을 배경으로 한 어두운 풍자라면, 강렬한 『만남의 집』(House of Meetings)은 옛 소련의 강제노동수용소라는 만만찮은 주제를 다룬다. 이들 소설이 역사라는 큰 주제를 다루고 목소리와 장르와 기교를 실험하려는 의지를 보여준다면, 『경험』에는 새로운 온기와 감정의 깊이가 드러난다.

킹슬리 에이미스의 아들로 살아간다는 건 분명 쉽지 않았다. 1991년 출간한 아버지 에이미스의 신랄한 회고록은 아들에게 문학적으로 앙갚음을 했을 뿐 아니라 까칠하면서 인정사정없는 괴팍한 사람이라는 자화상을 또한 그려주었다. 킹슬리 에이미스는 인터뷰에서 아들의 책은 읽기가 어렵고 아들이 가진 정치 견해는 "위험하고 아주 터무니없는 생각"이라고 규정지었다.

"아버지는 내가 글을 쓰도록 용기를 북돋아준 적도 없고, 거의 승산 없는 그 일을 해보라고 권한 적도 없었다." 마틴 에이미스는 『경험』에서 이렇게 썼다. "아버지는 흔히 나를 칭찬하기보다 사람들 면전에서 비난했다." 아들 에이미스는 아버지가 정치와 관련해서 더 자극적으로 이야기한 부분은 그냥 '나를 약 올리'려는 거라 말하고, 『경험』에서 젊은 자신과 한창때의 아버지는 서로 농담을 주고받는 동지 같은 관계였다고 전한다. 당시 자신은 느릿한 말투에 벨벳 정장에 뱀가죽 부츠를 신고서 우스꽝스럽게 '으스대'기를 즐기는 청소년이었으며, 아버지는 지칠 줄 모르는 바람둥이이자 술꾼이자 이야기꾼, 즉 집안 내 지칠 줄 모르는 "재담 엔진"이었다고 말한다.

몇 년 후, 마틴은 거의 매주 일요일에 두 아들을 데리고 아버지 집에 가 점심을 먹고, 주중에도 아버지와 함께 수다를 떨며 식사를 했다. 1993년 마틴이 다른 여자 때문에 아내와 헤어졌을 때 의지해서 위로와 조언을 얻은 사람은 바로 아버지였다. 그는 이렇게 쓴다. "오로지 아버지한테만 털어놓을 수가 있었다. 내가 얼마나 끔찍한 기분인지, 육체적으로 얼마나 끔찍하고 멍한 데다 저능하면서 얼이 빠졌는지, 그리고 정직하고 다정하면서 제정신인 얼굴로 보이려 애쓰느라 언제나 움츠러들거나 전전긍긍했는지에 대해. 오직 아버지에게만 내가 내 아이들에게 무슨 짓을 하고 있는지 말할 수 있었다. 내 아버지도 나에게 그랬으니까."

킹슬리는 오랫동안 어둠공포증과 고독공포증을 겪었는데, 그가 아내를 떠난 이유였던 소설가 엘리자베스 제인 하워드와의 결혼이 파탄 난 뒤에는 마틴과 그의 형이 교대로 '아버지를 돌보'기 시작하면서 아버지에게 밤에 혼자 지낼 일은 없을 거라고 약속했다.

마틴 에이미스는 『경험』에서 문학을 사이에 둔 우정과 논쟁, 사랑하는 사촌의 실종과 살해, 치과 수술의 공포 등 많은 이야기로 고개를 끄덕이게 한다. 그러나 이 책에서 가장 잊을 수 없는 부분은 "이번만은, 기교를 부리지 않고" 일상의 "평범한 기적과 평범한 불행"에 대해 쓴 글이다. 그는 아들이 된다는 것이 무엇을 뜻하는지, 그리고 자식을 둔 아버지가 된다는 것이 무엇을 뜻하는지에 대해 썼다.

◆

『경험』은 아버지와 아들의 관계를
가슴 뭉클하게 그린다. 문학에 대한 명석한 통찰,
변함없는 사랑, 감정을 놀랍도록 세세히 그려
과거를 생생하게 되살리는 소설가의 능력이
여기에 생기를 불어넣는다.

005

마을 이야기

셔우드 앤더슨
Sherwood Anderson

✳

『와인즈버그, 오하이오』(1919)
Winesburg, Ohio

셔우드 앤더슨이 1919년 발표한 『와인즈버그, 오하이오』보다 더 큰 영향을 미친 미국 소설을 떠올리기란 쉽지 않다. 이 작품은 미국 중서부 지역에 있는 허구의 한 작은 마을에서 살아가는 고독한 주민들에 대한 이야기가 서로 연결되어 있는 형식이다.

윌리엄 포크너, 프랜시스 스콧 피츠제럴드, 존 스타인벡은 모두 셔우드 앤더슨에게 찬사를 보냈다. 포크너의 『모세여, 내려가라』(*Go Down, Moses*), 헤밍웨이의 『우리들의 시대에』, 레이 브래드버리의 『일러스트레이티드 맨』, 팀 오브라이언의 『그들이 가지고 다닌 것들』 같은 서로 이질적인 작품들이 『와인즈버그, 오하이오』의 획기적인 구성을 변주하고 있다면, 카슨 매컬러스와 플래너리 오코너의 소설은 『와인즈버그, 오하이오』의 길 잃은 사람들, 외로운 사람들, 박탈감을 느끼는 사람들을 연상시키는 버림받은 사람들과 괴팍한 사람들로 가득하다. 이미 고전이 된 이 작품에 직간접으로 빚지고 있는 소설을 쓴 많은 현대 작가들 가운데 조지 손더스, 레이먼드 카버, 데니스 존슨, 러셀 뱅크스, 톰 퍼로타를 또한 꼽을 수 있다.

제임스 조이스의 『더블린 사람들』과 마찬가지로, 『와인즈버그, 오하이오』의 이야기들은 모두 한 마을에서 일어난다. 이 이야기들은 야망이 꺾이고 꿈이 백미러 속에서 물러나고 있는 평범한 사람들을 그린다. 『와인즈버그, 오하이오』는 한 소도시를 묘사하지만, 이곳 사람들이 일상생활에서 느끼는 고립감은 20세기 초 미국에서 작동하고 있는 더 큰 역학관계를 반영한다. 이는 변화하는 사회 풍경을, 즉 점점 더 많은 젊은 이들이 소도시를 떠나 대도시나 그 외곽으로 가고 농촌과 도시의 격차가 점점 더 벌어지는 현상을 예견한다.

앤더슨의 이야기들은 에드워드 호퍼의 그림이 보여주는 황혼의 분위기를 공유한다. 둘 다 연결이 끊기고 기회를 박탈당해 삶이 제약된 것 같은 고독한 개인을 묘사한다. 이 책에 나오는 이십여 명의 인물 가운데 혼자 사는 늙은 의사인 리피 박사는 작은 종이에 자기 생각을 갈겨쓰고는 호주머니에 넣어뒀다가 결국은 버린다. 외로운 젊은 여성인 앨리스는 집에 들어와 살다가 나가버린 남자친구를 잊지 못한다. 전신 기사인 워시 윌리엄스는 "방종하는 시인처럼, 진심으로" 삶을 증오한다. 성직자인 커티스 하트먼은 창문을 통해 예쁜 여자를 훔쳐보면서 그 유혹으로부터 구원받기를 간청한다. 이 목사가 욕정을 느끼는 교사인 케이트 스위프트는 이 책의 어린 주인공 조지 윌러드가 문학에 품은 열망을 격려한다. 그리고 병든 몸으로 허름한 호텔을 운영하는 조지의 어머니 엘리자베스는 아들에게 모든 희망과 꿈을 쏟는다.

조지의 성장담이 이 이야기들을 관통한다. 다른 많은 인물들이 지역 신문 기자인 조지에게 이야기를 털어놓아, 그는 이들의 이야기를 전하는 전달자이자 오하이오 주의 한 소도시에서 자란 작가 앤더슨의 대리인이 된다.

조지는 어머니가 죽은 후 "와인즈버그를 떠나 일하고 싶은 신문사가 있는 도시로 가"기로 결심한다. 그는 자신이 아는 많은 사람들처럼 와인즈버그에 갇혀 살고 싶지 않다. 그를 가르치던 교사가 그에게서 본 "번뜩이는 재능"이 빛을 잃는 걸 원치 않는다. 많은 성장소설이 그렇듯, 『와인즈버그, 오하이오』는 주인공이 '인생의 모험을 마주하러' 서부로, 아마도 시카고로 향하는 기차를 타고 고향을 떠나면서 끝난다.

006

음모론과 거짓말에 취약한 사람들

한나 아렌트
Hannah Arendt

✳

『전체주의의 기원』(1951)
The Origins of Totalitarianism

한나 아렌트가 1951년『전체주의의 기원』에서 말한 대로, 인류 역사상 가장 소름 끼치는 두 정권이 20세기에 권력을 잡았다. 두 정권은 모두 진실의 파괴에 기초를 두고 있었다. 다시 말해, 사람들은 냉소주의와 피로감과 두려움으로 인해 무조건 권력을 잡고 보려는 지도자들의 거짓말과 거짓 약속에 쉽게 속아 넘어갈 수 있다는 인식에 근거해 있었다. 아렌트는 이렇게 썼다. "전체주의 통치의 이상적 주체는 확신에 찬 나치나 공산주의자가 아니라 사실과 허구의 구별(즉 경험의 실재성) 그리고 진실과 거짓의 구별(즉 사고의 기준)이 더 이상 존재하지 않는 사람들이다."

현대의 독자에게 걱정스러운 점은 아렌트의 말이 점점, 다른 세기에 나온 것이라기보다 오늘날 우리가 살고 있는 불안한 정치 및 문화 풍경을 비추는 거울처럼 읽힌다는 사실이다. 현재 미국 대통령인 도널드 트럼프는 많은 거짓말을 하고 있으며(《워싱턴포스트》의 추산에 따르면, 트럼프는 백악관에 들어오고 3년 동안 16,241건의 거짓 또는 오해의 소지가 있는 주장을 했다), 러시아와 대안우파(극우파)의 트롤들이 대량으로 쏟아내는 가짜 뉴스와 프로파간다가 소셜미디어를 통해 전 세계로 즉각 퍼져나가고 있다.

정파라는 사일로와 필터버블에 갇힌 사람들이 공통된 현실감 그리고 사회와 분파의 경계를 넘어 소통하는 능력을 상실하면서 국가주의, 이민자 배척, 사회적 탈구 현상, 사회 변화에 대한 두려움, 국외자 멸시가 다시 증가하고 있다.

나는 지금 오늘날 상황과 제2차 세계대전 시대의 걷잡을 수 없는 공포를 직접 비교하려는 게 아니다. 사람들이 선동가와 독재자에 영향받기 쉽고 국가가 전제정치에 취약해지는 조건과 태도를 살펴보려는 것이다. 마거릿 애트우드는 이런 조건과 태도를, 조지 오웰의『1984년』과『동물농장』에 나오는 말로 "위험신호기"라 일컬었다.

다음은 전체주의 운동이 전통의 정치와 도덕에 대한 이해를 해체하는 "은밀한 메커니즘", 그리고 전체주의 정권이 일단 권력을 장악하고 나면 보이는 행동에 대해 아렌트가 주장하는 핵심 내용의 일부이다.

＊ 초기에 나타나는 한 가지 경고 신호는 국가의 망명권 철폐이다. 망명자의 권리를 박탈하려는 노력은 "치명적 질병을 일으키는 세균"을 품고 있다고 아렌트는 썼다. "모든 사람이 법앞에 평등하다는 원칙"이 한번 무너지고 나면 "모든 시민들로부터 법적 지위를 박탈하고 싶은 유혹에 저항하기가 더욱 어렵"기 때문이다.

＊ 전체주의 운동 지도자들은 "오류를 결코 인정할 수가 없고", 잘 속아 넘어가는 동시에 냉소주의에 빠진 광신적 추종자들은 일상적으로 그들의 거짓말을 대수롭지 않게 여길 것이라고 아렌트는 말했다. 혼란한 세상을 설명하는 지극히 단순화한 서사를 갈망하는 이 신봉자들은 "자신들의 눈과 귀를 믿지 않"고 대신에 프로파간다가 제공하는 "현실 도피"를 기꺼이 받아들인다. 사람들이 "아무리 터무니없더라도 언제나 최악의 것을 믿을 준비가 되"어 있으며 어차피 "모든 진술이 거짓말이라 생각"하기 때문에 "속는 것에 대해 특별히 이의를 제기하지 않"는다는 것을 프로파간다는 알고 있다.

＊ 전체주의 통치자들은 완전한 통제를 갈망하기 때문에 큰 기능장애를 일으키는 관료제를 주장하는 경향이 있다고 아렌트는 지적했다. 최고의 재능을 가진 사람들이 "미치광이와 바보들"로 대체된다. 지능과 창의성의 부족이 오히려 이들의 충성

심을 가장 잘 보장해주기 때문이다. 성과나 능률이 아닌 충성심이 가장 중요하기에 "급격하고 놀라운 정책 변화"가 자주 일어난다.

＊ 먼 목표를 향해 나아가는 운동 조직에 대한 추종자들의 소속감을 확인하기 위해, 이들은 새로운 상대나 적을 거듭 불러낸다고 아렌트는 덧붙였다. "한 부문을 청산하는 즉시 다른 부문에서의 전쟁을 선포할 것이다."

＊ 전체주의 정부의 또 다른 특징은 "상식과 자기 이익"에 대한 비뚤어진 경멸이라고 아렌트는 말했다. 허위와 사실 부정이 이런 태도를 부채질하며, 과대망상증에 빠진 지도자들이 이런 태도를 받아들인다. 이 지도자들은 실패를 부정하거나 지울 수 있다고 열렬히 믿으며, 자신에게 무오류성과 절대 권력을 부여하는 "순전히 지어낸 현실을 위해 한정적이고 부분적인 이익, 즉 경제, 국가, 인간, 군사 면에서의 이익을 모두 포기할 정도로 정신 나간" 이들이다.

『전체주의의 기원』은 반드시 읽어야 할 책이다. 20세기 나치 독일과 스탈린 체제의 소련이 저지른 끔찍한 범죄를 상기시킬뿐더러 미래에 전체주의 정치를 부채질할 수도 있을 역학관계에 대해 오싹한 경고를 해주기 때문이다. 이 책은 사람들이 소외감, 뿌리 없음, 경제적 불안으로 인해 폭군이 지어내는 거짓말과 음모론에 얼마나 취약해질 수 있는지 분명하게 보여준다. 편견과 인종차별주의를 무기로 삼은 선동가가 어떻게 부족적 증오심에 기반을 둔 포퓰리즘 정치를 부채질하면서 우리의 자유와 법치주의를 보호하기 위해 만들어놓은 오랜 제도를 약화시키고 공통된 인간성 개념을 파괴하는지 보여준다.

007

증언의 언덕

마거릿 애트우드
Margaret Atwood

✳

『시녀 이야기』(1985)
The Handmaid's Tale

오래도록 읽히는 디스토피아 소설들은 과거를 돌아보는 동시에 미래를 내다본다. 오웰의 『1984년』은 스탈린의 소비에트 사회주의 연방 공화국에 대한 맹렬한 풍자인 동시에 전제 정치에 대한 시대를 초월한 해부로서, 감시 국가의 출현 그리고 푸틴의 크렘린과 트럼프의 백악관이 현실을 재정의하려는 노력에서 매일 쏟아내는 "거짓말이라는 소방호스"를 예견했다. 올더스 헉슬리의 『멋진 신세계』는 1930년대에 공산주의 그리고 조립라인에 의한 대량생산에 의존하는 자본주의가 모두 개인의 자유를 위협한다는 작가의 불안을 반영했다. 이 소설은 사람들이 잡다한 정보와 오락거리로 극도로 무뎌지고 주의산만해지는 기술 중심의 미래를 예견했다.

마거릿 애트우드는 1985년에 발표한 명작인 『시녀 이야기』

를 쓰면서 "역사의 어느 시기에 어디선가 일어난 적이 없는 일"이나 "이미 이용할 수 없는 기술"은 소설에 포함하지 않기로 했다. 애트우드는 1970년대와 1980년대 초에 자신이 목격한 근본주의 운동 같은 동향을 접목하고, 17세기 청교도들의 반여성 편향을 되돌아보며, 나치 독일의 레벤스보른(아리아인을 보존하고 보호하기 위하여 나치 독일이 만든 인간 교배 실험장._옮긴이) 프로그램과 북한이나 사우디아라비아 등의 나라에서 이뤄지는 공개 처형 같은 역사상의 참상에 의지해 악의에 찬 길리어드 체제를 묘사한다. 멀지 않은 미래에 이 디스토피아 체제가 미국을 장악한다고 애트우드는 상상했다.

1980년대에 많은 사람들이 『시녀 이야기』를 처음 읽었을 때, 길리어드에서 일어나는 사건들은 머나먼 과거 또는 지구상의 다른 먼 곳에서나 일어날 수 있는 두려운 일이라 여겼다. 하지만 2019년 미국의 뉴스는 아이들을 부모한테서 떼어내는 실사 이미지, 인종차별주의 언어를 사용해 두려움과 혐오를 퍼뜨리는 대통령과 우리가 아는 지구상의 삶을 위협하는 기후변화의 가속화에 대한 보도로 가득했다.

『시녀 이야기』에서, 민주주의 규범을 갖고 있으며 헌법상 기본권을 보장하고 있는 미국이 어떻게 길리어드라는 권위주의 국가로 변모했을까? 길리어드에서는 여성이 "두 발 달린 자궁"으로 취급되고 백인이 아닌 주민들과 기독교를 믿지 않는 주민들은(즉 유대인, 가톨릭교도, 퀘이커교도, 침례교도 등 길리어드의 극단적 근본주의를 받아들이지 않는 사람들은) 이주 또는 추방을 당하거나 사라지며, 지도층은 고의로 성, 인종, 계급을 이용해 나라를 분열시킨다. 애트우드의 주인공 오브프레드(길리어드 정권이 들어서면서 모든 여성은 직장에서 해고되어 시녀가 되고 소유 남성을 표시하는 식의 이름을 부여받는데, 주인공을 소유한 남성인 프레드에 'of'를 붙여 만든 이름이다. _옮긴이)는 자신과 같은 평범한 시민들이 관심을 갖기 전부터 이런 일들이 시작되었다고 기억한다. "우리는 늘 그렇듯 무시하며 살았다. 무시는 무지와 다르다. 무시하려면 애를 써야 한다."

오브프레드는 계속해서 말한다. "당장에 변하는 건 없다. 우리는 차츰 뜨거워지는 욕조 안에서 채 알아차리기도 전에 삶겨 죽을 것이다."

사실 『시녀 이야기』에서 가장 오싹한 구절이 시작 부분에 나온다. 함께 장 보러 나온 오브프레드와 오브글렌은 월(Wall)을 지나가고 있다. 이곳은 한때 매사추세츠 주 케임브리지에 있는 한 유명 대학의 소유였는데, 지금은 길리어드의 지배자들이 반역자로 처형한 사람들의 시체를 전시하는 곳으로 이용하고 있다. 오브프레드는 새로 걸린 여섯 구의 시체를 보면서 감시자인 리디아 아주머니가 기를 꺾어놓으며 한 말을 떠올린다. "평범하다는 건 익숙해진 것이지. 이런 일이 지금은 평범해 보이지 않겠지만 좀 지나면 그렇게 보이게 될걸. 평범한 일이 될 거라고."

애트우드의 오브프레드는 훌루 텔레비전(미국의 미디어 콘텐츠 제공 서비스 회사. _옮긴이)에서 이 소설을 각색해 만든 드라마 시리즈의 시즌2와 시즌3에 나오는 단호한 저항군 지도자가 아니다. 친구 모이라 같은 반항자도, 어머니 같은 이념을 가진 페미니스트도 아니다. 일부 독자들은 이런 오브프레드가 지나치게 소극적이라고 보았으나, 바로 이런 평범함이 길리어드의 전제 통치가 일반 사람들의 삶에 어떤 영향을 미쳤는지 곧장 이해하게 해준다.

애트우드는 2017년에 쓴 한 글에서 "목격자로서의 문학"이란 전통에 따라 오브프레드의 이야기를 썼다고 했다. 목격자로서의 문학이란 전쟁, 잔학행위, 재난, 사회 격변, 문명의 대전환 등 직접 경험한 역사의 불행을 증언하는 사람들이 남긴 이야기를 이른다. 이 장르에는 안네 프랑크의 일기, 프리모 레비의 글, 그리고 노벨상 수상자 스베틀라나 알렉시예비치가 제2차 세계대전, 체르노빌 원전 사고, 또는 아프가니스탄 전쟁 동안 일상의 삶이 어땠는지 기억하는 러시아인들과의 집중 인터뷰를 통해 수집한 다성(多聲)의 역사가 포함된다. 애트우드가 말하는 것으로 보이는 행위와 용기에는 확실한 비전을 제시하는 잔 다르크의 재능이나, 캣니스 에버딘(수전 콜린스의 『헝거 게임』의 주인공. _옮긴이) 또는 리스베트 살란데르(스티그 라르손의 밀레니엄 시리즈의 주인공. _옮긴이)의 초능력에 가까운 능력이 필요치 않다. 전제정치에 저항하는 방법은 다양하다.

저항군에 참여할 수도 있고 진실한 역사 기록을 확보하는 데 힘을 보탤 수도 있다.

자신의 경험을 쓰거나 기록하는 행위가 바로 "희망의 행위"라고 애트우드는 주장했다. 바다에 던져진 병 속의 메시지처럼, 목격자의 증언은 어딘가의 누군가에게 읽히기를 기대한다. 그 누군가가 『시녀 이야기』와 2019년에 나온 속편 『증언들』의 풍자적 에필로그를 내레이션하는, 근시안의 젠체하는 길리어드 학자들일지라도 말이다.

애트우드가 분명 알고 있는 대로, 성경 사전들이 제시하는 "길리어드"의 한 가지 의미는 "증언의 언덕"이다. 오브프레드는 자신이 목격한 것을 증언하면서 길리어드의 공식 서사에 이의를 제기하는 이야기를 남겼고, 자기 목소리로 자신의 이야기를 함으로써 여성을 침묵시키려는 이 정권의 노력에 저항하고 있다.

008

불안한 시대

위스턴 휴 오든
W. H. Auden

✳

『시집』(1985)
Collected Poems

9·11 테러가 일어나고 며칠 동안 위스턴 휴 오든의 시 「1939년 9월 1일」(September 1, 1939)이 이메일과 팩스로 입소문을 탔다. 원래 히틀러의 폴란드 침공으로 유럽에서 제2차 세계대전이 발발하자 이에 대한 반응으로 쓰인 이 시가 신문에 실리고 미국 공영 라디오에서 낭독되면서 온라인에서 회자되었다. 도널드 트럼프가 2016년 대선에서 승리한 뒤, 그리고 다음 해 1월에 취임한 뒤 오든의 시는 다시 널리 공유되고 회자되었다.

오든 자신은 이 시와 다른 초기 작품들이 말만 앞세웠다거나 투박하다거나 좌파 청년의 유물이라 여겨서 버렸었다. 하지만 이 시는 독자들에게 계속해서 반향을 불러일으키고 있는데, 역사의 위험한 한 순간을 환기시키기 때문이다. 오든은

"어두워진 세상의 뭍"에 들이치는 "분노와 두려움의 파도"에 대해 쓴다. 역사로부터 배우지 못하는 인류의 비극, 즉 "멀어지는 깨우침"에 대해, 그리고 어째서 우리가 "실책과 슬픔"을 거듭 겪을 운명으로 보이는지에 대해 쓴다. 동시에 매슈 아널드가 「도버 해변」(Dover Beach)에서 그랬듯, 오든은 또한 인간의 연결 가능성 그리고 "부정과 절망"으로 포위된 세상에 "긍정의 불꽃"을 보여주고픈 욕구에서 희망을 찾는다.

오든이 1930년대에 쓴 시들은 사회와 개인이 교차하는 지점에 관심을 두고 있다. 또한 세상이 벼랑 끝에 다다랐을 때 사람들이 느끼는 불안과 두려움을 인류학자처럼 관찰하는 그의 재능을 분명하게 보여준다. 이 가운데 많은 시들에서 파시즘의 망령과 사회를 황폐하게 만드는 대공황이 요란한 소리를 내며 지나간다. 이 시들은 파국의 예감으로 가득해서, 새천년의 두 번째 10년 동안 소셜미디어에서 널리 공유된 또 다른 시인 예이츠의 「재림」을 연상시킨다.

오든은 1935년의 시 「생일을 맞은 작가에게」(To a Writer on His Birthday)에서 무선으로 울리는 "경고와 거짓말"에 대해 쓰고, 아름다운 해변 마을에 사는 사람들도 "결코 잠잠해지거나 멈추지 않는 역사의/위험한 홍수에" 곧 휩쓸릴 것이라고 말한다. 또 1938년 뮌헨 협정이 체결된 직후에 쓴 「미술관」(Musée des Beaux Arts)에서는 얼마나 쉽게 다른 사람들의 고통을 외면하게 되는지, 일상생활이 얼마나 쉽사리 재앙으로부터 관심을 돌려놓을 수 있는지 썼다.

1939년 오든은 미국으로 이주했으며, 그의 시는 점점 종교와 감정 문제에 중점을 두게 되었다. 오든은 "시는 어떤 일도 일어나게 하지 못한다"고 주장했으나, 그의 시는 계속해서 "불안한 시대"를 증언하며 예술의 가능성과 위안을 증명할 것이다. 한 나라가 "증오로 고립되어" "지적 수치심이/모든 이의 얼굴로부터 빤히 쳐다보고/연민의 바다는/각자의 눈 속에 얼어붙어 갇혀"(「W. B. 예이츠를 추모하며」) 있다고 느낄 때에도 말이다.

009

밥과 바니즈

러셀 뱅크스
Russell Banks
＊
『대륙 이동』(1985)
Continental Drift

　　러셀 뱅크스의 대하소설 『대륙 이동』은 1985년에 출간되었으나 2020년대 초에도 대단히 현재성 있는 "미국의 이야기"를 들려준다. 이 소설은 오랜 아메리칸 드림의 힘을 상기시킨다. 신세계에서 새로운 삶을 시작할 수 있다는 가능성, 백지상태에서 삶 자체를 처음부터 다시 만들어갈 수 있다는 가능성을 떠올리게 한다. 또한 자국의 폭력과 절망에서 벗어나기 위해 필사적으로 미국 해안에 도달하려는 난민들과, 경제적으로 안정되고 자식들은 더 밝은 미래를 맞이할 수 있으리라는 희망이 미끄러져 멀어지는 것을 본 노동계급 미국인들 사이에 높아지는 긴장을 예견한다.

　　소설의 두 중심인물인 밥과 바니즈의 삶은 격렬히 충돌하게 되지만, 사실 둘은 공통점이 많다. 둘 다 박탈감을 느끼고 절망해서 더 나은 미래를 위해 모든 것을 걸기로 결심한다.

뱅크스의 다른 많은 주인공들과 마찬가지로, 밥 듀보이스는 노동계급 사람들이 많은 뉴잉글랜드의 소도시 출신이다. 뱅크스는 밥을 "평범한 사람, 예의 바른 사람, 보통 사람"로 묘사한다. 서른 살인 밥은 허름한 두 세대용 주택, 보스턴휄일러사의 조립용 세트로 만든 약 4미터 길이의 보트, 낡아빠진 쉐보레 스테이션웨건(접거나 뗄 수 있는 좌석이 있고 뒷문으로 짐을 실을 수 있는 자동차. _옮긴이)을 소유하고 있다. 이 집과 보트와 자동차 때문에 지역 저축대부조합에 2만 2,000달러가 조금 넘는 빚을 지고 있다. "우린 잘 살고 있어." 아내 일레인은 이렇게 주장하지만, 밥은 점점 더 좌절하고 궁지에 몰리는 느낌이다. "어제보다 나아진 게 아무것도 없는 것 같아." 밥은 자신의 가장 소박한 꿈조차 이루지 못할 거라 걱정하기 시작한다.

어느 날 밥은 느닷없이 가족과 함께 플로리다로 이사하고, 그곳에서 곧 수완 좋은 형제인 에디, 그리고 마약을 팔고 평판이 안 좋은 어릴 적 친구인 에이버리와 함께 일하게 된다. 뱅크스의 주인공들에게 플로리다는 너새니얼 웨스트와 레이먼드 챈들러의 소설에 등장하는 사람들의 캘리포니아와 같은 곳이다. 사람들이 규칙을 아무렇게나 어기는 황폐하고 위험한 곳이면서 몽상가, 수완가, 사기꾼, 그리고 달리 갈 곳 없는 사람들을 자석처럼 끌어모으는 곳이다. 이곳에서는 예전의 개척자 정신이 '나'를 최우선하는 개인주의로 전락하고, 뻔뻔함과 오만함과 행운만 있으면 부자가 될 수도 있다. 하지만 밥은 곤두박질치기 시작한다. 그나마 뉴햄프셔에서의 삶을 안정시켜줬던 직장과 집마저 잃고 트레일러 전용 주차장에서 살아간다.

돈이 절실한 밥이 바하마에서 마이애미로 아이티 난민 몇 명을 몰래 실어 나르는 일을 돕기로 하면서 그의 삶은 바니즈라는 젊은 아이티 여성의 삶과 충돌하게 된다. 바니즈는 허리케인으로 집이 무너진 후 갓난아기와 조카 하나를 데리고 미국으로 출발했다. 미국에서는 "모든 게 다를 것"이라 생각하지만 그렇기는커녕 밀수업자들에게 무참히 성폭행을 당한다.

뱅크스는 긴밀히 맞물리는 바니즈와 밥의 이야기에 대단한 필연성을 부여할뿐더러 둘의 이야기를 우리 시대의 암울한 이야기로 바꿔놓는다.

010

관찰자들

솔 벨로

Saul Bellow

✳

『오기 마치의 모험』(1953)

The Adventures of Augie March

『허조그』(1964)

Herzog

『현실: 중편소설』(1997)

The Actual: A Novella

가장 기억할 만한 솔 벨로의 소설들은 세계 내 자신의 위치를 찾으려는 개인들을 그린다. 벨로가 『허조그』에 쓴 대로 하자면, 이들은 "한 도시, 한 세기, 과도기, 혼란, 과학에 의한 변화, 조직화한 권력, 엄청난 통제, 기계화가 불러온 상황, 급진적 희망의 뒤늦은 실패 속에서 인간"이란 무엇을 의미하는지 이해하려 애쓴다.

벨로의 주인공들은 주로 20세기 중후반에 살고 있지만 이들 존재가 처한 곤경은 오늘날 이보다 더 시의적절할 수가 없다. 이들은 재난, 사기극, 값싼 오락거리로 가득한 미국의 현실에 갇혀서 이 "바보들의 지옥"에 몰두하는 일과 좀 더 본연에 가까운 자아의 영역 사이에서 균형을 찾으려 고군분투한다. 이렇게 "흔들리는 사람들" 가운데 일부는 정치에서 사업과 연애까지 일상 삶에서 인간이 벌이는 온갖 "허튼수작"이 "진리, 사랑, 평화, 박애, 유익함, 조화"의 "중심축인 우주의 더 큰 진실을 이해하는 데 방해가 되는 게 아닌지 의심한다. 하지만 또 어떤 사람들은 자기애와 고립의 유혹을 의식한다. 예를 들어, 『현실』의 해리 트렐먼은 다름 아닌 판단하는 지성과 더 높은 삶에 대한 열망이 자신을 인류와 사랑으로부터 단절시킨다는 사실을 깨닫는다.

독자 모두가 각자 좋아하는 벨로의 소설이 있기 마련이다. 내게는 세 편이 있는데, 이 소설들은 스토리텔링이 감탄할 만하고 벨로의 핵심 주제를 가장 명확하게 구현하고 있다. 1953년 발표한 피카레스크 소설 『오기 마치의 모험』은 벨로가 자신만의 활기 넘치는 목소리를 찾았음을 보여준다. 『허조그』는 한 남자가 겪는 중년의 위기와, 종교 및 이념에 대한 오랜 확신을 더 이상 유지할 수 없이 점차 원자화하는 시대를 살아가는 인간의 의미 추구를 훌륭하게 그린다. 『현실』은 평생 해온 관찰자 역할에서 벗어나 현실에 몸담으려는(또는 적어도 발가락 하나라도 담그려는) 한 남자의 때늦은 노력에 대한 뒤늦고 애수 어린 제임스(윌리엄 제임스는 미국의 철학자이자 심리학자로 인간이 마음가짐으로 태도를 바꿔 삶을 변화시킬 수 있다고 여겼다. _옮긴이)식의 이야기이다.

벨로의 주인공들은 최고의 "관찰자"이다. 이들은 종종 "대동소이"한 세상에 압도당하고 자기 개인의 불행이 "20세기의 거대한 광기"를 비추는 작은 거울이 아닐까 생각한다. 이들은 죽음을, 멀리서 끊임없이 째깍거리는 '커다란 시계'를 지나치게 의식한다.

벨로는 패기만만한 인물들과 우울한 인물들 사이에서 손쉽게 기어를 바꿔가며, 고집스레 자기 머릿속에서 살아가는 주인공들의 분주한 정신생활을 생생히 담아낸다. 또한 이들을 매일을 살아가는 생명을 가진 존재로서 그릴뿐더러 이들과 이른바 "현실의 교사들"의 만남을 그린다. "현실의 교사들"이란 갖가지 외판원, 사기꾼, 해결사로서, 이들은 벨로의 주인공들이 일상의 삶을 인정하도록 자극한다. 결국 벨로의 소설은, 러시아 소설에서 볼 수 있는 것과 같은 큰 관념과의 싸움을 그가 거뜬히 치러내고 있음을 증명한다. 동시에 인물을 세태에 맞게 실감 나게 묘사하면서, 정신없고 매혹적인 그의 세계에 살고 있는 "하찮은 사람들, 쩨쩨한 사람들, 건강염려증 환자들, 가족이 지긋지긋해하는 사람들, 휴머노이드들" 그리고 술집 재담꾼들이 "매일같이 벌이는 짓궂은 장난"을 포착해 그려내는 재능을 보여준다.

011

비현실의 덤불

대니얼 J. 부어스틴

Daniel J. Boorstin

✳

『이미지와 환상』(1962)

The Image: A Guide to Pseudo-Events in America

1962년 출간된 대니얼 부어스틴의 『이미지와 환상』은 우리가 살고 있는 트럼프 시대의 리얼리티쇼 세계를 묘하게 예견했다. 사실 이 책은 도널드 트럼프와 같은 인물의 등장을 예측했다. 부어스틴의 말로 하자면 "유명"해서 유명한 유명인, 자기 홍보와 이른바 "유사사건"(pseudo-event)을 벌이는 것 외에 특별한 재주가 없는 요란하고 과시하기 좋아하는 인물 말이다. 유사사건이란 구경거리와 기분전환거리에 대한 관중의 갈망에 호소해 세간의 주목을 끌기 위해 꾸며낸 사건을 뜻한다.

19세기의 흥행주이자 서커스 흥행사였던 P. T. 바넘은 인어처럼 날조한 것들로 가득한 호기심 박물관을 뉴욕시에서 운영했다(인어는 원숭이 유해에 물고기 꼬리를 꿰매 붙인 것으로 드러났다). 바넘에 대한 부어스틴의 설명은 현대 독자들에게 이상하게 익숙하게 들린다. 부어스틴에 따르면, 이 자칭 "사기꾼들의 왕자"가 한 "중요한 발견은 대중을 속이기가 얼마나 쉬운가가 아니라, 즐거움을 주는 한 대중이 얼마나 즐거이 속임을 당하는가"이다.

이 책은 어떻게 환상이 지식을 대신하고 광고가 내용물을 대체하고 있는지 이야기한다. 장 보드리야르와 기 드보르 같은 프랑스 이론가부터 닐 포스트먼과 더글러스 러시코프 같은 사회 비평가까지 수많은 저자들이 이 책에 영향을 받았다. 부어스틴은 인터넷이 등장하기 수십 년 전 가짜 뉴스, 음모론, 정치 선전이 범세계 통신망을 통해 확산하면서 점차 우리를 에워싸게 될 "비현실의 덤불"을 예상했다.

이미지가 실재를 대체하는 것과 마찬가지로 "신빙성" 개념이 진실 개념을 대체하고 있다고 부어스틴은 썼다. 사람들은 그것이 사실인지보다 "그것을 믿는 게 편리"한지에 관심을 두게 되었다. 게다가 기준이 진실에서 신빙성으로 대체되면서 "사물이 진실되게 보이게 만드는 기술"이 "사회에서 보상을 받는 기술"이 되었다. 그렇다면 1960년대 초 세계의 새로운 주인이 매디슨 애비뉴의 매드맨(당시 맨해튼의 매디슨 애비뉴에 밀집해 있던 광고회사에 다니던 광고인을 일컫는 말. _옮긴이)이었다는 게 놀라운 일이 아니다. 1980년대에 트럼프 시대를 예견한 공화당의 정치 컨설턴트이자 전략가인 리 애트워터가 "인

식이 곧 현실"이며 자기 고객들과 많은 공화당 지지자들은 그
것을 믿을 것이라고 주장한 게 놀라운 일이 아니다.

†

부어스틴은 인터넷이 등장하기 수십 년 전
가짜 뉴스, 음모론, 정치 선전이 범세계 통신망을
통해 확산하면서 점차 우리를 에워싸게 될
"비현실의 덤불"을 예상했다.

012

불가지론자

호르헤 루이스 보르헤스
Jorge Luis Borges

✳

『픽션들』(1944)
Ficciones

호르헤 루이스 보르헤스의 마술 같은 이야기는 마우리츠 코르넬리스 에셔의 그림과 비슷하다. 형이상학적 신비감이 울려 퍼지는 미궁, 거울, 미로로 가득해 대단히 흥미롭고 수수께끼 같은 광경을 그려 보여준다. 여기서는 현실과 상상의 경계가 흐려진다. 작가와 독자, 삶과 예술의 경계가 그러하듯.

1962년 영어로 번역된(한글판은 1994년에 번역되었다. _옮긴이) 보르헤스의 『픽션들』은 많은 포스트모더니즘 기법을 예고했고, 후대의 전 세계 작가들이 이를 받아들이게 된다. 보르헤스의 어떤 이야기는 탐정소설처럼 익숙한 장르를 재창조해 시간과 인과관계의 본질에 대한 철학적 명상록으로 바꿔놓는다. 또 어떤 이야기는 환상과도 같은 사건과 낯선 존재들을 보여준다. 투명한 호랑이, 주술로 잉크통에서 환영을 불러내는 마법사, 상상에만 존재하는 세계의 연대기를 기록한 백과사전. 또 다른 이야기는 데이터의 해일과 증식하는 다양한 가능성들이 쇄도하는, 현기증 나는 인터넷 세상을 예언하는 것 같다.

「두 갈래로 갈라지는 오솔길들의 정원」은 일종의 하이퍼텍스트 소설이다. 여기에는 갈라지는 길들과 동시에 존재하는 대안 미래로 가득하다. 「바벨의 도서관」은 세계를, 과거와 현재의 모든 지식을 담고 있는 무한한 도서관으로 그린다. "모든 것이 거기에 있다. 대단히 상세한 미래의 역사, 대천사들의 자서전 (…) 당신의 죽음에 대한 진실한 이야기가."

나는 1982년 보르헤스를 만날 기회가 있었다. 그때 보르헤스는 뉴욕인문학연구소에서 강의를 하고 있었다. 그는 수줍음을 많이 타고 섬약해 보이는 신사였는데, 책 없는 세상에서 살아가는 자신을 상상할 수 없다고 말했다. "나는 책이 필요합니다. 책은 내게 모든 걸 의미하거든요."

보르헤스는 자기 일생에서 최고의 사건은 아버지의 서재였다고 언젠가 썼으며, 1955년에는 아르헨티나 국립도서관장으로 임명되었다. 그는 점점 시력을 잃게 되면서 매일 책을 소리 내 읽어주는 가족, 친구, 조수에게 의지했다.

보르헤스가 가장 좋아한다고 말한 작가로는 카프카, H. G. 웰스, G. K. 체스터턴이 있는데, 이는 그가 이른바 아방가르드 작가나 이론가보다는 자신이 품은 "사물에 대한 경이감"을 공유하는 이야기꾼들에 더 친밀감을 느꼈음을 말해준다.

보르헤스가 처음 글을 쓰기 시작했을 때, 그의 산문은 바로크풍이었다. 1982년 보르헤스는 이렇게 말했다. "이제 나는 아주 단순한 말로 쓰려고 노력합니다. 젊어서는 은유를 지어내는 게 가능하다고 생각했어요. 이제는 별과 눈, 삶과 꿈, 죽음과 잠, 시간과 강같이 꼭 필요한 경우 말고는 그러지 않아요."

수년 전 어머니에게 약속한 이후 매일 밤 빼놓지 않고 주기도문을 왼다고 보르헤스는 덧붙였다. "이 운명의 다른 쪽 끝에 누군가가 있을지 모르겠지만 불가지론자가 된다는 건 모든 게 가능함을, 심지어 신도 가능함을 뜻합니다. 이 세상은 아주 이상해서 어떤 일이 일어날 수도, 일어나지 않을 수도 있습니다. 불가지론자가 된다는 건 내가 더 크고 더 미래적인 세계에 살게 합니다. 나를 더 관대하게 만들어요."

013

이야기의 힘

캐서린 번스(편집)

Edited by Catherine Burns

✳

『모든 밤을 지나는 당신에게』(2017)

The Moth Presents All These Wonders: True
Stories About Facing the Unknown

스토리텔링 대회를 여는 모스(The Moth)는 1997년 작가 조지 도스 그린에 의해 설립되었다. '모스'라는 이름은 조지아 주 세인트사이먼스 섬에서 성장한 이 작가의 기억에서 나왔다. 그곳에서는 이웃 사람들이 밤늦게 친구 집 문간에 모여, 나방이 망가진 차단막으로 날아 들어와 문간의 전등 주변을 맴도는 동안 이야기를 하면서 버번을 마셨다. 모스는 라디오 프로그램 부문 피바디상을 받았으며, 이후 예술감독인 캐서린 번스가 말한 "현대 스토리텔링 운동"으로 성장해 "타지키스탄, 남극 대륙, 앨라배마 주 버밍햄 등 전 세계 곳곳의 수많은 프로그램"에 영감을 주었다.

여기에 참가한 이들 가운데는 리처드 프라이스, 조지 플립턴, 애니 프루, 크리스토퍼 히친스 같은 유명한 작가들과 과학자, 저술가, 교사, 군인, 카우보이, 코미디언, 발명가 등 상상할 수 있는 온갖 배경을 가진 많은 사람들이 포함되어 있다. 이야기들은 "이야기하는 사람이 기억하는 그대로의 실화"이며 생방송으로 전해진다.

이 책은 마흔다섯 가지 이야기를 글로 옮겨 모았다. 이 이야기들은 놀랍도록 다양하고 고통스러운 인간 경험, 그리고 우리를 연결하는 공통된 주제인 사랑, 상실, 두려움, 다정함을 기록하고 있다. 어떤 이야기는 절박해 날것 그대로를 드러내며, 또 어떤 이야기는 생략되어 있고 짓궂다. 어떤 이야기는 웃음을 터뜨릴 만큼 재미있으며, 또 어떤 이야기는 슬픔으로 마음이 산란하다. 하지만 이 이야기들은 어조와 목소리에서 대단히 다양하면서도 풍자나 비판이 거의 없다. 청중과의 소통에 강조점을 두고 경험, 기억, 은혜의 순간을 공유한다.

모스에서 발표된 이야기들은 호메로스까지 거슬러 올라가는 구전 이야기 전통에 속한다고 볼 수 있으나, 그런 만큼이나 이 이야기들이 갖는 개인성과 즉흥성은 스탠드업 코미디, 블로그 글쓰기, 토크쇼의 일화, 집단 치료에 빚지고 있다. 그렇지만 되는대로의 회상이 아니라 면밀히 초점을 맞추고 정교하게 조율한 이야기들로, 믿기 힘든 솔직함과 열정으로 익숙하거나 놀랍고 이상한 일을 전하며 통찰을 보여준다.

시에라리온 내전으로 가족을 잃고 열세 살에 소년병이 된 이스마엘 베아는 「일상적이지 않은 일상」에서 자신이 어떻게 열일곱 살 때 한 미국 여성에게 입양되어 뉴욕의 학교에 적응하려 했는지 이야기한다. 예를 들어, 베아는 자신이 페인트볼(페인트가 든 탄환을 서로에게 쏘는 게임으로 스포츠의 한 유형. _옮긴이)을 왜 그렇게 잘하는지 새로운 반 친구들에게 말하지 않았다. "나는 설명하고 싶었지만, 내 성장 배경을 알면 더 이상 나를 아이로 보지 않으리라고 생각했다. 반 친구들은 나를 어른으로 볼 것이고, 그들이 나를 두려워할까 봐 염려스러웠다."

"나는 침묵한 덕분에 경험할 수 있었다. 즉 내 어린 시절에 동참할 수 있도록, 어릴 때 하지 못한 일들을 할 수 있도록 허락받았다."

다른 이야기들은 두 사람의 관계가 중심이다. 과학자 크리스토프 코흐와 그의 오랜 공동연구자로 제임스 왓슨과 함께 DNA 구조를 발견한 프랜시스 크릭, 스테파니 페이롤로와 사거리의 사각지대에서 자동차 충돌 사고를 당한 뒤 외상성 뇌손상을 입은 아들 RJ, 배우 존 터투로와 퀸스의 크리드무어 정신의학센터에 입원해 있는 문제 많은 동생 랠프, 런던 교외에서 미용사로 일하다가 젊은 데이비드 보위의 머리카락을 잘라준 후 그의 투어에 합류하고 이어서 음악 프로듀서가 된 수지 론슨.

가장 가슴 뭉클한 한 가지 이야기는 칼 필리테리의 「믿을 수 없는 마음의 안개」이다. 필리테리는 2011년 엄청난 지진과 쓰나미가 일본을 강타해 체르노빌 이후 최악의 원전사고를 일으켰을 때 그곳 다이치 원자력발전소에서 현장 기술자로 일하고 있었다. 이 사고로 약 18,490명이 사망하거나 실종되었고 30만 명 이상이 대피했다.

필리테리는 팀원과 동료들이 무사함을 확인한 후 자신이 일주일에 대여섯 번은 가서 식사하던 식당의 중년 여주인이 걱정되었다. 그는 일본어를 할 줄 모르고 여주인은 영어를 할 줄 몰랐다. 필리테리와 친구들은 여주인을 애칭인 '치킨 레이디'로만 알았다. 그 식당이 있는 작은 건물은 지진으로 심하게 금이 갔고 여주인은 어디서도 찾을 수가 없었다. 몇 달 후 필리테리가 미국에서 출입금지 구역으로 돌아와 수소문할 때까지도 말이다. 결국 필리테리는 여주인을 찾아내기 위해 《재팬 타임스》에 도움을 요청해서 이 여성의 이름이 오와다 부인임을 알게 되었다.

지진이 일어난 지 거의 1년이 지나서, 필리테리는 오와다 부인한테 편지를 받았다. "저는 참사 현장에서 빠져나와 매일 잘 지내고 있습니다. 필리테리 씨, 몸조심하세요. 당신이 하는 일이 분명 중요하다는 걸 알고 있습니다. 내 식당에 올 때 그래 보였던 것처럼 행복한 삶을 누리시길 바랍니다. 당신을 볼 순 없겠지만, 언제나 당신을 위해 최선을 다해 기도하겠습니다."

014

전염병 시대의 독서

알베르 카뮈
Albert Camus

✳

『페스트』(1947)
La Peste

오래가는 고전은 그것이 쓰이던 당시의 상황에 대해서만 이야기하지 않는다. 수십 년 또는 수세기를 가로지르며 묘하게 오늘날 우리의 경험과 세계를 예견한다. 놀라울 정도로 공감을 불러일으키는 카뮈의 1947년 소설 『페스트』가 그렇다. 이 소설은 카뮈 자신의 말처럼 전염병에 대한 이야기이자 나치의 프랑스 점령에 대한 우화이면서 "장소와 무관한, 전체주의 체제의 예시(豫示)"로 읽을 수 있다.

카뮈는 열렬한 레지스탕스 대원이었는데, 나치의 프랑스 점령에 맞서야 할 도덕적 의무가 있다고 생각했다. 카뮈는 어느 정도는 『모비딕』을 읽고 영감을 받아 악의 형이상학적 문제를 살펴보고 싶었으며, 『페스트』는 마른하늘에 날벼락을 맞듯 갑자기 오랑에 들이닥친 전염병에 다양한 인물들이 어떻게 대처하는지를 기록한다. 카뮈는 현대의 많은 독자들이 인정할 만한 놀라운 핍진성으로 부인에서 두려움과 불굴의 의지까지 전염병이 유행하는 과정을 그린다. 위협을 애써 무시하려는 정부의 노력은 사망자 수와 격리가 늘어나면서 무너지고, 공통된 "고립감"이 부당이득과 혼란이 불붙이는 "부당하다는 느낌"과 서로 다투며, 가난한 사람들은 한층 더 박탈감을 느낀다. 카뮈는 의료용품에 대한 걱정, 매일 먹을 것을 찾아다니는 일, 그리고 "제자리걸음 하는 사람들" 사이에 점점 커지는 공허감을 묘사했다.

단조로운 격리 생활이 이어지면서 사람들이 흔히 "몽유병자"가 되어간다고 카뮈는 썼다. 이들은 일에 몰두하거나, 처음 몇 주 동안의 고조된 감정이 낙담과 무심함으로 변해 사망자 수치에 무감각해진다. 전염병을 겪으며 살아가는 사람들에게 "전염병이 도는 암울한 날들"은 "어떤 괴물이 천천히 그리고 찬찬히 나아"가며 그 길에 있는 모든 것을 으스러뜨리는 느낌이라고 카뮈는 말했다.

이 소설의 화자인 리외 박사는 레지스탕스 대원들과 마찬가지로 "절망하는 습관은 절망 그 자체보다 더 나쁘다"고 생각하며 오랑의 주민들이 무감각과 체념에 굴복해서는 안 된다고 주장한다. 그 전염병이 무엇인지 제대로 인식하고, 자신들의 사회처럼 진보한 현대 사회에서 이런 재앙은 "상상도 할수 없"는 일이라는 반사적인 생각을 떨쳐내야 하는 것이다.

리외 박사는 전염병에 "굴복해서는 안 된다"는 것을, 다시 말해 악과 타협해서는, 운명에 체념해서는 안 된다는 것을 알았다. 그는 전염병 희생자들과 동질감을 느꼈다. "그들의 불안 가운데 어느 하나도 그가 나눠 갖지 않은 게 없었고, 그들이 처한 곤경 가운데 그의 곤경이 아닌 것이 없었다." 그리고 "가장 중요한 건 가능한 한 많은 사람들을 죽음으로부터 구하는 일"임을 알았다.

결국 『페스트』는 목숨을 걸고 전염병 희생자들을 도우려는 리외 박사와 같은 개인들과 자원해 나선 사람들의 헌신을 증언하고 있다. 리외 박사는 자신이 한 일에 영웅시할 만한 건 없다고 말한다. 그것은 그저 "최소한의 예의의 문제"이며, 리외 박사의 경우에는 그것이 의사로서 할 일을 하는 것이다.

이런 개인의 책임감이 다른 사람들과의 연대감과 결합해서, 리외 박사는 완전히 모순되지는 않은 두 가지 진실을 견지할 수가 있다. "페스트균"은 해를 끼치는 파시즘이나 전제 정치처럼 "죽거나 사라지지 않기" 때문에 언제나 경계해야 한다는 깨달음과 전염병 시대에 "우리가 배우게 되는 것은" "인간에게는 경멸하기보다 존경할 만한 것이 더 많다는 점"이라는 낙관적인 믿음 말이다.

015

정치권력의 한 연구

로버트 A. 카로
Robert A. Caro

✳

『권력의 이동: 린든 존슨의 시대』(2012)
The Passage of Power: The Years of Lyndon Johnson

로버트 카로는 사실 전기를 쓰는 데는 관심이 없고 "정치권력에 대한 연구서"를 쓰는 데 관심이 있다고 말했다. 이는 카로의 기념할 만한 첫 책인 『실세: 로버트 모지스와 뉴욕의 몰락』(*The Power Broker: Robert Moses and Fall of New York*)뿐 아니라 그의 생애 가운데 40년 이상을 들인 기획인 36대 미국 대통령 린든 존슨 전기의 경우에도 그랬다(린든 존슨의 방대한 전기는 지금까지 미완성 상태이다).

2019년 현재 카로는 막대한 피해를 낳은 린든 존슨의 베트남전 처리 방식을 다룬 5권을 집필하고 있는데, 아마도 이것이 이 전기의 마지막 권이다(2022년 현재 5권은 아직 출간되지 않았다. _옮긴이). 그사이에 4권인 『권력의 이동』은 전기의 본보기가 되고 있다. 이 책은 이야기를 풀어내는 타고난 감각, 눈앞에서 역사가 만들어지고 있다고 느끼게 만드는 능력, 사건을 시대의 맥락 속에 위치 짓는 재능 등 카로가 작가로서 가진 모든 역량을 보여준다.

『권력의 이동』은 존 F. 케네디가 암살당해 부통령이던 존슨이 백악관에 들어오면서부터 시작한다. 이는 미국 역사상 매우 극적이고 중요한 순간으로, 존슨이 백악관에 들어오자마자 맞닥뜨린 엄청난 난관을 카로는 심층적으로 전한다.

존슨은 우선 혼란스럽고 슬퍼하는 국민에게 신뢰감을 불어넣어주어야 했고, 쿠바 미사일 위기로 위험하리만치 뜨거워진 냉전의 한복판에 있는 세계에 연속감을 주어야 했다고 카로는 말한다. 그러려면 케네디 행정부의 핵심 인사들을 설득해 계속 남아서 자기 뒤로 결집하게 해야 했다. 게다가 자신을 의심하는 많은 사람들과 싸워야 했다. 여기에는 인권에 대한 그의 의지에 의문을 가진 진보주의자들과 그의 '위대한 사회' 계획(루스벨트의 뉴딜 정책과 같은 존슨의 국내 정책으로, 주된 목표는 가난과 인종차별을 없애는 것이었다. _옮긴이)을 막으려는 남부 사람들이 포함되었다.

존슨은 자신이 어떤 전술전략을 쓸 수 있는지 알았고, 의회의 실세들과 인맥이 있었으며, 원하는 것을 얻기 위해 필요한 것은 무엇이든 협박하고 회유하고 정치적으로 흥정하려는 맹렬한 의지를 갖고 있었다. 그가 "의회의 저항"과 한 세기 동안 "사회 정의를 방해"하던 "남부 세력"을 극복할 수 있었던 것은 이런 자질 덕분이었다고 카로는 말한다.

존슨이 어떻게 케네디의 죽음이라는 위기와 자신의 정치 감각을 이용해서, 전임자의 중단된 감세 법안과 인권 법안을 의회에서 통과시키고 혁신적인 빈곤과의 전쟁을 위한 토대를 마련했는지 카로는 상세히 알려준다. 또 그의 불안, 실패에 대한 두려움, 강자에게 영합하고 약자를 지배하려는 욕구 등 그동안 존슨의 성격에 대해 쌓인 정보를 바탕으로 정치와 정책 수립에서 성격이 하는 역할을 살핀다.

존슨은 셰익스피어 극에 나오는 주인공처럼 원대한 야심과 중대한 결함을 가진 인물이면서 좀 더 종잡을 수 없는 인물로 드러난다. 가난에 쪼들리고 정직하지 못하며, 뛰어나면서 잔인하고, 상스러우면서 이상주의자이며, 자랑하기 좋아하고, 자기연민에 빠져 있으며, 언젠가 연방대법원 대법관인 에이브 포타스가 "그 사람은 분비샘이 더 많다"라고 말할 정도의 엄청난 정력을 타고났다. 존슨은 또 거대한 자아와, 힘없고 가난한 사람들에 대한 순수한 동정심(이는 그의 어린 시절로 인해 생겨났다)에 의해 움직이는 사람이었다. 케네디가 암살당한 후 몇 주 몇 달 동안 자신의 약점과 비열한 본능을, 카로의 말로 하자면, 오랫동안은 아니지만 "충분히 긴 기간 동안" 이겨내고 행동해 "재능의 승리만이 아니라 의지의 승리"를 보여줄 수 있었던 인물이다.

016

할리우드 로맨틱코미디

스탠리 커벨

Stanley Cavell

✱

『행복의 추구: 재결합에 관한 할리우드 코미디』(1981)

Pursuits of Happiness: The Hollywood Comedy of Remarriage

이 책은 우리가 할리우드의 로맨틱코미디를 보는 방식을 바꿔놓는다. 〈필라델피아 이야기〉, 〈그의 연인 프라이데이〉, 〈레이디 이브〉 같은 매력 넘치는 스크루볼 코미디(계급도 다르고 성격도 판이한 남녀가 모든 차이를 극복하고 결합하는 데 성공하는 과정을 코믹하게 다루는 영화. _옮긴이)와 최근의 〈크레이지 리치 아시안〉 같은 로맨틱코미디가 셰익스피어 극에 기반을 두고 있음을 알려준다. 또 수세기 동안 희극에서 보이는 몇몇 전형적인 수사법을 새롭게 이해하게 해준다. 위기(비극에서 큰 불행의 기폭제 역할을 하는 사건)를 혼란과 오해를 해소하는 원동력으로 이용하는 것과 같은 수사법 말이다.

1930년대와 1940년대의 가장 뛰어난 할리우드 코미디 영화들은 셰익스피어의 비어트리스(『헛소동』)와 로절린드(『뜻대

로 하세요』)를 연상시키는 활달한 여주인공에 더해, 『헛소동』의
생기발랄한 농담을 떠올리게 하는, 남녀 사이의 빠르고 재치
넘치는 대화가 특징이다. 이 영화들에서 갈등에서 혼란으로
그리고 결국 화해로 이어지는 서사의 추이는 셰익스피어의
낭만 희극의 구조와 여러 면에서 유사한데, 스탠리 커벨은 이
책에서 셰익스피어의 작품에 대한 노스럽 프라이의 유명한
연구를 가져와 자신의 주장을 뒷받침한다. 프라이가 전통 희
극의 결말에서 요구되는 "특수한 성격의 용서와 망각에 대해
특별히 주의를 환기시킨다"고 커벨은 말한다. 그러면서 〈베이
비 길들이기〉와 〈아담의 갈빗대〉도 분명 유예를 요구하며 끝
나고 〈이혼 소동〉과 〈필라델피아 이야기〉도 상징적으로 그렇
게 한다고 지적한다.

　『한여름 밤의 꿈』에서 일어나는, 프라이가 말하는 "푸른 세
계"(일상의 규칙이 유예되는 곳)로의 도피도 이에 상응하는 것을
할리우드 코미디 영화에서 볼 수 있다. 커벨이 잘 지적하듯
〈베이비 길들이기〉, 〈이혼 소동〉, 〈아담의 갈빗대〉는 모두 원
근법적 시각과 회복이 가능한 먼 곳에서 사건이 일어난다는
점이 특징이다. 이 영화들에서 이런 배경은 대개 코네티컷인
것으로 드러난다.

　하버드 대학교에서 수십 년 동안 학생들을 가르친 철학자
인 커벨이 젠체하고 고압적이라고 느낄 수도 있다. 칸트의 관
점에서 프랭크 카프라를 분석하고, 리오 매커리를 니체와 비

교하며, 로크의 『통치론』 중 제2론을 가져와 〈그의 연인 프라이데이〉를 논의하는 식이니 말이다. 하지만 부디 인내심을 가지고 계속 읽어보길 바란다. 빽빽한 부분은 대충 훑어보더라도 말이다.

커벨은 하워드 혹스의 〈베이비 길들이기〉에서 이중의 의미를 갖는 많은 대사를 아주 재미있게 해설하고 〈레이디 이브〉, 〈아담의 갈빗대〉, 〈이혼 소동〉에 나오는 노래의 의미를 도발적인 방식으로 검토한다. 더욱 중요한 것은 이 뛰어난 할리우드 영화들이 갖는 복잡성을, 그리고 수세기 전 셰익스피어가 『한여름 밤의 꿈』, 『겨울 이야기』, 『끝이 좋으면 다 좋아』에서 개척한 희극의 전제와 기법이 유쾌하게 재창조되는 방식을 음미하도록 권하고 있다는 점이다.

017

걱정이 많은 가족

라즈 채스트
Roz Chast

＊

『우리 딴 얘기 좀 하면 안 돼?』(2014)
Can't We Talk About Something More Pleasant?

라즈 채스트의 가족은 걱정이 많은 사람들이다. 너무 화나거나 겁나서, 너무 밀어붙이거나 소극적이거나 수동공격성을 보여서 걱정이다. 운전을 두려워하고 닭을 무서워한다. 더욱이 맨해튼의 웨스트 83번가에 에볼라 바이러스가 나타날까 봐 걱정한다.

지난 수십 년 동안 주로 《뉴요커》에 실렸던 채스트의 만화는 현대 생활의 부조리함, 불안정성, 신경증, 존재 불안, 그리고 쇼핑몰과 야외 여가 활동 공간으로 인해 신경과민해진 도시 거주자의 자기애성 불평을 포착하고 있다.

채스트는 풍자작가로서 사회인류학자와도 같은 시선을 보여주지만, 채스트의 작품은 딸, 아내, 어머니로서의 자기 경험에 의지하는 자전적 충동을 오랫동안 분명하게 드러냈다. 그

✳

*채스트는 풍자작가로서 사회인류학자와도
같은 시선을 보여주지만, 채스트의 작품은
딸, 아내, 어머니로서의 자기
경험에 의지하는 자전적 충동을 오랫동안
분명하게 드러냈다.*

리고 2014년 『우리 딴 애기 좀 하면 안 돼?』에서 부모라는 주
제를, 부모가 들쭉날쭉한 모래톱 같은 노년과 질병을 잘 헤쳐
나가도록 도우려는 작가 자신의 노력을 해학이 넘치면서도
꾸밈없이 솔직하게 다뤘다. 대문자, 밑줄 친 말, 여러 개의 느
낌표로 표현되는 감탄사에 대한 채스트의 애정이 이 책에서
배가한다. 휘갈겨 그려 친숙한 채스트의 가족들은 그냥 기진
맥진하고 혹사당한 모습에서 길 위에 어렴풋한 상실과 죽음
의 심연을 보고서 공포에 사로잡혀 두려움에 떨며 비명을 지
르는 뭉크의 〈절규〉 속 인물 같은 모습으로 변해간다.

　채스트가 부모를 아주 상세히 묘사하는 덕분에 우리는 곧
바로 이들을 이웃 또는 가족으로서 수십 년 동안 알아온 느낌
이 든다. 다른 사람을 쥐고 흔드는 무척 고집이 센 어머니 엘
리자베스와 온화하면서 잔걱정이 많은 아버지 조지. 두 사람
은 어렸을 때 같은 5학년 반이었으며 "제2차 세계대전 때와
일하거나 아프거나 화장실에 가는 때를 제외하고는" 여전히

"모든 것을 함께했다."

조지와 엘리자베스는 브루클린("예술가들이나 최신 유행을 좇는 사람들의 브루클린"이 아닌 "모든 것들과 모든 이들의 뒤에 남겨진 사람들의 브루클린")의, 채스트가 자란 아파트에서 수십 년 동안 살아왔다. 어린 시절과 청소년기의 "할 일" 목록에는 "(세균이 있을지 모르므로) 다른 아이들과의 접촉을 피해라", "머크 편람(머크사에서 출판한 의학 편람. _옮긴이)에서 증상을 찾아보아라", "죽지 마라"와 같은 충고의 말이 포함돼 있었다고 채스트는 떠올린다.

결혼해서 코네티컷으로 이사한 뒤에는 브루클린을 피하면서 1990년대를 보냈다고 채스트는 말한다. 하지만 부모님이 "TV 광고에서 말하는" "원기왕성한! 완전히 독립적인! 머리카락은 세었어도 보통 성인 같은!!!" "노년기를 서서히 지나" "좀 더 두렵고 말하기 어려운 노년기"로 옮겨가고 있음을 깨닫기 시작한다.

이 책에서 채스트는 사정을 봐주지 않는다. 아버지의 끝없이 걱정하는 습관을, 어머니의 까다로운 성미와 싸게 파는 물건을 쓸데없이 사재기하는(80퍼센트 할인이라고 대형 사이즈 랍스터 비스크 다섯 개 묶음을 사는 식이다) 고집을 이야기한다. 어머니와 아버지가 48년 동안 살았던 고향을 떠나 이사하는 일에 대해, 그 아파트에 남겨둔 수십 년 된 물건들에 대해 쓴다. 지질층을 이룬 것 같은 미개봉 우편물, 포장 음식 메뉴판, 오래된 책, 오래된 옷, 오래된 《라이프》 잡지, 빈 스티로폼 계란판, 골동품이 된 가전제품, 마찬가지로 오래된 응급상자와 병뚜껑 등. 채스트는 또 갈팡질팡하며 이런 상황을 처리하려는 자신의 노력을, 극심한 불안과 걱정과 좌절감과 완전히 어찌할 바를 모르는 느낌을 기록한다.

채스트의 그림, 사진, 글이 모두 콜라주처럼 결합해 부모를 위한 강렬한 기념물이 되었다. 이 책은 아트 슈피겔만의 『쥐』, 마르얀 사트라피의 『페르세폴리스』, 앨리슨 벡델의 『펀 홈』과 마찬가지로 이른바 그래픽노블의 정의를 넓히는 데 기여했으며, 이 장르가 자서전 그리고 절박하고도 복잡한 이야기를 위한 혁신적 플랫폼으로서 갖는 가능성을 분명하게 보여준다.

018

이리저리 돌아다니며 쓰는 작가

브루스 채트윈
Bruce Chatwin

✳

『파타고니아』(1977)
In Patagonia

『내가 여기서 뭘 하고 있는 거지』(1989)
What Am I Doing Here

브루스 채트윈은 사후에 발표된 한 글에서 작가는 두 가지 범주로 나뉜다고 말했다. "한곳에 자리 잡고 쓰는 작가"와 "이리저리 돌아다니며 쓰는 작가".

첫 번째 범주에 속하는 이들로는 "자기 서재에서 글을 쓴 플로베르와 톨스토이, 책상 옆에 갑옷을 두고 쓴 졸라, 자신의 작은 집에서 쓴 포, 안쪽 벽에 코르크를 댄 방에서 쓴 프루스트"를 꼽았다. 이리저리 돌아다니며 쓴 이들로는 "조용히 매사추세츠에 자리 잡으면서 '망한' 멜빌(포경선을 타고 돌아다닌 경험을 바탕으로 한 모험소설로 대중의 인기를 끈 멜빌은 너새니얼 호손에게 매료돼 그가 사는 매사추세츠로 이사하고 『모비딕』을 썼으나 독자들의 반응은 냉담했고 이후 작가로서 거의 잊혀졌다. _옮긴이)이나 헤밍웨이, 선택이었든 불가피한 일이었든 앞뒤 가리지 않고 호텔과 셋방을 돌아다니며 살았던 고골이나 도스토예프스키를 들었다. 도스토예프스키는 시베리아 감옥까지 가기도 했다.

물론 채트윈은 단연코 이리저리 돌아다니며 쓰는 작가의 범주에 속한다.

채트윈은 자신의 DNA에 방랑벽을 가지고 자랐다고 회상한다. 할머니의 사촌으로 칠레 푼타아레나스의 영국 영사가 된 찰리는 1898년 마젤란 해협 어귀에서 조난당했다. 삼촌인 제프리는 아랍 전문가이자 사막 여행가로 에미르 파이살(파이살 1세. 1920년 대시리아 왕국의 왕이 되었으나 프랑스의 식민 통치로 인해 4개월 만에 쫓겨난 후 1921년 영국의 도움으로 이라크 왕국의 왕이 되었다. _옮긴이)로부터 황금 머리장식을 받았으며, 역시 삼촌인 험프리는 "아프리카에서 슬픈 최후"를 맞이했다.

아버지가 해군에 있는 동안 어린 브루스는 어머니와 함께 여러 친척과 친구들의 집에 머물면서 영국을 여기저기 떠돌며 어린 시절을 보냈다. 채트윈은 나중에 "열렬한 지도책 중독자"가 되었으며, 유망한 직장인 소더비스를 떠난 후 스스로 저널리스트의 길을 가기로 결심했다.

첫 번째 책인 『파타고니아』는 돌풍을 일으켰다. 콜라주와도 같은 서사, 정교한 문체, 그리고 지구상 좌표를 가진 장소인 만큼이나 작가의 상상 속 장소이기도 한 풍경의 묘사와 같은 특성이 여행기의 경계를 넓히고 이 장르를 활성화하는 데 기여했다. 이 책의 시작 부분은 널리 찬사를 받고 인용되곤

⊙

첫 번째 책인 『파타고니아』는 돌풍을 일으켰다.
콜라주와도 같은 서사, 정교한 문체,
그리고 지구상 좌표를 가진 장소인 만큼이나
작가의 상상 속 장소이기도 한 풍경의 묘사와
같은 특성이 여행기의 경계를 넓히고
이 장르를 활성화하는 데 기여했다.

한다. 어린 브루스는 할머니의 장식장에 있던 이상한 동물 가죽 조각이 할머니의 사촌이 파타고니아에서 발견한 "브론토사우루스의 조각"이라 생각했는데, 이것이 얼마나 어린 브루스의 가슴에 박혔던지 저 머나먼 땅에 대한 매혹에 불이 붙어 언젠가 그곳을 여행하겠노라고 마음먹었다.

마술적인 것, 부조화한 것, 진기한 것을 알아보는 채트윈의 예리한 눈은 『내가 여기서 뭘 하고 있는 거지』에 실린 인물평, 에세이, 여행기에서도 잘 드러난다. 이 책의 좀 더 빤한 소제목들도 채트윈의 관찰력과 자신감을 보여준다. 러시아 아방가르드 예술부터 제3세계에서의 생존 전략, 하이패션계의 경쟁 관계에 이르기까지 뭐든 쓸 수 있다는 자신감 말이다.

채트윈의 가장 빼어난 글들은 놀라운 인물들로 가득한 온전한 형태의 짧은 소설처럼 읽힌다. 이 책에서 우리는 러시아에는 대작가가 없다고 불평하며 부디 읽을 만한 "진짜 쓰레기"를 가져다달라고 채트윈에게 부탁하는 나데즈다 만델스탐과, 보드카를 홀짝거리며 "웨일스"(Wales)를 "고래"(whales)로 혼동하는 다이애나 브릴랜드(프랑스계 미국인 패션 칼럼니스트이자 편집자로, 패션 잡지《하퍼스바자》와《보그》의 편집장을 지냈다. _옮긴이)를 만날 수 있다.

"나비 날개 같은 옷깃이 달린 밝은 갈색 상의"를 입고서 의자 끄트머리에 앉은 앙드레 말로는 "위인으로 변신한 재능 있는 젊은 예술 애호가"로 묘사된다. 베르너 헤어조크는 "모순들의 집약체"라는 인상을 준다. 대단히 거칠지만 취약하고, 다정하면서도 거리감이 있으며, 소박하면서 감각적이고, 일상의 압박에 특별히 잘 적응하진 못하지만 극한 상황에서는 효율적으로 역할을 수행한다.

유명하지 않은 사람들도 생생하게 묘사된다. 72년의 생애 가운데 절반을 페루 사막에서 나스카 문양으로 알려진 고고학의 불가사의를 조사하며 보낸 "키가 크고 거의 뼈만 남은 독일 수학자이자 지리학자", 두 개의 빙하를 가로지르고 약 5,791미터 높이의 산길을 오르는 여정에 악착같이 나서는 깡마른 티베트인 밀수꾼, 중국의 산촌 사람들에게 이탈리아 테너 가수인 카루소의 음반을 틀어주길 좋아하는 식물학자이자 탐험가.

채트윈은 분명 문명을 뒤로하고 세계의 극단으로 떠난 이 고독한 모험가들에게 친밀감을 느꼈다. 실제로 그 자신의 삶은 티베트의 셰르파들과 공유하는 열렬한 믿음으로부터 활력을 얻었다. "강박적 여행자"인 티베트의 셰르파들은 돌무더기와 기도 깃발(티베트 불교의 종교적 상징과 문자를 담은 작은 천으로 만들어진 깃발로, 기도할 때 쓰인다. _옮긴이)로 자신의 족적을 표시해 "인간의 진짜 고향은 집이 아니라 길이며 삶 자체가 발로 걸어가는 여정임을 상기시"킨다.

019

제1차 세계대전 전야

크리스토퍼 클라크

✳

『몽유병자들: 1914년 유럽은 어떻게 전쟁에 이르게 되었는가』(2012)
The Sleepwalkers: How Europe Went to War in 1914

제1차 세계대전은 2,000만 명의 군인과 민간인이 사망하고 2,100만 명이 부상하는 결과를 낳은 대재앙이었다. 러시아 혁명을 촉발하고, 나치즘의 출현과 제2차 세계대전의 발발에 밑거름이 되었으며, 오늘날 중동에서 일어나는 해결하기 힘든 많은 갈등의 씨앗을 심었다. 더욱이 폴 퍼셀이 1975년 출간한 놀라운 책 『제1차 세계대전과 현대의 기억』(*The Great War and Modern Memory*)에서 말했듯, 참호전의 잔학성은 유럽 문화 전반에 충격파를 주어 사실상 구질서를 파기하고 모더니즘과 그에 따른 불만을 낳았다.

"어떻게 그런 일이 일어났는지 나는 결코 이해할 수 없을 것이다." 작가 리베카 웨스트는 나중에 제1차 세계대전에 대해 이렇게 말했다. 1914년 6월 28일 사라예보에서 오스트리아-헝가리 제국의 추정 왕위 계승자인 프란츠 페르디난트 대공과 아내 소피가 암살당한 사건이 어떻게 평화로운 유럽을 전쟁으로 몰아넣었을까? 그 전쟁이 어떻게 눈덩이처럼 커져 유럽 대륙을 집어삼키고 세상을 뒤바꿔놓을 대참화가 되었을까?

제1차 세계대전 이전 시대가 우리 시대와 많은 면에서 비슷하다는 점을 감안할 때, 이런 질문은 오늘날 특히 시의성을 갖는다. 당시도 세계화 그리고 전화 같은 새로운 기술이 격심한 변화를 불러일으키고 있었으며, 이런 변화가 차례로 포퓰리즘의 성장을 부채질하고 있었다. 우익 운동, 민족주의 운동이 증가하고 있었으며, 더 큰 지정학상의 변화가 세계 질서의 안정을 위협하고 있었다.

"21세기 독자가 1914년 여름의 위기 과정을 따라가다 보면 그 조야한 현대성에 충격을 받을 것임에 틀림없다." 역사학자 크리스토퍼 클라크는 이 흥미진진한 책에서 이렇게 쓰고 있다. 클라크에 따르면 "희생, 죽음, 복수를 숭배하는 집단"을 중심으로 만들어진 "외국" 테러 조직이 페르디난트 대공의 암살 배후에 있었고, "쇠퇴하는 제국과 부상하는 세력"을 특징으로 하는 복잡한 지형, 다시 말해 오늘날 우리가 처한 것과 다르지 않은 지형의 역학관계가 부채질을 하면서 전쟁으로 이어지게 되었다.

클라크는 사려 깊은 권위를 보여주며 제1차 세계대전에 관한 방대한 양의 정보를 샅샅이 뒤져서 '왜'가 아니라 어떻게 결정들이 이뤄졌는지 그리고 어떻게 평화나 타협으로 가는 다양한 길이 차단되었는지에 초점을 맞춰 쓰고 있다. 그는 누군가에게 전쟁의 책임을 지우려 하지 않으며, 무슨 일이 일어났는지 설명해줄 수 있는 단 하나의 결정적 증거 같은 건 없다고 말한다. 그보다는 여러 나라들의 "정치 행위자들이 내린 일련의 결정들이 정점에 이르면서 전쟁이 발발했다"고 주장한다. 그 결정들은 흔히 오해, 단편적이거나 불완전한 정보, 이념과 파당에 따른 주요 정치 행위자들의 입장에 근거했다.

케임브리지 대학교에서 학생들을 가르치는 클라크는 익히 잘 아는 유럽 역사를 손쉽게 이용해서 독일, 오스트리아-헝가리, 프랑스, 영국, 세르비아 등 유럽이 전쟁으로 치닫게 하는 데 주요 역할을 한 각 국가들이 어떻게 경쟁국 및 동맹국에 대해, 역사와 문화 전통에 의해 형성된 오랜 편견과 의심을 갖고 있었는지 검토한다. 나아가, 이런 반사적인 태도가 어떻게 잘못된 의사결정으로 이어질 수 있는지, 그리고 각국 내 민족주의 압력단체의 로비 같은 파당적 국내 정치가 어떻게 때때로 한 국가의 외교 정책 기구의 서로 다른 파벌 사이에 충돌을 일으켰는지 분석한다.

클라크는 또 전운을 고조시키는 데 주요 역할을 한 개인들을 능숙하게 그려낸다. 영국 외무장관 에드워드 그레이 경은 영국의 정책이 "주로 '독일의 위협'에 중점을 두고 있"음을 확실히 하고, 이에 대해 비우호적인 시선을 가진 이들이 정책 결정 과정을 면밀히 들여다보지 못하도록 차단하려 했다. 그리고 변덕스런 독일 황제 빌헬름 2세는 자주 책임 있는 각료들을 건너뛰고 '총애하는 신하들'과 의논해서 내각 내 파벌 싸움을 부추기고 기존의 정책과 상충하는 견해를 보였다.

이 모든 요인이 클라크가 말한 "주변의 혼란"에 기여했다. 이런 혼란이 전쟁이 일어나기 직전 유럽 대륙 전역에 소용돌이쳤다. 클라크의 말에 따르면, 유럽 국가들은 "깨어 있지만 보지 못하는, 꿈에 사로잡혀 있으나 그들이 세상에 내놓으려는 끔찍한 현실에는 눈먼" 몽유병자처럼 전쟁에 휘말려들었다.

020

외교 정책에 대하여

에드워드 루스, 『서구 자유주의의 후퇴』(2017)
Edward Luce, *The Retreat of Western Liberalism*

리처드 하스, 『혼돈의 세계
: 미국 외교정책과 구질서의 위기, 그리고 한반도의 운명』(2017)
Richard Haass, *A World in Disarray: American Foreign Policy
and the Crisis of the Old Order*

"모든 것이 무너지고 중심을 유지할 수가 없다." 윌리엄 버틀러 예이츠의 1919년 시 「재림」에 나오는 이 불길한 구절이, 쓰인 뒤 한 세기가 지나서 널리 인용된 것은 놀라운 일이 아니다.

브렉시트, 도널드 트럼프의 미국 대통령 당선, 전 세계에 걸친 국가주의와 포퓰리즘의 거센 물결로 인해, 미국과 연합국이 평화를 유지하고 민주주의 이상을 촉진하며 경제 번영을 공유하기 위해 조직한 제2차 세계대전 이후 체제가 전에 없이 위협받고 있다. 권위주의가 대두하고, 트럼프는 미국을 안정 세력(어떤 지역의 정치 세력이나 한 나라의 정국을 안정시킬 수 있는 세력을 말한다. _옮긴이)에서 불안정 세력으로 뒤바꿔놓았으며, 러시아는 자유민주주의를 약화하려는 노력에서 다른 나라들의 선거에 계속해서 개입하고 있고, 권위주의 국가인 중국이 세계 무대에서 득세하고 있다.

불안을 자아내는 이런 국면의 전개는 무엇을 예고하는 것일까? 장차 민주주의의 회복력을 결정짓는 것은 어떤 요소들일까? 2016년 미국과 영국에서 계속된 국내 정치의 격변은 세계 동맹에 지속적으로 어떤 영향을 미칠까? 대단히 많은 정보에 근거한 이 두 권의 책은 세계 무대에서의 이런 국면 전개를 요약해서 독자를 이해시킨다.

《파이낸셜 타임스》 미국판 편집자이자 칼럼니스트인 에드워드 루스는 트럼프와 마린 르 펜 같은 유럽의 우파 정치인들이 오늘날 민주 자유주의의 위기의 원인이 아니라 증상이라고 본다. 또 2016년 미국 대통령 선거에서 트럼프가 거둔 승리를 "숨을 헐떡이며 죽어가는 미국의 다수 백인들이 일으키고 푸틴이 부추긴 사고", 다시 말해 이후에는 곧 정상적인 정치 과정이 재개될 사고로 보지 않는다. 그렇기는커녕 트럼프의 당선은 더 큰 세계 동향의 일부라고 루스는 주장한다. 그 동향에는 새천년 이후 민주주의 국가 20여 곳의 실패와 서구 중산층에 대한 하방 압력의 증가가 포함된다. 이 압력은 가속화하는 세계화 및 자동화의 영향력과 2008년 금융위기의 여파가 초래한 것으로, 국가주의와 포퓰리즘의 반발을 부채질하고 있다고 그는 말한다.

자유민주주의 국가들을 하나로 묶는 가장 강력한 접착제는 경제 성장이며 성장이 멎거나 실패할 때 상황이 험악해지고 돌변할 수 있다고 루스는 주장한다. 일자리와 자원을 놓고 벌이는 경쟁이 치열해지면서, 루스가 말하는 "뒤처진 사람들"은 흔히 자신의 문제에 대한 희생양을 찾고, 정치가 점점 더 제로섬 게임으로 전락하면서 합의에 이르기는 더욱더 어려워진다.

"현대 생활의 많은 도구가 사람들 대부분이 손에 넣을 수 없을 정도로 점점 값비싸지고 있다." 루스는 이렇게 쓰면서 주택, 의료, 대학 학위의 비용이 치솟고 있다고 지적한다. 서구에서도 소득 불평등이 증가하고 있으며 "통상 서구 국가 가운데 가장 높은 계급 이동성을 보였던 미국이 지금은 가장 낮은 계급 이동성을 보이고 있다."

트럼프의 경제 정책은 선거운동 때의 미사여구와는 달리 "트럼프가 대통령직에 출마하게 만든 경제 상황을 악화시키"는 한편 "그가 본국의 민주주의 전통에 퍼부은 경멸"이 해외 자유민주주의의 증진을 위태롭게 할 것이라고 루스는 예측한다. 또 트럼프가 러시아의 푸틴이나 터키의 에르도안 같은 독재자를 포용하고 나토와 오랜 동맹국을 무시하면서 미국이 지금까지 누리던 해외 친선관계를 헛되이 버리는 결과로 이어지고 있음을 상기시킨다. 루스는 이런 상황을 감안하면 "세계의 안정과 억제 원칙은 시진핑과 다른 강력한 지도자들의 손에 맡겨야 할 것"이라고 덧붙이면서도 "중국이 아니라 혼돈이 미국의 자리를 차지할 가능성이 더 크다"고 예상한다.

미국 외교협회(미국의 초당적 외교 정책 및 국제정치 문제 연구 기구로 권위 있는 국제정치 평론지인 《포린어페어스》를 발행한다. _옮긴이) 의장인 리처드 하스는 "질서의 쇠퇴"라는 세계 동향을 확인시켜준다. 그는 2017년 출간한 책으로, 명쾌함이 돋보이는 『혼돈의 세계』에서 이렇게 쓴다. "21세기는 그 이전 거의 4세기 동안의 역사, 다시 말해 보통 현대로 여겨지는 시대로부터의 일탈을 보여주기에 대처하기가 대단히 어려울 터이다."

일부 사람들이 경솔히 예견한 것과 달리, 냉전이 끝나고 1989년 베를린 장벽이 무너진 뒤 희망차고 새로운 세계 질서가 생겨나지 않았음을 하스는 상기시킨다. 그보다는, 핵으로 무장한 미국과 소련이 서로 조심스럽게 억제하며 접근하던 비교적 안정된 양극 체제가 세계화, 핵 확산, 빠르게 변화하는 기술의 힘에 지배되는 복잡한 다극 체제로 바뀌었다. 새천년 들어 포퓰리즘의 성장, 극단주의 운동, 민주주의 제도에 대한 공격이 세계를 한층 더 불안하게 만들고 있다.

하스가 말한 "걱정스러운 국면 전개"로는 세계 주요 강대국 사이의 경쟁 강화, 기후변화 같은 세계가 맞닥뜨린 난제와 이에 대한 실질적 대응 사이에 커지는 격차, 국내외 정치의 기능장애 등이 포함된다.

하스는 거침없는 권위를 보여주며 더 큰 역학관계에 대한 논의와, 시리아나 아프가니스탄 같은 분쟁 지역의 복잡하게 얽힌 관계에 대한 자세한 내용 사이를 능숙하게 오간다. 이 책은 현재 세계정세에 대해 대단히 중요한 시각을 제공한다. 1648년 30년 전쟁을 끝낸 후 체결한 베스트팔렌 조약부터 냉전 종식까지 국제관계에 대한 간략하면서 매우 흥미로운 역사와, 오늘날 세계 지형을 형성한 세력과 사건에 대한 마찬가지로 간결한 분석으로 균형 잡힌 시각을 보여준다.

하스는 트럼프 행정부와 국내외 안보 정책에 대한 이 행정부의 변덕스러운 접근을 경고하는 듯한 부분에서 이렇게 덧붙인다. "미국이 세계에서 하고 있는 일에서 갑작스럽거나 급격하게 물러나는 것을 경계해야 한다. 일관성과 신뢰성은 강대국의 극히 중요한 자질이다. 미국에 그들의 안보를 의존하는 동맹국과 연합국들이 이런 의존이 신뢰할 만하다고 확신해야 한다. 만약 미국이 의심받게 된다면, 결국 매우 다르고 훨씬 더 무질서한 세계를 초래하게 될 것이다."

하스는 미국 국내의 혼란은 "따라서 세계의 혼란과 밀접하게 연관되어 있다"고 말하면서, 이 둘이 함께 "위험하다"고 결론짓는다.

021

아이티 디아스포라

에드위지 당티카
Edwidge Danticat

✳

『형제여, 나는 죽어가네』(2007)
Brother, I'm dying

미국은 언제나 이민자의 나라였으며, 미국 역사와 문학의 형성에 중요한 역할을 한 많은 작가와 사상가들이 외국 태생이다. 토머스 페인과 알렉산더 해밀턴이 그렇고, 블라디미르 나보코프, 제이컵 리스, 솔 벨로, 아이작 아시모프가 그렇다.

도널드 트럼프가 강경한 새 이민 정책을 시행하고 인종차별주의 언어를 사용해 불화와 분열을 퍼뜨리는 순간에도, 미국인 대다수(2019년 퓨 리서치센터의 조사에 따르면 62퍼센트)는 이민자들이 재능과 노력으로 미국을 더 강하게 만든다고 생각한다는 사실을 여론조사는 보여준다. 게다가 지난 수십 년 동안 이민자이거나 이민 2세대 미국인 작가들이 이민 경험에 대해 쓴 주요 작품들이 쏟아져 나왔다. 게리 슈테인가르트, 주노 디아스, 줌파 라히리, 말런 제임스, 디노 멘게츄, 오션 브엉, 비엣 타인 응우옌, 테아 오브레트, 칼럼 매캔, 야 지야시 등이 대표적이다. 이 작가들의 작품은 이민자들이 미국 문화에 가져온 혁신, 복잡성, 활력을 상기시킨다. 흔히 국외자인 이들은 아메리칸 드림의 약속과 모순에 특히 익숙하며 그런 만큼 예리한 관찰자로서 많은 사람들이 무시하거나 당연시하는 일상의 측면에 주목하는 경향이 있다.

에드위지 당티카의 작품은 미국에 대한 이런 입체적 시각을 구현하는 동시에 이 작가의 모국인 아이티와 이 나라의 폭력적 역사가 낳은 고통스런 유산을 설득력 있게 그린다.

당티카는 2007년 출간한 이 회고록에서 자신이 두 살 때 아버지가 뉴욕으로 떠났다고 회상한다. 2년 후에는 어머니가 에드위지에게 새로 지은 옷 열 벌을 남기고 아버지를 따라 미국으로 갔다. 이 옷 대부분은 어린 에드위지에게 너무 컸는데, 앞으로 몇 년 동안 입힐 셈이었던 것이다. 이후 8년 동안 에드위지와 오빠는 큰아버지 부부인 조제프, 드니즈와 함께, 경쟁하는 갱단과 정치 파벌들의 십자포화에 휩싸인 포르토프랭스(아이티의 수도. _옮긴이)의 한 지역에서 살았다.

독실한 침례교 교인이 된 조제프 삼촌은 몇 년 동안 벨에어 지역을 떠나길 거부했다. 여든한 살의 조제프는 지역 갱단이 자신이 다니던 교회를 불태우고 약탈한 후에야 이 지역과 나라에서 몰래 빠져나왔다. 하지만 그의 미국행은 곧 악몽이 되었다. 조제프는 마이애미에 도착해 망명을 요청한 후 플로리다에 있는 한 구류시설로 보내졌는데, 그곳에서 병에 걸려 병원으로 이송되어 하루 만에 사망했다.

조제프는 사랑하는 아이티를 떠나고 싶지 않았으나 뉴욕 퀸스에 있는 한 묘지에 묻혔다. "죽어서야 드디어 망명해" "그를 원치 않았던 나라의 흙"이 되었다. 그리고 머지않아 말기 폐섬유증을 앓던 동생 미라(당티카의 아버지)가 이 묘지에 합류한다. 두 형제는 살아서 아주 다른 선택을 했으나, 결국 뉴욕 외곽의 한 자치구에 있는 묘지에 나란히 누웠다.

당티카는 아버지와 큰아버지에 대해 이야기하면서 아이티 디아스포라가 개인에게 남긴 결과를, 부모와 자녀, 형제자매, 남아 있는 사람들과 떠난 사람들에게 미치는 영향을 깊이 느끼게 한다.

이 잊을 수 없는 책은 국외 이주 생활과 가족애에 대해, 그리고 사랑이 어떻게 거리와 이별, 상실과 유기 속에서도 살아남아 견디면서 흐트러지지 않고 맹렬히 빛날 수 있는지에 대해 이야기한다.

022

아무것도 내버릴 게 없는 소설

돈 드릴로
Don DeLillo

✳

『언더월드』(1997)
Underworld

최근 역사가 보여주는 기묘한 초현실성을 돈 드릴로보다 더 잘 인식하고 주목한 미국 소설가는 없었다. 드릴로는『플레이어들』(*Players*),『리브라』,『마오 II』,『화이트 노이즈』와 걸작인『언더월드』같은 소설에서, 작가로서 가진 눈부신 재능으로 과열된 미국 역사를 생생히 기록한다. 그러면서 묘한 혜안으로, 어떻게 마구잡이식 폭력과 편집증이 집단 무의식에 서서히 스며들었는지, 어떻게 유명인과 테러범이 미국인의 상상력을 사로잡았는지 이야기한다.

드릴로는 미국을 음모론식 사고가 구성 원리로서 종교를 대체한 곳, 축축한 "우연의 손"이 모든 사람의 삶에 뻗쳐 있는 곳, "가능하다고 생각되는 일에 대한 원칙"이 하룻밤 사이에 바뀌는 곳으로 그린다. 기술의 유혹과 그것이 대중문화의 부조리성을 확대하는 능력, 데이터와 뉴스 과잉으로 주의가 산만해지고 무감각해져 주의력 결핍장애로 휘청거리는 사회의 헤드라인을 장악하는 폭탄 제조자와 총기 무장 범인의 힘을 그린다.

드릴로의 소설들은 9·11 테러의 공포와 충격 그리고 그 음울하고 긴 여파뿐 아니라 인터넷에 쇄도하기 시작한 대중의 힘이 점점 커져서 전문가와 엘리트에 대한 불신이 생겨나고 그 불신이 더욱 커질 것이라고 예견했다.

드릴로의 현란하고 잘 조화된 소설 『언더월드』는 20세기 후반 미국을 포착하며 강렬한 잔상을 남기는 서사에 몰두한다. 이 시기 미국은 원자폭탄이 드리운 그늘 속에서 격변하는 새천년을 앞두고 있었다.

이 소설은 작가와 마찬가지로 어린 시절 브롱크스의 로마가톨릭교 가정에서 자란 주인공 닉 셰이의 경험을 중심으로 한다. 그러면서도 미국을 파노라마식으로 그리며 스포츠 팬, 음모론 광신자, 협잡꾼, 사기꾼, 사업가, 과학자, 예술가 등 서로 엇갈리는 많은 유·무명인들의 삶을 기록하는 한편, 어떻게 개인과 집단이 수렴해 폭발력을 갖는지 깊이 이해시킨다. 이 소설은 시작 장면만으로도 현대 소설 가운데 훌륭한 역작의 하나인데, 1951년 10월 3일 페넌트레이스에서 자이언츠가 다저스를 물리치고 이기는 매우 중요한 야구 경기를 지켜보는 3만 4,000명 이상의 야구 팬들이 공유하는 경험을 포착한다.

드릴로는 이 장면을 출발점 삼아 이 세기의 나머지 시기 역사의 긴 궤적을 추적한다.

『언더월드』는 드릴로의 엄청난 재능을 전시하듯 보여주는 소설이다. 리처드 프라이스나 데이비드 매밋의 대화 또는 지하철에서 엿듣는 대화같이 소름 끼치면서 아주 정확한 대화에 탁월한 역량, 독자의 마음을 파고드는 강렬한 이미지를 찾아내는 레이더, 화려하면서 공감각적인 문체를 선보인다. 그리고 경험의 동시성을, 다시 말해 우리 마음속에서 과거와 현재 그리고 중요한 일과 사소한 일이 어떻게 끝없는 회로를 돌리고 있는지를 영화와 같은 기법으로 전하는 기량도 보여준다. 회화, 음악, 영화에서 콜라주와 즉흥과 몽타주 기법을 빌려온 이 소설의 파편화된 서사는 현대 삶의 많은 부분을 규정짓는 부조화와 불연속성을 반영한다.

드릴로가 초기에 쓴 한 작품의 인물은 "아무것도 내버릴 게 없"는 제임스 조이스 풍의 어떤 소설에 대해 이야기한다. 불안하게 질주하며 표류하는 미국의 최근 역사를 포착해, 끊임없이 일어나는 과거를 언어로 영원히 동결시킬 수 있을 소설 말이다. 드릴로는 『언더월드』로 정확히 이를 해냈다.

023

두 세계

주노 디아스
Junot Diaz

✳

『오스카 와오의 짧고 놀라운 삶』(2007)
The Brief Wondrous Life of Oscar Wao

이 소설에 대해 가장 먼저 떠오르는 것은 디아스의 열띤 목소리이다. 그는 지나치게 쾌활한 거리의 속어와 호흡이 몹시 빠른 에스파냐식 영어를 섞어 쓴다. 마술성과 역동성을 지닌 문체가 책장에서 튀어나올 듯하면서, J. R. R. 톨킨부터 도미니카 공화국의 독재자 라파엘 트루히요까지, 일본 애니메이션부터 카리브 해의 끔찍한 역사까지, 러트거스 대학에서의 성(性)적 모험에서 난폭한 산토도밍고 경찰의 급습까지 무엇이든 이야기할 수 있을 정도로 유연하다. 이런 언어가 디아스의 인물들이 어떻게 두 세계를 오가는지 분명하게 보여준다. 유령이 떠도는 모국 도미니카 공화국(인물들의 악몽과 꿈에 나타난다)과 이들 인물이 대규모 도미니카 디아스포라에 섞여 도망쳐온 자유와 희망(그리고 때로 실망)의 땅인 미국(뉴저지)이라는 두 세계 말이다.

작가의 데뷔작인 이 놀라운 소설은 재미있고도 가슴 아프고 감동을 주면서도 영악하다. 소설은 도미니카 공화국 이민 2세대인 한 괴짜에 대한 익살스런 묘사에서 공식 역사와 개인의 역사 그리고 과거의 무게에 대한 잊을 수 없는 사색으로 나아간다. 미국 이민이 한 가족에게 몇 세대에 걸쳐 어떤 영향을 미치는지 살핀다. 부모는 고국의 폭력과 탄압을 피해 도망쳐 나와 모든 것이 이질적인, 쇼핑몰과 교외 지역의 나라에서 혼자 힘으로 새로운 삶을 일궈나가느라 고군분투한다. 아이들은 미국의 대중문화에, 그리고 젊은이들이 연애와 학교생활에서 흔히 느끼는 좌절감에 빠져든다. 자신의 일상 관심사와, 부모나 조부모가 고국에서 맞닥뜨려야 했던 지독한 선택 사이에 터무니없는 간극이 있음을 알면서도 말이다. 이 인물들에게, 과거는 소중한 가족의 뿌리에 자신을 비끄러매주는 닻인 동시에, 정신적 외상을 일으키는 주체할 수 없는 기억으로 이들을 위협하며 끌어내리는 위험한 암류이다.

디아스의 아주 친한 고향 친구인 주인공 오스카는 "모든 사람이 항상 이야기하는 저 도미니카 고양이가 아니다. 홈런 타자나 멋진 바차타(20세기 전반 도미니카 공화국에서 시작된 라틴아메리카 음악의 한 장르._옮긴이) 가수도 아니"고, 섹시한 여자들을 수없이 거느린 "바람둥이"도 아니다. 과체중인 데다 자기혐오에 빠진 괴짜이며 "도미니카 공화국의 톨킨"이 되길 꿈꾸는

❖

이 인물들에게, 과거는 소중한 가족의 뿌리에
자신을 비끄러매주는 닻인 동시에, 정신적 외상
을 일으키는 주체할 수 없는 기억으로 이들을
위협하며 끌어내리는 위험한 암류이다.

SF소설광이다. 자신을 무시하는 여자들을 애타게 그리며, "펑크밴드 수지 앤 더 밴시스를 좋아하는 불량한 계집애"인 아름다운 누나 롤라 그리고 그에게 다이어트와 운동을 시키고 "정신 나간 비관적인 말을 못 하"게 하는 대학 룸메이트로 남성다움을 과시하는 유니오르의 노력에도 불구하고 자신이 숫총각으로 죽을까 봐 걱정한다. 유니오르는 오스카가 그의 엄마처럼 아트레우스 가문이 받은 것과 같은 저주를, 다시 말해 도미니카 공화국의 독재자 라파엘 트루히요가 이 가족에게 내린 "최고의 푸쿠(이 소설에서 콜럼버스가 신대륙을 발견한 이래 이곳 사람들에게 거머리처럼 달라붙어 떨어지지 않는 저주와 동의어로 쓰인다. _옮긴이)"를 받고 있는 게 아닌가 생각한다.

소설이 진행되면서, 우리는 오스카처럼 그의 가족이 지나온 과거에 점점 더 이끌린다. 오스카 어머니 벨리가 냉정하다는 평판을 얻은 건 어린 시절 도미니카 공화국에서 겪은 거의 상상할 수 없는 고통과 상실이 원인임을 알게 된다. 벨리의 부유한 아버지는 트루히요의 폭력조직에 고문당하고 투옥되었으며, 어머니는 아버지가 투옥된 뒤 트럭에 치였다. 벨리 자신은 트루히요의 여동생과 결혼한 위험한 남자와 불행한 불륜관계를 맺은 후 목숨을 걸고 간신히 이 섬나라를 탈출했다.

디아스는 트루히요에 대해 이렇게 쓰고 있다. "이 동향인은 산토도밍고를 자기 개인 소유의 모르도르('어둠의 땅'이라는 뜻으로 『반지의 제왕』에 나오는 악한 세력의 나라. _옮긴이)처럼 지배했다. 나라를 다른 세계로부터 가두고, 다시 말해 플라타노(바나나와 비슷하게 생긴 과일인 플랜테인의 에스파냐어. _옮긴이) 커튼 뒤로 이 섬나라를 고립시키고, 더욱이 나라가 자신의 농장인 듯이, 자신이 모든 사람과 모든 것을 소유한 듯이 굴면서 죽이고 싶은 사람은 누구든 죽여버렸다. (…) 그의 눈은 어디에나 있었다. 옛 동독의 비밀경찰인 슈타지를 능가하는 비밀경찰을 두고서 모든 사람들을, 심지어 미국에 살고 있는 사람들까지 모두 감시했다."

디아스의 이 충격적인 소설은 도미니카의 슬픈 역사를 조명하는 동시에 한 가족의 꿈과 상실을 상세히 기록한다. 이 소설은 관습에 따른 모든 문학 장르와 범주를 초월해서 마술적 리얼리즘을 포스트모더니즘의 현란한 기법과 결합하고 SF 소설의 밈을 역사상의 사실과 결합한다. 디아스는 이 소설로 현대 소설에서 가장 강력하고 마음을 사로잡는 목소리의 하나로 확고히 자리 잡는다.

024

글쓰기, 불안, 시대정신

조앤 디디온
Joan Didion

✳

『베들레헴을 향해 웅크리다』(1968)
Slouching Towards Bethlehem

『화이트 앨범』(1979)
The White Album

조앤 디디온이 1968년 출간한 에세이 모음집인 『베들레헴을 향해 웅크리다』는 예이츠의 유명한 시 「재림」에서 제목을 따왔다. 이 시에는 이런 구절이 있다. "모든 것이 무너져 중심을 지탱할 수 없다. 무질서만이 세상에 풀려 있다." 디디온은 이 구절이 "마치 외과수술로 이식한 듯이 내면의 귀에 울렸다"고 썼다. 그것은 디디온이 "알던" 세상이 "더 이상 존재하지 않는다"고, 모든 것을 이해할 수 없게 되었다고, 혼란과 무작위성(디디온은 이를 "주사위 이론"이라 불렀다)이 지배한다고 디디온의 감각에 일러주었다.

『베들레헴을 향해 웅크리다』와 1979년 출간한 『화이트 앨범』(이 제목은 비틀스의 앨범에서 따왔다)에 실린 디디온의 글은 1960년대와 1970년대 미국에 널리 퍼진 광란을 순간순간 포착해 잊을 수 없이 그려낸다. 히피족들이 샌프란시스코 헤이트 애시베리로 이주한 일부터 맨슨의 끔찍한 살인(사이비 종교 집단인 맨슨 패밀리를 이끌던 찰스 맨슨은 1969년 일당과 함께 영화감독 로만 폴란스키의 집을 습격해 그의 아내이자 유명 영화배우인 샤론 테이트를 포함해 다섯 명을 난도질해 죽였다. _옮긴이), 그리고 이런 불안한 시기에 디디온 자신이 느꼈던 두려움과 정서적 현기증까지.

"사회계약과 사회는 개선되는 방향으로 나아간다는 원칙에 품었던 작은 믿음을 어느새 잃어버린 여자가 여기 있다." 디디온은 『화이트 앨범』에서 이렇게 썼다. 디디온은 자신이 "악몽 같은 일, 그러니까 슈퍼마켓 주차장의 문이 잠긴 차 안에서 불타는 아이들", 고속도로의 저격수, 사기꾼, 정신이상자, "길 잃은 아이들, 밤에 소란을 피우는 온갖 무지막지한 무리들"에 대해서만 정신이 기민한 "몽유병자"가 된 것 같다고 느꼈다.

수십 년 후 디디온이 가장 두려워하던 "이루 말할 수 없는 일상의 위기"가 현실이 되었다. 거의 40년 동안 함께한 남편 존 그레고리 던이 갑자기 심장마비로 사망하고, 외동딸 퀸타나가 몇 개월 동안 입원과 퇴원을 반복한 후 2년도 채 안 돼 사망한 것이었다. 디디온은 이 애끓는 상실을 『상실』(*The Year of Magical Thinking*)과 『푸른 밤』에 기록한다.

나는 톰 울프가 1973년 발표한 획기적 선집인 『뉴저널리즘』(*The New Journalism*)에서 조앤 디디온을 처음 읽었다. 이 선집은 『파멸을 맞으며 미소 짓다: 《에스콰이어》로 보는 1960년대 역사』(*Smiling Through the Apocalypse: Esquire's History of the Sixties*)와 함께 많은 사람들로 하여금 기자가 되고 싶다는 생각을 갖게 한 책들 가운데 하나이다. 나는 『베들레헴을 향해 웅크리다』를 구해 읽고서 디디온의 어조와 독특한 힘을 가진 문체, 즉 외과수술과 같은 정확성, 거의 주문을 외는 듯한 운율에 넋을 잃었다. 디디온이 보여주는 "극단적이면서 불운한 헌신"에 대한 매혹과 "막다른 상황"에 대한 인식이 또한 십대인 나의 과장된 상상에 깊이 와닿았다.

수십 년 전 F. 스콧 피츠제럴드가 「무너져 내리다」로 개인 에세이라는 장르를 개척했으나 디디온의 솔직함은 왠지 새롭게 느껴졌다. 사실 디디온의 작업은 여러 가지 면에서 1990년대와 21세기 초 새로운 세대의 작가들이 쓰게 될 회고록을 예견했다.

디디온은 가장 유명한 한 글에서 "내가 된다는 게 무엇인지" 기억하는 일이 중요하다고 썼다. 사랑이나 결혼에 대한 글이든, 뉴욕에서 기자 생활을 시작하는 것에 대한 글이든, 디디온은 1970년대와 1980년대 많은 젊은 여성들의 경험을 이야기했다. 수줍음을 많이 타며 몸집이 작고 "성격상 나서는 법이 없는" 사람이 기자가 된다는 게 어떤 것인지에 대해 썼다. 디디온은 텅 비다시피 한 자신의 뉴욕 아파트를 묘사했다.

"침실 창문에 46미터짜리 극장용 노란색 실크 커튼"을 걸어 두었는데 "금빛이 기분 좋게 해주리라는 생각에서였다." 디디온은 엘살바도르나 콜롬비아 같은 위험한 나라를 혼자 여행하는 법을 알았고, 또 내가 알았다면 나의 어머니가 좋아했을 법한 것들을 알았다. 예를 들어 부야베스와 보르시(붉은 순무로 맛을 낸 러시아 및 동유럽권의 전통 수프 요리. _옮긴이)를 요리할 줄 알았으며, 어떤 옷을 펙앤펙에서 샀는지 본윗 텔러에서 샀는지 아니면 로스앤젤레스의 아이매그닌에서 샀는지 구매처를 기억할 줄 알았다.

나는 운 좋게도 1979년 디디온과 『화이트 앨범』에 대해 인터뷰를 했다. 그 인터뷰는 프리랜서 때의 일로, 『뉴욕타임스』에 쓴 첫 기사였다. 캘리포니아 브렌트우드에 있는 디디온의 집에 도착해서, 나는 기자 수첩을 꺼내 "디디온풍"이라 할 만한 세세한 것을 모두 열심히 적었다. 진입로에 주차된, 『있는 그대로 연주하라』(Play It as It Lays)에서 마리아가 모는 것과 같은 노란색 콜벳 자동차, 그리고 해충 구제업자가 쥐를 끌어들이는 자석이라고 말해줬다는 뒷마당의 아보카도 나무 같은.

디디온은 『화이트 앨범』과 『베들레헴을 향해 웅크리다』에서 자신의 불안과 경험을 미국의 시대정신의 지표로 삼았다. 자신이 새크라멘토에서 자라면서 알고 있던 캘리포니아가 어떻게 하룻밤 사이에 새로운 캘리포니아로 탈바꿈했는지, 다시 말해 옛 개척지의 방식이 어떻게 할리우드의 디너파티와 뉴

에이지의 도피로 바뀌었는지, 자신을 새롭게 창조할 수 있다는 미국인들의 믿음이 어떻게 뿌리 없음과 아노미에 자리를 내주었는지 썼다.

디디온에게 글쓰기는 주변에서 보는 무질서에 이야기를 부여하는 방법이자 이 나라에 닥친 변화를 이해하기 위한 수단이었다. 당시 미국은 베트남 전쟁과 워터게이트가 남긴 트라우마 그리고 마틴 루서 킹 주니어와 로버트 케네디의 암살을 겪으면서 휘청거렸으며, 대학 교정과 시카고 및 로스앤젤레스 거리에서는 폭력 사태가 벌어졌다. 디디온에게는 "모든 게 말로 표현할 수 없이 충격이었지만 상상하지 못할 것이 없"어 보였다.

디디온은 브렌트우드에 있는 식민지 시대 양식의 이층집 같은 곳을 오래전부터 원했다고 내게 말했다. "들어섰을 때 중앙 홀이 있고 오른쪽에 거실이, 왼쪽에 식당이 있는 집을 원했답니다. 이런 집이 있으면 질서와 평화가 내 삶에 깃들 거라 생각했지만 그렇지가 않더군요. 이층집에 산다고 해서 위험이 사라지지는 않더라고요."

025

우리 집은 싱크홀을 깔고 앉아 있다

데이브 에거스
Dave Eggers

✳

『비틀거리는 천재의 가슴 아픈 이야기』(2000)
A Heartbreaking Work of Staggering Genius

2000년 출간된 주목할 만한 이 책은 충격을 안기면서 가슴을 울린다. 에거스는 아버지와 어머니가 모두 몇 주 간격을 두고 세상을 떠나면서 스물한 살에 여덟 살 난 동생 토프의 대리 부모가 된 이야기로 "회고록 비슷한 것"을 썼다. 이 작품은 에거스가 작가로서 지닌 놀라운 폭을 드러내 보여준다. 그는 자기언급과 진지함, 과장과 솔직성 사이에서 어려움 없이, 실로 생동감 넘치게 태도를 바꿀 수 있으며 익살에서 사색까지, 장난스러움에서 다정함까지 다양한 어조의 글쓰기에 능숙하다.

이 소설은 관습적인 자서전과 많이 비슷하다. 여담으로 가득한 로렌스 스턴의 『트리스트럼 샌디』가 관습적인 소설과 비슷한 만큼이나 말이다. 에거스는 부모를 모두 잃는 동시에 어린 동생의 부모가 된다는 게 어떤 느낌인지 독자들에게 전하는 데 열중한다. 그러면서 다양한 기법을 받아들이고, 의식의 흐름에 따른 회상에 주석과 각주를 달면서, 지적이고 실험적인 작품들에서 가장 흔히 보이는 포스트모더니즘 서사 전략을 자신의 슬픔과 혼란을 전하는 뜻밖이지만 효과적인 도구로 바꿔놓는다. 그의 감정은 모순적인데, 일어난 일을 모두 기록하고 싶어하는 한편으로 때로는 과장법과 풍자를 방패 삼아 상실감에 압도당하는 일을 피하고 싶어한다.

"우리 집은 싱크홀을 깔고 앉아 있다." 에거스는 이렇게 쓰고 있다. "우리 집은 토네이도에 휩쓸린 집, 휘몰아치는 검은 깔때기 속에서 어찌해볼 도리 없이 애처롭게 떠도는 작은 기차 세트의 모형 집이다. 우린 약하고 작다. 우린 그레나다다(1983년 미국은 제2의 쿠바 사태를 우려해 쿠데타가 일어난 카리브 해의 작은 나라인 그레나다를 기습 침공했다. _옮긴이). 사람들이 하늘에서 낙하산을 타고 내려오고 있다."

데이브와 토프는 부모가 죽은 후 누나 베스 곁으로 가기 위해 캘리포니아 주 버클리로 이사한다. 두 형제는 아버지와 아들처럼 가정을 꾸려 기숙사처럼 지저분한 생활을 한다. 거실 여기저기에 책, 신문, 우유가 반쯤 남은 잔, 오래된 감자튀김, 반쯤 뜯은 프레첼 봉지, 그리고 적어도 농구공 네 개와 라크로스(각각 열 명의 선수로 이뤄진 두 팀이 그물채 같은 것으로 공을 던지거나 잡으며 하는 하키 비슷한 경기. _옮긴이) 공 여덟 개와 스케이트보드 한 개 정도의 스포츠용품 더미가 널브러져 있다. 부엌에는 개미가 들끓고, 빨랫감은 쌓여 있으며, 청구서는 "최소 90일은 지나야 지불되고", 학교 서류 제출은 늦어진다.

데이브는 아주 가끔 데이트를 위해 집을 나서면서 끔찍한 일이(그의 "거칠고 공포로 들끓는 상상력"이 꾸며낼 수 있는 무슨 일이든) 일어날까 봐, 베이비시터가 동생을 죽이거나 다른 누군가가 토프와 베이비시터를 죽일까 봐 걱정한다. 그는 자신이 지금 "모든 게 가능한 지대"에 살고 있다고 생각한다. "놀랄 일도 아니다. 지진, 메뚜기 떼, 독성이 있는 비는 내게 깊은 인상을 남기지 못할 것이다. 신의 방문, 일각수, 횃불과 홀(scepter)을 든 박쥐인간. 이 모두가 그럴 법해 보인다."

데이브는 다른 아이들의 부모와 함께 토프의 리틀리그 경기에 참석한다. 일주일에 네 번 정도는 어머니의 요리법을 기초로 스스로 저녁식사를 준비하기로 결심하며, 자신이 좋아하는 걸 모두 토프에게 가르치려 한다.

"동생의 뇌는 나의 실험실, 보관소이다." 에거스는 이렇게 쓰고 있다. "내가 선택한 책, 텔레비전 프로그램, 영화, 선출직 공무원에 대한 견해, 역사상 사건, 이웃 사람들, 행인들을 그 안에 채워 넣을 수가 있다. 동생은 나의 24시간 교실이자, 자리를 뜰 수 없는 나의 청중이며, 내가 가치 있다고 여기는 걸 모두 받아들여야 한다." 데이브는 토프에게 존 허시의 『1945 히로시마』(소름 끼치는 부분은 제외하고), 아트 슈피겔만의 『쥐』,

조지프 헬러의 『캐치-22』를 읽어주고, 프리스비(던지기를 하고 놀 때 쓰는 플라스틱 원반. _옮긴이)로 묘기를 가르치며, 양말을 신고 두 사람이 사는 아파트 복도를 미끄러지는 고도의 기술을 알려준다.

에거스는 기쁨이나 불안이나 사별 같은 강렬한 감정을 전하는 특출한 능력이 있다. 동생과 함께 하는 프리스비 경기를 삶에 관한 실존적 사색으로 바꿔놓을 줄 안다. 혼수상태에서 깨어나는 친구를 보고 느끼는 격렬하고 흥분된 기쁨을 전할 줄 안다. 그리고 미시간 호수에 어머니의 유골을 뿌리는 일을, 어머니의 죽음에 대한 서정적 헌사이자 애도에 서툰 자신에 대한 정신없고 익살스런 이야기로 바꿔놓을 줄 안다. 그는 스필버그 영화에 나오는 으스스한 계약의 궤(모세의 십계를 새긴 돌을 넣어둔 상자. _옮긴이)를 떠올리게 하는 유골함을 끌고 다닌다.

이 책은 가족애와 회복력에 대한 대단히 감동적인 회고록으로, 엄청난 재능을 가진 창의적인 젊은 작가의 데뷔작이다. 에거스는 이후에 내놓은 『도대체 어떻게 된 거야』(*What Is the What*)와 『왕을 위한 홀로그램』 같은 감탄하지 않을 수 없는 작품들에서 작가로서 가진 가능성을 실현하고 있다. 어조와 문체가 매우 다른 이 작품들은 에거스의 폭넓고 다채로운 재능을 분명하게 보여준다.

026

언제든 일어날 수 있는

데보라 아이젠버그
Deborah Eisenberg

✳

『데보라 아이젠버그 소설집』(2010)
The Collected Stories of Deborah Eisenberg

데보라 아이젠버그의 인상 깊은 단편소설 「슈퍼영웅들의 황혼」(Twilight of the Superheroes)은 새로운 천년이 시작되는 시기의 뉴욕을 배경으로 한다. 9·11 테러 사건이 일어나기 전후의 며칠, 몇 달 동안 이 도시가 어떻게 변화하고 어떻게 변화하지 않았는지를 그린다. 스카이라인에 생긴 구멍이 여전히 남아 있는데도, 다시 말해 "비행기가 공격해 저 9월 아침의 푸른 커튼을 찢어 바로 그 뒤편에 놓인 어두운 세계를 드러낸" 일을 사람들이 기억하고 있음에도, 어떻게 정상과 똑같아 보이는 상태로 돌아왔는지 보여준다.

너새니얼이라는 인물은 말한다. "역사가 우리에게 가르쳐 줄 게 있다면, 우리의 온갖 노력에도 불구하고, 우리의 선의 또는 악의에도 불구하고, 우리 자신의 선견지명에 대한 깨뜨릴 수 없는 애처로운 믿음에도 불구하고, 우리 가련한 인간들은 사실 앞서 생각할 수 없다는 점이야. 변수가 너무 많거든. 그래서 결국 정말로 중요한 일을 책임지는 사람은 언제나 아무도 없어."

아이젠버그의 많은 인물들이 이와 비슷한 인식을 하게 된다. 사고, 질병, 급작스레 끝나는 관계, 또는 갑자기 충돌하는 현실에 대한 기대들. 이런 예기치 않은 전개로, 이들은 삶의 불안정성을 깊이 인식하고, 좋거나 나쁘거나 또는 그냥 놀라운 일이 언제든 일어날 수 있음을 이해하게 된다. 그런 일은 어떤 경우에는 가족의 죽음이나 폭로이고, 또 어떤 경우에는 개인에게 파문을 불러일으키는 더 큰 공적 사건이다.

뒷부분에 실린「네 오리는 내 오리」(Your Duck Is My Duck)에서는 최근의 뉴스가 흔히 "동화 속 마법의 물질"과 비슷해서 "최저 수준의 악에서 끊임없이 끔찍함을 더해가"고 있다고 아이젠버그는 쓰고 있다. 이런 끔찍함이 집단의식에, 적어도 본인이 세상에 펼쳐지는 부정과 배신의 공범이라고 느끼는 사람들의 집단의식에 스며든다.

아이젠버그는 극작가의 감각으로 대화를 제시하고 정확한 레이더로 흥미로운 사실을 드러내는 세부를 포착해 보여주면서 장편소설과도 같은 감정의 진폭을 지닌 단편소설을 쓴다. 그러면서 아주 짧은 분량으로 인물들의 일상, 그들이 오가는 세계, 그리고 그들이 반항하거나 또는 그들 자신을 규정지어

줄 수 있을 가족을 깊이 이해하도록 한다. 현재와 과거를 능수능란하게 오가며, 기억과 오래전 사건이 어떻게 현재를 결정하는 데 그림자를 드리우는지, 그리고 시간이, 끊임없이 반복되는 일상생활이 어떻게 우리를 제약하기도 하고 자유롭게 해주기도 하는지 보여준다.

어른이 되는 길을 찾아가는 청소년이든, 세계를 돌아다니는 젊은 예술가 지망생이든, 빙산처럼 지평선에 나타난 죽음을 바라보는 노인이든, 이들은 자신을 국외자로 경험하고, 문득 알아차린 자신의 역할에 대해 성격 또는 과거의 경험으로 인해 제대로 준비되지 않았다고 느낀다. 이들은 몽롱한 의식의 흐름에 따라 생각에 잠기고(티백이 기능하는 방식에 대해 "물이 차를 티백에서 데리고 나오는 걸까? 아니면 무엇이 그러는 걸까?") 우울한 철학적 방백을 한다("인간은 태어나고 살았다. 그들은 작은 덩어리로 함께 붙어 있다가 죽었다").

아이젠버그는 인물들의 이야기를 미리 정해두고 자기 마음대로 깔끔히 마무리 짓지 않는다. 그보다는 현실의 온갖 당황스런 전개와 놀라운 반전이 있는 부조화한 형태의, 다시 말해 비대칭의 서사로 유기적으로 발전할 수 있게 한다.

027

망가진 세계에서

T. S. 엘리엇
T. S. Eliot

✳

『황무지』(1922)
The Waste Land

이 시는 출간된 지 거의 한 세기가 지나 모더니즘을 떠받치는 중심 기둥의 하나가 되고 있다. 제임스 조이스의 『율리시스』(마찬가지로 1922년에 출간되었다), 스트라빈스키의 〈봄의 제전〉, 피카소의 〈아비뇽의 처녀들〉, 버지니아 울프의 의식의 흐름 기법에 따른 소설과 함께, 에즈라 파운드가 예술가들에게 "새롭게 만들어라!"라고 한 권고를 구현했다. 다듬어지지 않은 비약적 에너지, 콜라주식 파편의 이용, 불협화음과 불연속성의 수용, 전통과 선형성에 대한 도전. 이런 요소들은 세계가 20세기 초반 급격한 사회 및 정치 변화 그리고 엄청난 충격을 가져온 제1차 세계대전의 결과와 씨름하면서 경험하고 있던 소외감과 혼란을 반영했다.

고등학교와 대학교에서 수십 년 동안 『황무지』를 가르쳐왔

◯

*이 시는 오랜 규칙과 확실성이 사라진 세계를
묘사한다. "죽은 나무는 피할 곳을 내주지 않"고,
외로운 사람들이 "현실 같지 않은 도시"를 멍하니
돌아다니며, 시인은 "아무것도/연결 지을 수가
없다."*

으며, 그 새로움은 널리 이해되고 모방되고 풍자되었다. 그래
서 이제 『황무지』가 일부 독자들에게 익숙한 것 같은 인상을
주고, 심지어 진부하다고 여겨질 수도 있다. 이 시가 처음 발
표되었을 때 얼마나 급진적이었는지 제대로 이해하기란 쉽지
않은데, 당시 오랜 운율 규칙을 깨고 새로운 언어와 기법을
사용해 유행과는 거리가 먼 정신적 소외와 도시의 불안이라
는 주제를 다뤘다.

　그러나 오늘날 다시 읽어봐도, 이 시가 제1차 세계대전의
결과로 망가진 세계에 대해 환기시키는 내용은 여전히 깊은
공감을 불러일으킨다. 이 시는 오랜 규칙과 확실성이 사라진
세계를 묘사한다. "죽은 나무는 피할 곳을 내주지 않"고, 외로
운 사람들이 "현실 같지 않은 도시"를 멍하니 돌아다니며, 시인
은 "아무것도/연결 지을 수가 없다."(엘리엇은 단테의 『신곡: 지옥
편』 서문에 "지옥이란 아무것도 연결되지 않는 곳"이라고 썼다. _옮긴이)

　엘리엇은 이 시를 "삶에 대한 개인적인 (…) 불만을 덜"기

위해 썼으며, 어느 정도는 불행한 결혼 생활과 신경쇠약으로 고투를 벌이고 있던 자신의 심리 상태가 반영되어 있다고 언젠가 말했다. 하지만 카프카의 작품이 폭군과도 같은 아버지와의 관계에 뿌리를 두면서 현대 생활과 정치에 대한 내구성 있는 은유를 낳았듯, 엘리엇의 『황무지』 또한 세계의 더 큰 역학관계를 반영한다. 이 세계는 상실감과 혼란에 시달리는 지금 우리의 세계와 다르지 않다. 엘리엇이 『율리시스』에 대한 글에서 쓴 말로 하자면, 이 세계는 "허무와 무정부 상태의 거대한 파노라마"를 보여주는 동시에 구원과 재생을 갈망한다.

028

미국의 독립전쟁

조지프 J. 엘리스
Joseph J. Ellis

✳

『건국의 형제들: 혁명 세대』(2000)
Founding Brothers: The Revolutionary Generation

『미국의 탄생: 공화국 건국시의 승리와 비극』(2007)
*American Creation: Triumphs and Tragedies at the
Founding of the Republic*

『혁명의 여름: 미국 독립의 시작』(2013)
Revolutionary Summer: The Birth of American Independence

『미국의 대화: 건국자들과 우리』(2018)
American Dialogue: The Founders and Us

린마누엘 미란다의 멋진 뮤지컬 〈해밀턴〉 같은 사차원의 마술을 보여주는 역사책은 없다. 하지만 미국 독립전쟁 시대에 대해 더 많이 알고 싶은 독자들이 읽기 시작하기에 역사학자 조지프 엘리스가 쓴 이 책들만큼 좋은 건 없다.

엘리스는 여러 책에서 미국 건국 시대를 되살려내 독립전쟁 동안의 주요 사건과 헌법 제정 회의에 이르기까지의 과정을 날렵하게 풀어낼뿐더러 국가 형성기에 작동하고 있던 이념, 이상, 그리고 편견을 간결하게 분석한다. 건국자들이 미국의 민주주의를 지키고자 마련해놓은 견제와 균형을 위한 장치를 도널드 트럼프가 공격하고 있는 현재 상황에서, 이는 알아야 할 중요한 주제이다. 건국자들이 미국의 원죄인 노예제도를 해결하려는 노력을 기울이지 않으면서 생겨난 비극적 결과를 고려한다면 더더욱 그렇다.

엘리스는 2018년 『미국의 대화』에서 이렇게 썼다. 건국 시대는 "대폭발"을 일으켜 "우리의 정치 은하계 내 모든 행성과 궤도를 만들어내고 이로써 하나의 국민이자 국가인 우리의 운명에 대한 논의(이 논의는 여전히 진행 중이다)를 위한 제도의 틀을 확립했다."

엘리스는 미국 독립혁명의 성공 가능성이 얼마나 희박했는지 상기시킨다. 영국의 육군과 해군은 세계에서 가장 강력한 군대였던 반면, 워싱턴이 지휘하는 대륙군(미국 독립전쟁 중이던 1775년 열세 개 식민지의 공동 방위를 위해 만들어진 군대. _옮긴이)은 오합지졸에 불과했다. 이들은 대개 준비와 훈련이 제대로 되지 않은 상태였으며, 때로는 신발이 부족하고 영양실조에 시달렸다.

상황과 운이 미국 지도자들이 결정을 내리는 데 큰 역할을 했는데, 이들은 자주 심연의 가장자리를 아슬아슬 걸으며 일을 도모하고 있었다.

브루클린 전투 동안 뉴욕에 안개가 끼지 않았다면, 워싱턴은 거의 만 명에 달하는 사람들을 브루클린에서 맨해튼으로, 다시 말해 상대하기 벅찬 영국 해군이 통제하는 수역인 이스트 강을 건너서 철수시키는 뛰어난 위업을 이룰 수 있었을까?

워싱턴이 이끄는 병력이 더 많았다면, 밸리 포지(미국 독립전쟁 중인 1777~78년 겨울철에 대륙군이 주둔한 곳으로, 1778년 2월에 굶주림, 질병, 동상으로 2,500여 명의 병사들이 사망했다. _옮긴이) 이후 그랬던 대로 방어태세를 취하기보다 좀 더 공격적인 접근법을 취했을지 모른다. 대륙군의 이런 전술 때문에 영국군은 제멋대로 뻗어나간 시골 지역에서 일반 시민들의 동조를 얻기 위해 싸워야 했다. 이는 영국군의 자원을 소모시켜, 결국 대륙군이 전세를 뒤집는 데 도움이 됐던 것으로 밝혀졌다.

엘리슨은 이런 국면의 전개를 설명하면서 관련 인물들이 앞다투어 몰아치며 일어나는 사건들을 어떻게 경험했는지 전한다. 그러면서도 이따금 뒤로 물러나 이들이 황급히 내린 결정이 역사의 백미러에 어떻게 비칠지 평가한다.

또 개인의 성격과 결정이, 열세 개 식민지가 "우리 합중국 사람들"이 되게 만들고 오늘날까지 이어지는 극심한 사회 및 정치 불평등을 물려주는 데 중요한 역할을 했음을 분명하게 보여준다.

어떤 경우에는 적절한 기량을 가진 적절한 인물들이 제때 적절한 순간에 있었다고 엘리스는 주장한다. 냉정한 군 통솔력을 발휘한 워싱턴, 정략에 정통한 제임스 매디슨, 그리고 재정과 관련해 지혜를 보여준 알렉산더 해밀턴이 그랬다. 하지만 인종차별주의와 의도적 위선을 드러낸 토머스 제퍼슨이 루이지애나를 사들이면서 "지금까지 역사상 가장 운 좋은 기회"를 놓치게 되었다고 엘리스는 보았다. "점차 노예 해방 정책을 시행해서 노예제를 폐지시키고" "그 자신이 독립선언서에서 한 말에 부합하게 미국 역사의 방향"을 바꿔놓을 기회를 말이다.

엘리스가 본 대로, 건국자들이 가진 이념과 성격의 차이(그리고 그들이 소리 높여 외치는 우정과 경쟁)가 지적 자극을 불러일으켜 창의성을 드높였으며 "견제와 균형이라는 그들 사이의 원칙이 그대로 헌법에 재현되었다." 이들은 연방 정부와 주 정부의 주권을 두고 대립하는 주장들에 대해, 그리고 미국 독립혁명의 의미에 대해 의견이 엇갈렸다. 미국 독립혁명이 개인의 자유 그리고 영국 및 유럽의 정치 전통으로부터의 완전한 단절을 뜻하는지 아니면 "미국이 독립 국가로서 갖는 지위라는 더 큰 목적을 위해 개인, 주(州), 그리고 부분적인 이익을 고결하게 포기함을 뜻하는지."

워싱턴, 해밀턴, 애덤스, 제퍼슨, 매디슨, 프랭클린은 엘리스가 말한 "미국 역사상 가장 뛰어난 정치적 재능을 가진 세대"에 속하지만, 여전히 그 시대의 관습 그리고 자신이 가진 편견과 단점의 제약을 받는 그 시대의 인물이다. 이들의 삶과 이들이 내린 결정을 되돌아보는 일은 역사 연구가 상호작용하는 과정임을 떠올리게 한다고 엘리스는 쓰고 있다. 다시 말해 역사 연구란 "과거와 현재 사이에 계속 진행 중인 대화"인 것이다.

029

미국 민주주의의 토대

알렉산더 해밀턴·제임스 매디슨·존 제이, 『연방주의자 논집』(1788)

Alexander Hamilton, James Madison, and John Jay, *The Federalist Papers*

✳

조지 워싱턴, 『조지 워싱턴의 대통령직 고별 연설』(1796)

George Washington, *George Washington's Farewell Address*

『연방주의자 논집』(한국어판으로는 『페더럴리스트』, 『페더랄리스트 페이퍼』로 출간되어 있다. _옮긴이)은 가장 중요한 미국의 문서 목록에서 헌법, 독립선언서, 인권 규정(1789년 미국 헌법이 제정된 후 1791년 연방 정부의 권력을 제한해 시민의 권리를 보호하자는 취지에서 제임스 매디슨이 주도해 수정한 헌법 제1조부터 제10조까지 10개 항을 이른다. 여기에는 표현, 언론, 종교의 자유와 무기 소지의 자유, 집회의 자유 등이 포함되어 있다. _옮긴이)에 이어 최상위권에 속한다. 미국 건국자들이 민주주의의 주춧돌로서 확립한 제도들이 점점 위협받고 있는 오늘날, 반드시 읽어야 할 문서다.

지칠 줄 모르는 알렉산더 해밀턴(당시 삼십대에 불과했다)이 편집한 이 85개의 글은 해밀턴, 제임스 매디슨, 존 제이가 새 헌법의 비준을 얻는 데 도움이 되고자 1787년과 1788년에 썼다. 이 가운데 많은 글이 먼저 신문에 실렸는데, 여기서 건국자들은 웅변으로 헌법을 옹호하면서 미국의 민주주의가 어떻게 작동할 것인지에 대한 생각을 신중히 펼친다.

인간 본성에 대한 건국자들의 현실적 평가, 역사상 다른 민주제 국가들이 빠져들었던 함정에 대한 이해, 그리고 미국이 앞으로 맞닥뜨릴 수 있는 위험에 대한 인식이 이 논설들에 영향을 미쳤다. 해밀턴은 "국민의 권리에 대한 열정이라는 허울 좋은 가면 뒤에는 흔히 위험한 야심이 도사리고 있다"고 경고하면서 이렇게 덧붙인다. "공화국의 자유를 전복시킨" 과거의 폭군 가운데 "대다수가 사람들에게 아첨하며 정치 경력을 시작해서 선동으로 폭군을 끝장낸 이들이다." 또 파벌 집단들이 "극적 효과를 노린 요란한 열변과 신랄한 독설"로 사람들의 마음을 돌려놓으려 할 것이라고 경고했다.

미국은 이성, 자유, 진보라는 계몽주의 이상을 바탕으로 세워졌고, 건국자들은 유권자의 극단적 충동을 억제해 단기의 만족과 충돌하는 장기의 목표에 대한 합의를 이루는 데 도움이 되는 통치체제를 만들려고 했다.

매디슨은 가장 큰 위험 가운데 하나가 이른바 "파벌"의 권력이라고 보았다. 파벌이란 "다른 시민들의 권리 또는 공동체의 영구하고 종합적인 이익에 어긋나는 열정 또는 이해관계 같은 공통의 욕망으로" 결속한 시민 집단을 말한다.

연방주의자 논설 51번에서 매디슨은 이렇게 썼다. "인간이 천사라면 통치체제가 필요하지 않을 터이다. 천사가 인간을 통치한다면, 그 체제에 대한 안팎의 통제가 필요치 않을 터이다. 인간이 인간을 통치하게 될 체제를 만들 때 가장 큰 어려움은 여기에 있다. 즉, 먼저 통치체제가 통치받는 사람들을 통제할 수 있어야 하고, 그런 다음에는 통치체제가 스스로를 통제할 수 있어야 한다는 것이다."

미국 건국자들은 이를 위해 통치체제의 세 부문인 행정부, 입법부, 사법부가 견제하며 균형을 이루도록 설계했다. 그 어떤 부문도 "직접 또는 간접으로 다른 부문을 지배하는 영향력을 가져서는 안 된다"고 매디슨은 썼다.

예를 들어, 대통령은 대사와 대법관을 지명할 권한을 부여받았으나 상원의 자문과 동의를 얻어야 한다. 다른 나라와 조약을 맺는 경우에는 상원의원 가운데 3분의 2가 서명해야 한다. 또 대통령은 "반역죄, 뇌물수수죄, 기타 중범죄 및 경범죄로 유죄판결을 받으면" 입법부에 의해 탄핵을 받고 재판을 받아 면직될 수 있다. 이런 이유로 "미국의 대통령과 영국의 왕은 완전히 다르다"고 해밀턴은 주장했다.

대부분의 일반 독자들은 이 논집에 실린 글을 모두 읽고 싶지는 않을 터이니, 해밀턴의 서론(1번 논설), 매디슨의 파벌 정치의 위험성에 대한 글(10번 논설)과 통치체제의 견제와 균형에 관한 장(51번 논설)부터 읽기 시작하는 게 좋다.

또한 매디슨이 통치체제의 세 부문 간 권력의 분배에 대해 상세히 쓴 글(47~49번 논설), 해밀턴이 대통령의 권력에 대한 견제(69번 논설)와 사법부의 독립성이 갖는 중요성(78번 논설)에 대해 쓴 장들이 매우 시의적절하고 유의미하다.

약 8년 후인 1796년 조지 워싱턴이 두 번째 대통령 임기를 끝낼 즈음에 한 고별 연설(온라인에서 쉽게 구할 수 있다)은 공화국 초기에 나온 또 하나의 없어서는 안 될 중요한 문서로서 『연방주의 논집』에 명시된 많은 주제를 반영하고 있다.

워싱턴의 고별 연설은 이 신생 국가가 언젠가 맞닥뜨릴 위험을 등골이 오싹하리만치 꿰뚫어보았다. 워싱턴은 국가가 미래를 지키려면 헌법을 수호하고 그 자신과 다른 건국자들이 매우 정교하게 만든 통치체제 내 권력의 분립과 균형을 파괴하려는 노력에 대해 조금도 방심해서는 안 된다고 경고했다.

워싱턴은 "교활하고 야심 차며 파렴치한 인물들"의 부상에 대해 경고했다. 이들이 "국민의 권력을 전복해" "스스로 통치체제의 고삐를 빼앗은 후 자신이 부당한 지배권을 쥘 수 있도록 끌어올려준 바로 그 엔진을 파괴"하려 들지 모른다고 말이다. 또 "방심할 수 없는 외세의 간계"와 "야심 차거나 부패하거나 현혹된 시민들"의 위험성에 대해서도 경고했다. 이들이 다른 나라를 위해 헌신해 미국의 "이익을 저버리거나 희생시킬"지도 모른다는 것이다.

마지막으로, 워싱턴은 "파벌 의식이" "근거 없는 시기심과 까닭 없는 경계심"으로 갈등을 불러일으켜 "끊임없이 악영향"
을 미치며, 동부 대 서부, 북부 대 남부, 주 정부 대 연방 정부
등의 파벌주의가 국가 통합을 위협한다고 경고했다. 그래서
시민들은 "미국의 일부를 다른 나머지로부터 소외시키려 하
거나, 현재 다양한 부분들을 서로 연결하는 신성한 유대를 약
화시키려는 모든 시도의 조짐을 애초에" 분연히 물리쳐야 한
다고 워싱턴은 말했다.

030

다양성이라는 말

랠프 엘리슨

Ralph Ellison

✳

『보이지 않는 인간』(1952)

Invisible Man

"나는 보이지 않는 인간이다." 랠프 엘리슨의 1952년 소설은 이렇게 시작한다. "아니, 나는 에드거 앨런 포를 사로잡은 것과 같은 유령도 아니고 할리우드 영화에 나오는 심령체도 아니다." 화자는 계속해서 말한다. "나는 물질, 즉 살과 뼈, 섬유질과 액체로 이루어진 사람이다." 그는 보이지 않는다. 그의 설명에 따르면 "사람들이 나를 보길 거부하기 때문이다. 서커스의 사이드쇼(서커스 등에서 손님을 끌기 위해 따로 보여주는 소규모 공연. _옮긴이)에서 때때로 볼 수 있는 몸뚱이 없는 머리처럼, 나는 마치 나를 왜곡시키는 단단한 유리 거울에 둘러싸인 것같다." 사람들이 그를 볼 때면 "나를 둘러싼 것들, 그들 자신, 또는 그들의 상상이 꾸며낸 것들을, 다시 말해 실로 무엇이든 나를 제외한 모든 것들"을 볼 뿐이다.

보이지 않는다는 건 미국에서 흑인이 어떤 존재인지를 드러내는 은유이다. 무시와 핍박과 비하를 당하고, 기준이 다른 정의의 적용을 받으며, 인종에 대한 조악한 고정관념으로 낙인찍히는 것의 은유이다. 동시에, 보이지 않는다는 건 다른 사람들의 기대와 추측을 떨쳐버리고 우리 자신을 한 개인으로 정의하려 할 때 우리 모두가 맞닥뜨리는 존재 상태라고 엘리슨은 넌지시 이야기한다.

현실적이면서 우화 같고 잊을 수 없을 만큼 초현실적인 『보이지 않는 인간』은 미국의 인종과 다문화 유산에 대한 선견지명 있는 사색인 동시에 강렬한 모더니즘 성장소설이다. 다시 말해 순진함에서 앎으로, 소극성에서 행동으로, 맹신에서 이해로 가는 화자의 여정을 담은 카프카풍 이야기이다.

이 여정은 악몽과도 같다. 화자의 생애 마지막 20여 년은 배신의 연속이었다. 작은 마을의 고등학생으로, 겸손의 미덕을 배운 그는 마을의 백인 실력자들에게 굴욕을 당한다. 그들은 그와 다른 십대 흑인들에게 눈을 가린 채 권투 링 위에서 서로 싸우라고 명령한다. 화자는 흑인들이 다니는 주립대학에서 장학금을 받지만 이곳에서도 의기소침해지는 일에 맞닥뜨린다. 대학 총장인 블레드소 박사는 백인 기부자들에 영합해서 권력을 유지하고 있음이 드러난다. 그는 "내 자리를 유지할 수 있다면 아침까지 이 나라의 모든 흑인을 나뭇가지에 매달아놓"을 것이라고 단호히 말한다.

화자는 블레드소에 의해 대학에서 쫓겨나 뉴욕으로 이사하는데, 여기서도 불행이 계속된다. 그는 "세계 최고의 흰색 페인트"인 "옵틱화이트"를 제조하는 공장에서 일하지만 폭발 사고로 공장 병원으로 실려 가면서 일자리를 잃고, 그곳에서 기억을 지우는 전기 충격 치료를 받는다. 이후 어렴풋이 공산당 같아 보이는 좌익 단체인 형제회에 가입해서는, 이 단체의 지도자들 역시 자신의 목적을 위해 그를 이용하기에 여념이 없어 보인다는 사실을 깨달으면서 환멸을 느낀다.

엘리슨은 머리말에서 자신의 주인공이 도스토예프스키의 『지하생활자의 수기』의 화자와 어떤 특성을 공유하며 화자가 1,369개의 전구가 켜진 지하실에 살게 되었다고 언급한다. 화자는 "동면 상태"로 살면서 자기 삶을 이해하려 노력하고 "행동을 위해" 준비하고 있다. 그는 자신이 "사회에서 책임져야 할 역할"이 있으며, (이 책에서 밝히고 있는) 자신의 이야기를 들려주고 그 긴 여정을 지나오면서 자신이 배운 것에 대해 설명하기로 마음먹은 상태다.

화자가 배운 것은 자신이 "나 자신 외에 그 누구도 아니"라는 사실이다. 그는 흑인이든 백인이든 다른 사람들이 자신을 규정짓는 일을 더 이상 용납지 않을 터이다. 그리고 자신의 경험에 격분하기는커녕 "증오 못지않게 사랑으로 다가가지 않으면 삶의 너무 많은 부분을 잃고, 삶의 의미를 잃을 것"이라는 사실을 깨달았다고 말한다. 삶을 흑백으로, 다시 말해

'예 아니면 아니오'의 관점에서 보는 대신에 모든 것을 포용하기로 결심한다. "다양성"이라는 말은 "무색이 되려는" 게 아니라 "미국이 많은 가닥으로 엮여 있으며" "우리의 운명은 하나이면서 여럿이 되는 것"임을 이해한다는 뜻이라고 그는 말한다.

이는 사실 엘리슨 자신의 생각을 그대로 반영하고 있다. 그는 언젠가 『보이지 않는 인간』으로 "희망과 인식과 즐거움을 주는 뗏목"과도 같은 이야기를 만들고 싶었다고 밝혔다. "우리가 뜻하지 않은 장애물과 소용돌이를 넘어가려 할 때, 이 나라가 흔들리며 민주주의의 이상에 가까워졌다 멀어졌다 할 때" 계속 떠 있도록 도와줄 뗏목 말이다."

♧

현실적이면서 우화 같고 잊을 수 없을 만큼
초현실적인 『보이지 않는 인간』은 미국의 인종과
다문화 유산에 대한 선견지명 있는 사색이다.

031

독백하는 여자로부터

윌리엄 포크너
William Faulkner

✳

『내가 죽어 누워 있을 때』(1930)
As I Lay Dying

윌리엄 포크너가 1930년 발표한 이 획기적인 소설의 여주인공인 애디 번드런은 긴 이야기를 들려준다. 이 이야기는 존재의 고립과 무의미, 그리고 자신의 결혼과 모성 경험을 전하기에 불충분한 언어에 대한 고통스러운 독백이다. 번드런은 "사는 이유는 죽을 준비를 하는 것"이라는 아버지의 말이 무슨 뜻인지 이제 이해한다고 말하며, 또한 "언어가 쓸모없고 그것이 말하려는 것에 부합하지도 않는다"는 사실을 알게 되었다고 단언한다.

이 소설은 번드런의 다른 가족과 이웃들의 관점을 교차시키고 있으며, 애디는 이 열다섯 명의 화자 가운데 한 명일 뿐이다. 이들은 고향에 묻어달라는 애디의 요구를 존중해 관을 가지고 64킬로미터가 넘는 미시시피 시골길을 가는 몹시 힘든 여정을 준비하는데, 이 여정 자체가 인생길에 대한 은유다.

　이 책이 출간되었을 때 그 파편화된 구조는 대단한 실험으로 여겨졌다. 이는 버지니아 울프, 제임스 조이스가 개척한 의식의 흐름 기법에, 그리고 일부 연구자의 추측에 따르면 포크너가 1925년 유럽 여행에서 언뜻 보고 매료된 입체파 미술에 영향을 받은 혁신적인 기법이었다. 포크너는 『내가 죽어 누워 있을 때』에서 이런 발상들을 흡수해 구로사와 아키라 감독의 상징과도 같은 1950년 영화 〈라쇼몽〉과 아주 비슷한 서사 구성 방식을 만들어낸다. 이후 이 구성 방식은 루이스 어드리크, 말런 제임스, 데이비드 미첼 같은 다양한 작가들과 케이블 텔레비전 채널 쇼타임의 〈디 어페어〉 같은 획기적인 드라마 시리즈에 영감을 주었다.

　포크너의 콜라주 방식의 서사는 기억의 주관성, 인식의 한계, 다른 개인의 관점을 이해하는 일의 어려움을 분명하게 보여준다. 고립감과 쓰라림을 느끼는 인물이 애디만은 아니다. 애디의 네 아들, 임신한 딸, 무뚝뚝한 남편, 애디의 여러 친구들의 의식의 흐름에 따른 독백을 통해, 우리는 이들 모두가 다른 사람들과 연결되는 데 어려움을 겪고 있음을 알 수 있다. 혼자라는 느낌과 어긋나 있다는 느낌은 인간 조건의 일부라고 포크너는 말한다.

　하지만 이 소설은 암담하지만은 않다. 어렴풋이 익살스러운 기운이 있으며, 인물들은 썩어가는 애디의 송장을 홍수와 화재를 거치며 고향으로 끌고 가는 여정이 우스꽝스러운 일인 줄 알면서도, 더욱이 애디와 감정이 많이 쌓인 관계인데도, 의리와 헌신에서 인내하며 계속하는 느낌이 있다. 이런 태도는 포크너가 노벨상 수상 연설에서도 그랬듯 자주 밝혔던 믿음, 즉 인류가 "견디고 승리"하리라는 믿음을 담고 있다.

032

나폴리 4부작

엘레나 페란테
Elena Ferrante

✳

『나의 눈부신 친구』(2012)
L'amica geniale

『새로운 이름의 이야기』(2013)
Storia del nuovo cognome

『떠나간 자와 머무른 자』(2014)
Storia di chi fugge e di chi resta

『잃어버린 아이 이야기』(2015)
Storia della bambina perduta

　대단히 아름다운 이 4부작은 가장 친한 친구이자 숙적관계
인 두 여성을 인상 깊게 그린다. 둘은 서로 문학에 대해 품은
포부를 격려하면서 인정받으려 경쟁하며 선망하는 상대이다.
60년의 세월이 이어지는 네 권의 소설에서 레누와 릴라는 잊
을 수 없는 한 쌍을 이룬다. 델마와 루이스(〈델마와 루이스〉), 러
번과 셜리(〈러번과 셜리〉), 아리아와 산사(〈왕좌의 게임〉)와 나란
히, 잘 어울리는 짝으로 우리의 집단 상상력 속에 자리 잡고
있다.

　두 사람은 제2차 세계대전 이후 시기 나폴리의 가난하고
폭력이 난무하는 우범 지역에서 함께 자랐다. 착하고 부지런
하며 성실한 레누는 운 좋게 괜찮은 학교에 선발되어 피렌체
로 가 새로운 삶을 살게 되고, 작가로 성공해서 유명한 가문

출신의 교수와 결혼한다. 릴라는 사납고 충동적이며 변덕스럽다. 이 "대단하고 눈부신 소녀"는 별 노력 없이도 뛰어났으며 날카로운 팔꿈치와 더 날카로운 혀로 모두를 위협했다. 릴라는 학교를 그만두고 어린 나이에 결혼해서 사업을 시작해 성공한다. 비록 원래 살던 지역의 유력 인사가 되었으나, 여전히 그곳에 갇혀서 자신의 빛나는 예술적 재능을 실현하지 못한다.

긴 생애 동안 두 여성의 이야기를 따라간다는 발상이 새로운 건 아니다. 아널드 베넷은 『늙은 아내들의 이야기』에서, 리처드 예이츠는 『부활절 퍼레이드』에서 아주 다른 두 자매를 매우 효과적으로 그렸다. 그러나 페란테의 '나폴리 4부작'은 한 도시와 한 시대를 그리면서 전개되는 동시에 날것 그대로의 감정을 인정사정없이 세밀히 묘사하며 두 여주인공의 심리를 파헤친다.

우리는 경력과 아이들과 연인 니노의 요구 사이에서 균형을 유지하려 애쓰는 레누에게 공감하게 된다. 마찬가지로, 자의식 강한 친구를 참을 수 없어하고 오랫동안 살아온 지역을 휘저어놓는 범죄와 정치 부패에 매일 좌절감을 느끼는 릴라와 동일시하게 된다.

페란테(작가는 신분을 드러내길 꺼려 필명을 썼다)는 20세기 후반을 살아가는 여성이 느끼는 일상의 질감을 정확히 포착한다. 이들은 끝없고 따분한 집안일을 하고 남편 또는 애인을 돌보며 아이들에게 전념하면서도 정체성과 독립성을 분명히 하면서 유지하려 노력한다. 예술에 포부를 가진 이들에게, 집세를 내고 저녁식사 준비를 하는 일상사를 챙기면서 정신의 여유를 갖기란 쉽지 않은 일이다. 정치, 철학, 페미니즘에 대한 확고한 신념과 일상의 타협 사이에는 흔히 아찔한 간격이 있다.

4편의 중심에, 레누와 릴라의 수시로 변화하는 관계가 있다. 릴라는 공격적인 경향이 있어서 레누를 괴롭히며 죄책감을 느끼게 한다. 왜 아이들과 시간을 더 많이 보내지 않느냐고, 왜 남편을 떠나 오래전 애인인 니노와 달아나지 않느냐고 닦달한다. 릴라는 말썽을 일으키고 속을 뒤집어놓는다. 하지만 종종 교활하고 비열하게 공격하기는 해도, 관대하면서 헌신적인 모습을 보여주기도 한다. 레누가 북투어를 떠나면 딸들을 돌봐주고, 레누의 병든 어머니가 쓰러지면 병원에 데려간다(레누의 어머니는 HBO TV 드라마 시리즈 〈소프라노스〉의 주인공인 토니 소프라노의 괴물 같은 어머니 리비아만큼 잔인하고 교활한 여성 가장이다).

이 4부작에서 우리는 레누의 눈을 통해 릴라를 보지만, 동시에 페란테는 레누를 단호하게 그린다. 언제나 부러워하던 뛰어난 재능을 가진 어릴 적 친구를 뛰어넘었다고 느끼고 싶은 성가신 욕구, 아이들의 필요보다 작가 경력과 니노에 대한 열정을 우선하는 이기심, 돈을 벌 목적으로 릴라의 삶을 기꺼이 책의 소재로 삼으려는 마음을 담아낸다.

세월이 흐르면서 릴라와 레누의 관계는 나이와 성공과 불행에 타격을 받아 달라지고 변화하지만, 많은 면에서 여전하다. 레누가 두 사람이 각자 삶에서 겪은 부침을 세심히 기록하는 동안(레누는 "악마가 주문"을 걸어 "한 사람의 기쁨이나 슬픔은 다른 사람의 슬픔이나 기쁨을 필요로 했다"고 생각하는 듯하다), 릴라는 세상에서 "얻을 것은 없다"고 지적한다. "레누의 삶은 나만큼이나 다양하고 어리석은 모험으로 가득했고, 시간은 그야말로 아무런 의미도 없이 지나가버렸으니, 가끔 서로 만나 한 사람의 뇌에서 나오는 정신 나간 소리가 다른 사람의 뇌에서 나오는 정신 나간 소리에 공명하는 걸 들을 수 있어서 좋았다."

033

이라크의 미군 병사들

데이비드 핀켈
David Finkel

✳

『훌륭한 군인』(2009)
The Good Soldiers

『귀하의 군복무에 감사한다』(2013)
Thank You for Your Service

　테러와의 전쟁("가장 긴 전쟁", "영원한 전쟁", "우리 아이들의 아이들의 전쟁")이 계속되면서 지금까지 이를 다룬 인상 깊은 책들이 쏟아져 나왔다. 필 클레이의 감동적이면서 다채로운 단편소설집 『재배치』(*Redeployment*), 덱스터 필킨스의 치열한 논픽션 『영원한 전쟁』(*The Forever War*), 벤 파운틴의 신랄한 『빌리 린의 전쟁 같은 휴가』 등이 대표적이다.

　데이비드 핀켈의 『훌륭한 군인』과 『귀하의 군복무에 감사한다』는 그 가운데서도 가장 심장이 멎게 만드는 책이다. 핀켈은 《워싱턴포스트》의 저널리스트로, 제16보병연대 제2대대 소속 남성들이 지독한 이라크 근무와 집으로 돌아가는 힘든 여정 동안 겪은 일들을 기록했다.

　두 책은 이 군인들의 솔직하고 호소력 짙은 이야기를 동력으로 삼고 있다. 이라크 침공 결정과 "파멸을 불러올" 전쟁의 "시작"이, 다양한 운명의 장난에 의해 바그다드 외곽 분쟁 지역에 배치된 군인들에게 미치는 여파를 보여준다. 이들은 루스타미야 전진작전기지라는 온통 "흙빛"인 황량한 곳에 있다. 인근 거리에는 루트플루토, 데드걸로드, 루트프레더터스와 같은 이름이 붙어 있으며(루트플루토는 '플루톤에게 가는 길'이라는 뜻으로 플루톤은 로마신화에서 죽음과 지하세계를 관장하는 신이며, 데드걸로드는 '죽은 여자의 길', 루트프레더터스는 '약탈자들에게 가는 길'이라는 뜻이다. _옮긴이), 이 가운데 루트프레더터스에는 "숨겨둔 폭탄이 계속 뿌려지고 있었다."

핀켈의 책들은 마이클 헤어의 『파병』(Dispatches) 그리고 팀 오브라이언의 『그들이 가지고 다닌 것들』과 마찬가지로 적나라한 전쟁 경험을 담아낸다. 군인들이 직접, 매일매일, 시시각각 목격하는 공포, 기대, 폭력, 참상, 그리고 이따금씩 인류애를 포착하고, 집에 돌아온 후에도 오래도록 계속 기억에 남을 끔찍한 장면을 슬라이드쇼처럼 보여준다.

우리는 평균 연령이 열아홉 살인 젊은 군인들을 만난다. 이들은 27킬로그램이 넘는 방호복을 입고 무기를 들고서 매일 순찰을 돌고, 사제 폭탄으로 벌집이 된 도로를 달리며, 저격수와 건드리면 터지는 위장 폭탄이 숨어 있을 수도 있는 건물에서 반군을 수색한다.

핀켈이 소개하는 인물 가운데 대대장 랠프 카우즐라리치

중령이 있다. "이 깡마르고 귀가 비죽 튀어나온 청년은 체계적으로 자신을 개조해서 엎드려 팔 굽혀 펴기를 가장 많이 하고 가장 빨리 달리게 되었으며 삶을 매일의 의지 행위로 여겼다." 그는 자기 부하들이 전쟁 승리를 "결정지"을 것이라고 믿는 완고한 낙관론자여서, 부하들은 그를 "구제불능의 카우즈"라 불렀다.

◎

핀켈의 책들은 적나라한 전쟁 경험을 담아낸다.
군인들이 직접, 매일매일, 시시각각 목격하는
공포, 기대, 폭력, 참상, 그리고 이따금씩
인류애를 포착한다.

핀켈을 통해 만나는 또 다른 병사는 애덤 슈만이다. 그는 이라크 침공 초기에 "내가 일찍이 본 영화 가운데 가장 위대한 영화의 맨 앞좌석을 얻었다"고 생각했다. 슈만은 훌륭한 군인이 되었다. 이 "똑똑하고 예의 바르고 훌륭한" 군인은 "모든 임무에서 선두에 선 험비(미국이 개발한 고성능 사륜 구동 장갑 수송차량. _옮긴이)의 오른쪽 앞좌석에 앉"을 것을 고집했다. 하지만 핀켈이 전하는 바에 따르면, 슈만은 쇠약해져서 귀국했다. 그는 온갖 살상을 잊을 수가 없었다. 친구인 제임스 도스터 중사가 "애덤도 함께 수행했던 임무 중에" 사제 폭탄으로 인해 "갈가리 찢겨" 죽은 기억을 멈출 수가 없었다.

미국령 사모아 출신의 스물여섯 살 난 타우솔로 아이에티는 배치를 세 번 받았는데, 세 번 다 비슷하게 그와 동료를 태운 험비가 폭탄을 맞았다. 아이에티는 자신이 구한 두 동료의 꿈은 꾸지 않는다. 불타는 차량에서 끌어내지 못한 제임스 해럴슨의 꿈만 꾼다. "불길에 휩싸인 해럴슨이 나한테 물어요. '왜 날 안 구했어?'라고."

핀켈은 남자들 사이에 생겨나는 전우애와, 귀국 후 부상과 외상 후 스트레스 장애 치료를 받기 위해 보훈부의 요식체계를 통과하면서 겪는 어려움을 담아낸다. 또한 비슷하게나마 정상을 회복하려는, 또는 한 참전 용사의 아내가 한 말을 빌리자면, 그들에게 남은 신체 부상과 정신적 상처를 감안할 때 "무엇이 가능한지에 대한 합리적 기대를 찾아내"려는 가족의 노력을 기록한다.

이 두 권의 책은 전쟁문학에 대단히 충격적이면서 잊을 수 없는 기여를 하고 있다.

034

9·11과 테러와의 전쟁에 대하여

로런스 라이트, 『문명전쟁: 알카에다에서 9·11까지』(2006)
Lawrence Wright, *The Looming Tower*

덱스터 필킨스, 『영원한 전쟁』(2008)
Dexter Filkins, *The Forever War*

알리 수판, 『테러의 해부』(2017)
Ali Soufan, *Anatomy of Terror*

9·11 테러 이후 테러와의 전쟁에 관한 책이 쏟아져 나왔다. 알카에다와 ISIS에 관한 책, 미국이 아프가니스탄과 이라크에서 치른 전쟁에 관한 책, 이 두 전쟁이 군인과 민간인, 미국과 중동에 불러온 여파에 관한 책들이 있다.

이런 주제에 관한 많은 책들은 깊은 인상을 남긴다. 2001년 9월 그 끔찍한 화요일 아침에 이르게 한 것은 무엇이었는지 그리고 이후 몇 년 동안 무슨 일이 일어났는지 조명하고 통찰을 보여주어 이를 이해하는 데 중요하다. 다음 세 권은 이 주제에 관심 있는 친구들에게 내가 가장 자주 선물하거나 권하는 책이다.

《뉴요커》필자인 로런스 라이트의 『문명전쟁』은 500건이

넘는 인터뷰에 근거해 비극적인 9·11 사건에 대해 통렬한 시
각을 제공하는 한편, 이 사건을 폭넓은 정치·문화의 틀 안에
위치 짓는다. 라이트는 주요 역할을 한 몇몇 인물의 삶과 경
력에 초점을 맞춰 바로 눈앞에서 지켜보듯 이야기해 눈을 떼
지 못하게 하면서 정치적인 것과 개인적인 것이 어떻게 종종
함께 엮이는지 상기시킨다.

이슬람세계와 서방세계 사이에서 경쟁의 "본질을 이루는
건 몇몇 개인의 카리스마와 비전"이었다고 라이트의 책은 말
한다. "역사의 지각판이 확실히 이동하면서" 두 문화의 갈등
을 조장하는 동안 "독특한 성격들의 결합에 의해" 알카에다가
출현했다고 라이트는 주장한다. 가장 주목할 만한 인물은 와
해되어 추방되었던 조직을 규합하는 지도력을 보여준 오사마
빈라덴과 폭력만이 역사를 바꿀 수 있다는 무시무시한 생각
을 고취한 그의 대리인 아이만 알자와히리이다.

이 책은 또한 9월 11일의 사건이 피하지 못할 일이 아니었
다고 주장한다. 그보다는 불운, 특정한 결정과 우연한 만남의
결합, 그리고 미국 공무원들의 우유부단함이 저 9월의 화창한
날 알카에다의 범죄 계획이 성공하는 데 기여했다.

빈라덴과 알자와히리를 교차해서 묘사하는 부분은 대담
한 FBI 대테러 전담팀 팀장이었던 존 오닐을 묘사하는 부분
과 마찬가지로 눈을 뗄 수가 없다(9·11 테러 당시 FBI를 떠나 세
계무역센터 안전 담당 책임자로 있던 존 오닐은 이날 사망했다). FBI와

CIA의 소수의 헌신적인 정보원들은 수년 동안 알카에다에 대해 우려했으며, 9·11 테러가 일어나기 몇 달 전 관료들이 무사 안일주의와 내분에 빠져 있음에도, 가능한 공격을 막기 위해 맹렬히 노력했다.

덱스터 필킨스의 『영원한 전쟁』은 《뉴욕타임스》에 실린 이라크 전쟁과 아프가니스탄 전쟁에 대한 그의 보도를 바탕으로 한 책으로, 대단한 설득력과 통찰력으로 지상전을 담아내고 있다. 참혹하고 긴박한 이 책은 기자의 취재 내용과 역사 맥락에 대한 인식을, 인간의 슬픔과 참을 수 없는 전쟁을 손에 만져질 듯 그리는 소설식 이해와 결합한다. 그곳에서 싸운 젊은 미국 군인들, 그리고 미국인들이 떠난 후에도 오래도록 그곳에서 계속 살아가야 할 이라크인들을 순간순간 포착해 잊을 수 없이 그려 보여준다.

필킨스는 가장 좋은 옷을 차려입은 수백 명의 이라크인들이 미국식 의원 총회에 참석해 지방의회 대표를 선출하기 위해 팔루자 청년회관에 몰려들었던 순간의 희망을 그리고, 이 도시가 어떻게 머지않아 반군의 거점이 되었으며 또한 이 도시를 탈환하려는 미국 주도의 노력으로 인해 어떻게 대량살상을 당했는지 설명한다. 쉴 새 없이 일어나는 차량 폭파 테러, 반군의 표적이 되어 절망에 빠진 민간인들, 미국의 폭격으로 인한 가옥 및 전체 지역의 파괴, 사람들이 보호를 위해 쳐놓은 가시철조망과 바람벽, 이라크와 미국 정치인들의 거짓말에 대해 이야기한다.

필킨스는 바그다드에서 《타임스》를 위해 일한 팔레스타인
계 이라크인 청년 칼리드 하산을 소개한다. 하산은 어느 날
그의 차와 나란히 달리던 무장 괴한들의 총에 맞아 숨졌다.
필킨스는 또 바그다드의 치과의사 파크리 알카이시도 소개한
다. 알카이시는 수니파 근본주의자라는 이유로 시아파 암살단
의 표적이 되고, 미국인을 상대한다고 수니파 반군의 의심을
사는 동시에 수니파 반군과 연결되어 있다고 미국인들에게
심문을 받았다.

필킨스는 이라크에서 이렇게 썼다. "우주 캡슐을 타고 지구
를 도는 편이, 가장 먼 궤도를 도는 편이 낫겠다. 스푸트니크
에 탄 라이카처럼. 우주의 개 말이다. 기지로 신호를 보내면서
닻을 올린 채 무중력 상태에서 더 이상 시간을 따르지 않는.
고향은 멀었다. 그 먼 곳은 무지해서 행복하지만 간절히 알고
싶어하면서 내가 보내는 소식을 뭐든 게걸스레 집어삼켰다."

"그곳의 일원, 그 절망의 일부, 그 죽음과 질 나쁜 음식과
열기와 모래색의 일부가 되"어서, 그곳을 떠나는 일도 그만큼
힘들었다.

전 FBI 특수요원 알리 수판은 『테러의 해부』에서 알카에다
를 잔인한 분파인 이슬람국가(IS)와 비교하며, 이들 테러 조직
을 머리 하나를 자르면 두 개가 더 빠르게 돋아나는 신화 속

히드라에 비유한다.

　로런스 라이트의 『문명전쟁』에서 중심 역할을 하는 수판은 테러범을 추적하고 심문하면서 얻은 현장 경험과 해박한 지식을 가지고 『테러의 해부』를 쓰고 있다. 그는 대테러 작전과 9·11 테러를 둘러싼 사건 수사를 맡은 팀장이었으며, 9월 11일 비행기를 납치한 이들을 찾아내고 칼리드 셰이크 모하메드가 테러 공격을 계획한 인물임을 밝히는 데 중요한 역할을 했다. 수판은 고문을 통하지 않고, 심문 대상과 친밀감을 쌓으며 쿠란의 해석에 대해 언쟁을 벌이면서 전통적인 논리학과 심리학을 이용해 중요한 정보를 이끌어냈다. 사실 그는 부시 행정부의 이른바 향상된 심문 기술을 거침없이 비판하면서 고문은 도덕적으로 잘못되었으며 비미국적이고 비효과적이라고 주장했다. 고문은 거짓 단서와 신뢰할 수 없는 정보를 발생시키고 테러범들이 신참을 모집하는 데 도움을 준다는 것이다.

　수판은 『테러의 해부』에서 알카에다의 관료주의식 운영에 대해 상세히 이야기하면서 오사마 빈라덴이 세세한 사항까지 통제하길 좋아한다고 말한다("현재 또는 장차 고위 관리직에 지명될 수 있을 모든 형제들의 이력서를 보내주시오"). 또 알카에다와 이슬람국가가 서로 생각이 다르고 지나온 궤적도 다르다고 대비시키며, 지도자들의 성격이 그 조직의 구성에 중대한 영향을 미쳤다고 말한다. 수판은 말씨가 부드러운 빈라덴과, 나중에 이슬람국가가 될 단체를 창설한 불같은 투사 아부 무사브 알자르카위의 관계에 대해 한 정보 장교의 말을 인용해 말한다. 둘은 서로 "첫눈에 몹시 싫어한 경우"였다고.

수판은 미국의 이라크 침공과 실패로 끝난 점령이 테러 행위를 부채질해, 다시 말해 이라크에 혼란과 힘의 공백 상태를 만들어내 재앙을 불러오는 역할을 했다고 강조한다. 이런 상태는 반군의 폭력과 유혈사태를 위한 완벽한 인큐베이터였다. 미국이 이라크 군대를 해산하고 사담 후세인의 바트당 당원들이 권한을 가진 자리에 오르지 못하게 한 불행한 결정은 특히 치명적이었던 것으로 드러나게 된다.

수판은 이 테러 조직들의 가동 방식에 대해 예리한 시각을 제공한다. 또 사람들이 맨 처음에 지하드의 전사가 되는 요인과, 알카에다와 이슬람국가가 홍보를 이용해 조직원을 모집하고 조직을 선전하는 방법을 보여준다.

"적을 알라." 수판은 손자(孫子)의 말을 인용하며 공감이 이 전쟁의 유용한 수단이라고 덧붙인다. "다른 사람의 관점을 공유한다는 일상적 의미가 아니라 다른 사람의 눈으로 세상을 볼 수 있다는 분석적 의미"의 공감 말이다. 알카에다와 이슬람국가를 이해함으로써 "그들이 내세우는 파괴적 이념에 맞서 더 잘 싸울 수 있다"고 수판은 쓰고 있다.

035

녹색 불빛

F. 스콧 피츠제럴드
F. Scott Fitzgerald
＊
『위대한 개츠비』(1925)
The Great Gatsby

『위대한 개츠비』는 빈센트 반 고흐의 〈별이 빛나는 밤〉이나 레오나르도 다빈치의 〈모나리자〉처럼 너무 익숙하다. 많은 미국인들이 고등학생 때 과제로 피츠제럴드의 소설에 관한 글을 써야 했다. 녹색 불빛, T. J. 에클버그 박사의 눈, 재의 계곡 등 피츠제럴드가 사용하는 상징, 계급과 지위와 돈에 대한 그의 관점을 분석해야 했다.

게다가 2013년 오스트레일리아 영화감독 배즈 루어먼이 이 소설을 각색해 화려하게 만든 영화는 프라다나 티파니 같은 유명 디자이너 상표를 위한 두 시간이 넘는 광고 같았다. 여기에 뻔뻔한 상품 판매가 따라붙었는데, 그 가운데에는 브룩스브라더스, M.A.C. 화장품, 심지어 뉴욕 센트럴파크가 보이는 스위트룸 3박과 기사 딸린 자동차와 이방카트럼프(보석·

의류·신발 브랜드로 2007년 시작해서 2018년 폐업했다. _옮긴이) 보석 한 점으로 구성된 트럼프호텔의 14,999달러짜리 특별 패키지가 포함되어 있었다.

피츠제럴드의 의도를 고의로 오해한 이런 마케팅 전략에도 불구하고, 『위대한 개츠비』는 오래도록 읽혀왔다. 발표한 지거의 1세기가 지난 현재, 아메리칸 드림이 가져다주는 약속과 실망에 대해 쓴 작품 가운데 정수를 보여주는 가장 상징적인 작품으로 남아 있다. 이 군더더기 없는 소설은 "신세계의 싱그러운 푸른 가슴"이 한때 이민자의 마음속에 불러일으켰던 경이감에 대한 멋진 산문시이다. 동시에, 그 꿈이 어떻게 탐욕과 타락으로 인해 퇴색해서 "녹색 불빛, 절정의 순간과 같은 미래"를 겉치레뿐인 장신구 같은 성공이나 덧없는 부와 구별하지 못하게 되는지를 대단히 인상적으로 그린 초상이다.

우리는 화자인 닉 캐러웨이의 눈을 통해 개츠비를 보기 때문에, 그의 "삶의 약속에 대한 높은 감수성"과 "과거를 다시 반복할 수 있다"는 어리석은 믿음을 제대로 인식할 수 있다. "자기 자신에 대한 이상적 관념"에 부응할 수 있으며 꿈의 여인인 데이지를 되찾을 수 있으리라는 그의 순수한 확신을, 뷰캐넌 부부 같은 사람들을 대하는 그의 치명적인 순진성을 알 수 있다. 뷰캐넌 부부는 "물건이든 사람이든 박살 내고는 돈이나 엄청난 무신경함 또는 무엇이든 평정을 유지하게 해주는 것 뒤로 물러나 그들이 저질러놓은 난장판을 다른 사람들이 치우게"하는 사람들이다.

『위대한 개츠비』는 강렬하고 회화적인 문체로 쓰인 재즈 시대에 대한 애가이자 1920년대의 고담(〈배트맨〉시리즈에 나오는 가상의 도시이면서 이 소설의 배경인 뉴욕의 별칭으로 쓰이기도 한다. _옮긴이)을 신중하지만 매혹적으로 그린 초상이다. 하지만 실상은 닉과 개츠비의 잃어버린 환상에 관한 이야기로, 피츠제럴드가 나중에 『무너져 내리다』의 자전적 글들에서 기록하게 될 정서적 피로감의 전조를 보여준다.

피츠제럴드는 개츠비의 꿈이 그의 뒤쪽, "공화국의 어두운 들판이 밤 아래 펼쳐진 도시 저편 광대한 모호함 속 어딘가에" 있다고 썼다.

그는 자신의 "무너져 내림"과 관련해, 잃어버린 젊음에 대한 향수를 1920년대의 호황기가 대공황으로 바뀌면서 미국인들이 경험한 환멸감, 절망감과 동일시했다. 피츠제럴드는 이렇게 회상했다. "과거 나의 행복은 내가 가장 사랑하는 사람조차 함께 나눌 수 없을 황홀경에 종종 도달했으나, 그 파편만을 품은 채 조용한 거리와 골목길을 지나 돌아와 책 속 몇 줄의 문장으로 정제해야 했다."

036

화가가 된 죄수

리처드 플래너건
Richard Flanagan

✳

『굴드의 물고기 책』(2001)
Gould's Book of Fish

『모비딕』이 고래에 관한 소설이듯, 『굴드의 물고기 책』은 물고기에 관한 소설이다.

이 소설은 19세기의 절도범이자 위조범인 윌리엄 뷜로 굴드의 전기에 영감을 받았다. 굴드는 세라 섬의 태즈메이니아 감옥에서 복역하는 동안 일련의 생생한 물고기 그림을 그렸다. 플래너건의 소설은 이 유형지의 몹시 고통스러운 생활에 대해 이야기한다. 이곳에서는 거의 모든 사람이 피투성이가 되어 끔찍한 최후를 맞는다. 동시에, 환상과도 같은 이 눈부신 소설은 예술과 자연과 역사, 인간의 고통과 초월, 영국 식민주의와 계몽주의 시대의 오만이 낳은 파괴적 결과와 오스트레일리아 원주민에 대한 대량학살이 자행된 "혐오의 시대"에 대한 주목할 만한 철학적 명상으로 이어진다.

∗

플래너건의 말대로, 굴드의 이야기는
앙리 샤리에르가 악마의 섬의 수용소에
투옥되었던 일에 대해 쓴 유명한 이야기인
『파피용』만큼이나 참혹하고,
호르헤 루이스 보르헤스의 뫼비우스의 띠 같은
이야기만큼이나 독창성이 있다.

『굴드의 물고기 책』은 대담하고 매우 독창적인 소설이다. 그러면서도 허먼 멜빌, 제임스 조이스, 가브리엘 가르시아 마르케스, 프랑수아 라블레, 조너선 스위프트, 헨리 필딩, 로렌스 스턴, 피터르 브뤼헐, 히에로니무스 보슈처럼 독자의 마음속에 연상의 도미노를 일으킨다. 플래너건의 말대로, 굴드의 물고기 그림은 이 화가가 알고 사랑하고 두려워하는 모든 것이 압축된 것이었는데, 플래너건은 이 소설로 이와 비슷한 일을 해낸다. 굴드가 결국 감옥에 오기 전 지나온 수많은 세계와 머릿속에서 창조한 상상의 세계를 언어의 마술로 불러낸다. 여기에는 끔찍하면서 아름다운, 온갖 놀라운 것들이 있다. 흉악한 돼지, 말하는 머리, 남태평양 모래사장에서 솟아오른 분홍색 대리석 궁전, "금강앵무 새끼와 비슷하게 칠하고 교황이 하듯 우울한 시를 암송하도록 훈련시킨" 큰유황앵무 떼 등이 있다.

플래너건의 굴드는 "검푸른 영혼과 녹색 눈과 벌어진 치아와 텁수룩한 머리와 먹을 것을 달라고 보채는 위장"을 가진 죄수로 묘사되는데, 매일 밀물 때면 물로 가득 차고 악취가 진동하는 감방에서 사형집행을 기다리고 있다. 그는 전혀 신뢰할 수 없지만 즐거움을 주는 화자로 드러난다. 예전에 영국과 미국에서 했던 모험에 대해 이야기하면서 그곳에서 오듀본(존 제임스 오듀본은 미국의 조류학자이자 화가로 북미 조류도감을 저술했다. _옮긴이)이라는 사람과 그림 공부를 했다고 주장한다. 종잡을 수 없이 횡설수설하며, 자신이 어떻게 "처음에는 돈과 영광을 찾아, 그다음에는" 삶의 "이유를 찾아 여기저기" 돌아다녔는지, 그리고 어떻게 세라 섬의 죄수인 자신이 화가로 새로 태어나기로 결심했는지 회상한다. 그는 간수에게 존 컨스터블의 가짜 그림을 그려주고(간수는 거액의 돈을 받고 이 그림을 판다) 감옥 사령관의 초상화를 그려주는 일이 훨씬 더 힘든 의무에서 벗어나는 방법임을 깨닫는다. 제정신이 아닌 사령관은 황량한 감옥 섬에 유럽의 장관(壯觀)을 가져다놓길 꿈꾸며, 노예 노동으로 건설될 아무 데도 가지 않는 철도를 위해 경치가 담긴 배경막을 그리라고 굴드에게 명령한다. 한편, 감옥의 의사는 과학 분야에서 인정받기를 꿈꾸며 태즈메이니아의 물고기에 관한 백과사전을 만들기 위한 조사를 도와달라고 굴드에게 부탁한다. 굴드는 자연의 창의력에 대한 애정과 자유에 대한 갈망을 이 계획에 쏟아붓는다.

플래너건의 말대로, 굴드의 이야기는 앙리 샤리에르가 악마의 섬의 수용소에 투옥되었던 일에 대해 쓴 유명한 이야기인『파피용』만큼이나 참혹하고, 호르헤 루이스 보르헤스의 뫼비우스의 띠 같은 이야기만큼이나 독창성이 있다. 이 소설은 굴드와 동료 수감자들이 겪는 고문과 궁핍에 대한 소름 끼치는 이야기로 가득하다. 그러나 세계가 홉스식으로 이렇듯 "끝없는 노동, 그칠 줄 모르는 잔혹성, 무의미한 폭력"으로 가득하지만, 이 소설은 또한 "놀랍고 범상치 않으며 도무지 설명할 수 없이 경이로운 세계"에 감탄하고 고통을 예술로 승화시키는 인간의 상상력에 대한 믿음을 드러낸다.

037

19세기의 블로거

귀스타브 플로베르
Gustave Flaubert

✳

『귀스타브 플로베르의 편지 1830~57』(1980)
The Letters of Gustave Flaubert, 1830~1857

프랜시스 스티그뮬러 편역

예술의 비인격성에 대한 플로베르의 원칙은 유명하다. "작가는 자기 책에서 어디에나 존재하고 아무 데서도 보이지 않는 우주의 신과 같아야 한다." 하지만 플로베르가 정교하게 망치질해서 공들여 지은 소설이 그의 엄격한 미학 이론을 보여준다면, 그의 편지는 21세기의 블로거가 쓴 어떤 글보다도 친밀하고 재미있으며 세속적이면서 자기연민을 드러낸다. 이와 동시에 이 소설가의 창작 과정과 걸작인 『마담 보바리』의 집필 과정을 들여다볼 수 있는 훌륭한 창을 제공한다.

플로베르는 어린 시절부터 작가가 되겠다는 결심이 머릿속에 꽉 차 있었다. 열 살 때 서른 가지 다른 연극에 대한 아이디어를 갖고 있었고, 십대에는 사탄에 대한 야심 찬 이야기를 썼으며, 청년 시절에는 크루아세의 시골 마을에 있는 부모의 집에서 은둔 생활을 하며 하루에 열여덟 시간까지 글을 쓰거나 글에 대해 고민했다.

플로베르는 일주일에 한 페이지를 쓰고 3일 동안 두 번 수정했다고 불평했다. "서정성과 통속성이라는 두 심연" 위에서 균형을 이루며 줄타기를 하기가 어렵다고 말했다. 그리고 글쓰기는 치료법이 아니라고 다른 작가들에게 경고했다. "삶에서 우리를 무겁게 짓누르는 것을 예술로 토로해 떨쳐버릴 수 있다고 생각하지 마라. 그렇지 않다. 마음의 찌꺼기가 종이 속으로 들어가지는 않는다. 종이에 쏟아내야 할 것은 잉크뿐이다."

플로베르는 글을 쓰려는 자신의 힘든 노력을 전하기 위해 자주 동물에 비유했다. 좋은 책 한 권을 만들려고 "15년 동안 노새처럼 일했"으며, 자기 문장을 혼자 큰 소리로 읽을 때는 "고릴라처럼" 고함치고, "꿈꾸는 굴처럼" "물고기 같은 침묵" 속에서 조용히 성찰하며 하루하루를 보낸다고 말했다.

플로베르의 편지는 문학, 철학, 창의성에 대한 생각에 더해, 자신의 기분과 건강에 관한 자기애 넘치는 방백으로 가득하다. 플로베르는 서른두 살 나이에 이렇게 말했다. "나는 늙어가고 있다. 이가 빠지고, 곧 완전히 대머리가 될 것이다." 그는 연인인 루이즈 콜레를 두어 달에 한 번씩만 만났는데, 콜레가 "귀스타브는 편지에서 예술이나 자기 자신에 대한 얘기밖에 하지 않는다"고 불평한 것은 이해할 만한 일이었다.

콜레가 자기와 더 많은 시간을 보내달라고 끊임없이 애원하는 동안, 플로베르는 몹시 화를 내며 책을 더 많이 읽거나 일을 더 많이 하라고 충고하거나, 자신이 왜 더 세심한 동반자가 될 수 없는지 설명하곤 했다. 그는 "당신이 사랑하는 남자"가 되기에는 고독에 너무 깊이 빠져 있었고 "안팎의 회의로 인해" 너무나 "괴로웠다". "나는 할 수 있는 한 최고로 당신을 사랑해. 몹시 부족하다는 걸 알아. 나도 안다고, 맙소사!"

플로베르는 콜레에게 자주 긴 편지를 썼다. 콜레에게 보낸 편지는 『마담 보바리』의 창작 과정을 보여주는 보기 드문 연대기인 셈이다. 이 소설을 어떻게 구상했는지, 어떻게 연구해서 인물의 삶에 다가가려 했는지, 어떻게 고심해 고치고 다시 썼는지. 이것만으로도, 연구자인 프랜시스 스티크뮬러가 훌륭하게 편역한 플로베르의 편지는 작가와 책을 사랑하는 이들이 대단히 흥미롭게 읽을 만하다.

플로베르는 한 편지에서 책은 피라미드와 똑같은 방식으로 만들어진다고 썼다. "어떤 계획에 대해 오랫동안 생각한 다음 커다란 사각형 돌덩어리를 하나씩 하나씩 쌓아올리지. 이는 허리가 휘고, 땀이 뻘뻘 흐르며, 시간이 걸리는 일이라오. 더욱이 아무런 목적도 없는! 그것은 그렇게 사막에 서 있을 뿐이오! 하지만 사막 위로 경이롭게 높이 솟아 있지."

038

정직한 노래

월 프라이드월드
Will Friedwald

✳

『시나트라! 노래가 바로 당신입니다: 한 가수의 예술』(1995)
Sinatra! The Song Is You: A Singer's Art

시나트라의 목소리는 여러 세대의 미국인들이 사랑과 연애의 험난한 장애물과 비탄을 헤쳐나갈 때 사운드트랙을 제공했다. 제2차 세계대전부터 20세기가 저물어가는 시기까지 수십 년을 이어 세계에서 가장 유명한 목소리였다. 수백만 명의 사람들이 이 목소리에 맞춰 춤을 추고 라디오, 주크박스, 하이파이 장치로 이 목소리를 들었다.

그는 제임스 본드 같은 임기응변의 재치를 가진 박력 넘치는 인물로서 흔치 않은 부드러운 목소리로 외로움과 간절함을 노래했다. 이 신나는 라스베이거스의 쇼맨(이탈리아 마피아와 연루되었다는 소문으로 슬럼프를 맞은 시나트라는 라스베이거스의 카지노 호텔들에서 공연하게 되었고 이후 전성기를 맞이해 '라스베이거스가 없었다면 시나트라는 만들어지지 않았다'는 말이 있을 정도다. _

옮긴이)은 존재의 고독이라는 인간 조건을 지구상 그 어떤 가수보다도 확실히 표현할 수 있었다. 팬들은 두세 음절만 듣고도 그의 목소리를 알아들을 수 있었으며 비스듬히 기울여 쓴 모자, 한쪽 어깨에 걸친 코트, 카멜 담배와 잭 대니얼스 위스키로 곧장 그를 알아보았다. 시나트라는 십대 우상의 원조이자 새로운 셀러브리티 시대의 선구자였다. 눈이 내리면 "소녀들이 그의 발자국을 놓고 싸웠으며, 그 발자국을 집에 가져가 냉장고에 보관하는 이들도 있었다"고 한 작가는 말했다.

시나트라가 회고록을 쓰지는 않았으나, 그의 최고 진수는 그가 녹음한 수백 곡의 노래 속에 담겨 있다. 어린 시절에 느낀 외로움, 청춘의 사랑과 성공이 가져다준 기쁨과 쾌활함, 에이바 가드너와의 결혼 생활이 끝나면서 겪은 상심. "시나트라는 지적하거나 도덕적 교훈을 주려 하지 않고 걸러내지 않은 감정을 그대로 드러낼 뿐이다." 음악평론가 윌 프라이드월드는 이렇게 썼다. "지혜를 주는 게 아니라 공감할 뿐이다."

시나트라의 음악, 실로 그의 예술에 대해 더 알고 싶은 독자들에게, 프라이드월드의 『시나트라! 노래가 바로 당신입니다』보다 더 좋은 건 없다. 시나트라의 예술성을 잘 보여주는 이 연구서는 그가 오랫동안 함께 일한 많은 음악가 및 편곡자와의 인터뷰, 프라이드월드 자신이 익히 잘 아는 시나트라의 작품을 바탕으로 한다. 프라이드월드는 《가슴 설레는 연인들을 위한 노래!》(*Songs for Swingin' Lovers!*)와 《외로운 사람들만이》(*Only the Lonely*)같이 더할 나위 없는 앨범이 보여주는 불변의 마법을 분석하면서, 이 작품들이 대중음악사에서 얼마나 획기적인지 상기시킨다. 시나트라가 작곡가 넬슨 리들과 함께 한 작업에 대해 쓴 부분에서 "둘 다 혼자서는 달성할 수 없을 수준까지 상대를" 밀어붙인 이 협업을 생생히 조명하는 한편, 이 책 전체는 시나트라의 완벽주의와 세세한 부분까지 허투루 하지 않는 헌신을 드러낸다. 이는 자신의 프레이징 그리고 리듬과 박자의 조절뿐 아니라 특정한 앨범의 분위기를 유지하기 위한 신중한 곡 선택, 개별 곡을 함께 작업할 음악가의 선택, 마지막 순간까지 이뤄지는 편곡과 악기 편성의 조정에서도 마찬가지다.

시나트라의 가장 뛰어난 재능은 스토리텔링 솜씨와, 가장 재능 있는 메소드 연기자처럼 자신의 가장 깊은 감정을 예술로 표현하는 능력이다. "지독히 모순되는 감정을 느끼며 살아온 나는 기쁨과 슬픔에 지나치게 예민한 능력을 갖고 있다." 시나트라는 언젠가 이렇게 말했다. "나에 대해 하는 다른 말은 중요하지 않다. 노래할 때 나는 내가 솔직하다고 믿는다."

039

거울과 신기루의 책

가브리엘 가르시아 마르케스

Gabriel Garcia Marquez

✳

『백년의 고독』(1970)

Cien años de soledad

노란 나비 떼가 남자의 등장을 알리고, 전염병인 불면증과 건망증이 극심해서 사람들은 모든 것에 꼬리표를 붙여야 한다. "이것은 암소. 매일 아침 젖을 짜야 한다." 남아메리카 정글에서 처음 얼음을 보는 기적, 빨랫줄에 널어놓은 이불과 함께 하늘로 올라가는 아름다운 여인, 강박적으로 작은 금붕어를 만들고는 녹여서 다시 만들기 시작하는 금세공인, 4년 11개월 2일 동안 계속되는 폭풍우, 한 가족의 미래를 예언하는 불가사의한 원고. 이는 가브리엘 가르시아 마르케스의 이 놀라운 걸작에 생기를 불어넣는 경이로운 이미지 가운데 일부에 지나지 않는다.

마술적 리얼리즘의 대가인 가르시아 마르케스는 무궁무진한 상상력과 풍부한 솜씨로 이 소설에서 기적을 불러일으킨다. 이는 비범함과 평범함, 익숙한 것과 환상적인 것이 서로 통한다는 그의 믿음을 입증한다. 가르시아 마르케스는 이 소설에서 허구의 마을인 마콘도와 7대에 걸친 부엔디아 가문의 이야기를 들려준다. 이 이야기는 라틴아메리카의 신화화한 역사이자, 상실과 변화 그리고 타락한 세계에서 흥망성쇠하는 삶에 대한 대서사시로 읽힌다.

마술적 리얼리즘은 전쟁과 혁명과 독재자로 점철된 역사가 흔히 초현실적이어서 자연스런 스토리텔링 기법으로는 파악하기 힘든 라틴아메리카 같은 곳에서 번창했다. 가르시아 마르케스가 환상에 매료된 데는 모국 콜롬비아의 내란과 정치격변만큼이나 그의 어린 시절과 가족사에 그 뿌리가 있었다. 그가 자란 아라카타카의 외딴 마을은 마콘도라는 세계에 영감을 주었다. 이곳에서는 펠리니나 부뉴엘의 영화에서처럼 현실과 꿈의 경계가 사라져 흐릿해진다. 가르시아 마르케스의 할아버지는 자신의 작업장 벽을 희게 칠해 이 상상력 풍부한 소년이 그 마음을 끄는 표면에 그림을 그리고 공상에 잠길 수 있게 했다. 할머니는 혼자 흔들리는 흔들의자, "눈에 보이지 않는 유령처럼" "정원에서 흘러 들어오는 재스민 꽃향기"같이 매일 본인이 경험한 환상에 대해 들려주었다.

결국 가르시아 마르케스의 작품의 중심에는 정치가 아니라 시간과 기억과 사랑이 자리 잡고 있다. 국가와 가족의 역사가 어떻게 흔히 반복되는지, 과거의 시간이 어떻게 현재의 시간을 형성하는지, 열정이 어떻게 삶의 궤적을 바꾸는지. 이런 주제들이 이 소설과 이 소설의 황홀한 완결판이라 할 『콜레라 시대의 사랑』을 관통하고 있다.

『백년의 고독』은 발표된 지 반세기 만에 시대를 통틀어 가장 영향력 있는 소설 가운데 하나가 되었다. 윌리엄 포크너와 제임스 조이스의 모더니즘 혁신에 질적 변화를 일으키고, 토니 모리슨부터 살만 루슈디, 주노 디아스까지 새로운 작가 세대에 영감을 주었다. 언어와 문화를 초월해 인간의 상상력이 가진 깜짝 놀랄 만한 힘을 증명하는 "기적과 마술", 거울과 신기루의 책으로 남아 있다. 가르시아 마르케스는 우리에게 다채로운 읽기를 가르쳐주었다.

040

발견과 열정

존 거트너

Jon Gertner

✳

『아이디어 팩토리: 위대한 아이디어 제국
벨 연구소의 모든 이야기』(2012)

*The Idea Factory: Bell Labs
and the Great Age of American Innovation*

애플, 구글, 페이스북이 유명세를 떨치는 오늘날 세계에서 그 이름은 독자 대부분에게 낯설지 모른다. 하지만 1920년대부터 80년대까지 미국 통신회사 에이티앤티(AT&T)의 연구개발 부서인 벨 연구소는 세계에서 가장 혁신적인 과학 조직이었다. 저널리스트 존 거트너가 이 책에서 주장한 대로, 벨 연구소는 미래가 발명되는 곳이었다.

디지털 제품의 구성 요소인 트랜지스터, 레이저, 실리콘 태양전지, 그리고 유닉스라는 컴퓨터 운영체제(이는 다수의 다른 컴퓨터 언어에 기반을 제공하는 역할을 하게 된다)를 포함해 현대 생활을 규정하게 된 많은 혁신들의 뒤에 벨 연구소가 있었다. 벨 연구소는 최초의 통신 위성, 최초의 휴대전화 시스템, 그리고 최초의 광섬유 케이블 시스템을 개발했다.

> *거트너는 벨 연구소의 경이로운 성공 뒤에 있는*
> *과학자들을 소개하면서 일반 독자가 이들의*
> *발견과 발명을 완전히 이해할 수 있게(실로 전율을*
> *일으키게) 한다.*

벨 연구소의 과학자 클로드 엘우드 섀넌은 통신에 대한 생각에 혁명을 일으킬 정보이론 분야를 사실상 만들었다. 벨 연구소의 다른 연구자들은 물리학, 화학, 수학의 한계를 밀어붙이는 한편, 품질 관리 같은 새로운 산업 공정을 정의하는 데 기여했다.

거트너는 벨 연구소의 경이로운 성공 뒤에 있는 과학자들을 소개하면서 일반 독자가 이들의 발견과 발명을 완전히 이해할 수 있게(실로 전율을 일으키게) 한다. 이들의 연구를 당시 알려져 있던 것들 그리고 이들이 최초로 발견한 이후 수십 년 동안 빠르게 발전한 것들의 맥락 속에 솜씨 좋게 위치시킨다. 그러면서 하나의 발견이 때로는 운 좋게, 또 때로는 끈덕진 노력에 의해 또 다른 발견으로 이어지는 단계뿐 아니라, 상상력 넘치는 공학자가 아이디어를 발명으로 그리고 마침내는 대량생산 가능한 제품으로 바꿔놓는 과정을 놀랍도록 명쾌한 언어로 묘사한다.

동시에, 거트너는 이 회사의 뉴저지 캠퍼스에 감돌던, 대학과 비슷한 열광적인 분위기를 담아낸다. 여기에는 기업가의 열성, 학술 연구, 그리고 처음에는 기술상 불가능해 보였던 일을 이뤄내려는 열정이 뒤섞여 있었다. 연구원에서 경영자로 변신한 물리학자 머빈 켈리의 선견지명이 있는 리더십이 벨 연구소의 사명의식과 혁신 과정을 매우 효과적으로 제도화하는 역량에 큰 역할을 했다고 거트너는 말한다. 켈리는 "창의적인 기술 연구소"에는 임계질량의 재능 있는 과학자들이 필요하다고 생각했다. 이 과학자들을 애초에 한 건물에 수용해 이곳에서 물리학자, 화학자, 수학자, 공학자가 서로 아이디어를 주고받도록 독려했다. 게다가 연구원들이 "때로 구체적인 목표 없이 여러 해 동안" 자신의 연구를 계속해나갈 수 있도록 시간을 주었다.

물론 이런 자유는 1980년대 초 에이티앤티의 독점 구조가 깨지기 전 몇 년간 전화 가입자들이 매달 내는 요금이 꾸준한 수익 흐름을 만들어준 덕분이었다. 이는 벨 연구소가 "국립 연구소와 비슷하게" 돌아갈 수 있게 해주었다. 분기별 보고서를 주시해야 하는 오늘날의 많은 기술 회사들과 달리, 전성기의 벨 연구소는 거트너가 말하는 "새로운 핵심 아이디어"를 진득하게 찾아내는 동시에, 엄청난 규모의 기술부 직원들이 "그 아이디어를 발전시켜 완성해" 새로운 제품을 만들어낸 다음 그 제품을 더 값싸고 효율적이며 내구성 있게 만들 수 있었다.

벨 연구소의 성공에 파멸의 씨앗이 있었다고 거트너는 지적한다. 벨 연구소는 하나의 기업이 감당하기에 너무 많은 아이디어를 내놓았을 뿐 아니라 트랜지스터 같은 일부 혁신 기술은 기술 지형 자체를 바꿔놓아 이 회사의 주력 사업이 계속 확장하는 정보 및 전자 기술 분야의 일부로 축소되었다. 새로운 경쟁사들이 점점 정보 및 전자 기술 분야를 지배하게 되면서, 독점 구조가 깨진 이후의 에이티앤티는 이들과의 경쟁에서 고전을 면치 못했다.

더욱이 벨 연구소의 한 연구원이 말한 대로, 사업 환경이 새로워지면서 더 이상 "자유로운 연구"가 기업에 타당한 또는 필요한 투자가 아니었다. 거트너의 말에 따르면, 기업은 "판도를 바꾸는 발견이나 발명이 아닌 점진적 전략을 추구하는 것만으로도 수익을 낼 수 있었다."

041

익숙한 미래

윌리엄 깁슨
William Gibson

✳

『주변장치』(2014)
The Peripheral

윌리엄 깁슨은 1982년 "사이버스페이스"라는 말을 만들었을 뿐 아니라 1984년 출간한 주목할 만한 데뷔작 『뉴로맨서』에서 인터넷, 즉 "매트릭스라는 합의된 환영"과 이것이 우리가 생각하고 연결되는 방식에 미칠 엄청난 영향을 예견했다.

그의 2014년 소설 『주변장치』는 마찬가지로 놀라운 예지력으로, 불길해 보이면서 현실적인 두 가지 미래를 보여준다. 이는 깁슨의 많은 재능 가운데 하나다. 묘하게 미래를 예견하게 하는 창이면서 우리 시대를 비추는 잊히지 않는 거울과 같은 세계를 상세하게 상상하는 능력 말이다. 돈 드릴로와 마찬가지로 인류학자의 본능을 가진 깁슨은 극도로 이상한 현대 생활에 초점을 두고 있으며, 또한 기술 변화가 어떻게 사회 및 문화 변화를 주도하는지 예리하게 이해하고 있다.

이 소설의 첫 번째 미래는 미국 남부 어딘가에 있는 작은 도시로 우리를 데려간다. 이곳에는 각성제의 일종인 메타암페타민 제조와 디지털 불법 복제 외에는 일자리가 부족하고, 교외의 대형 할인점과 상점이 줄줄이 늘어선 쇼핑몰이 도시 풍경을 특징지으며, 감시와 "홈스"(Homes)라 불리는 국토안보부가 어디에나 있다. "이지아이스"(Easy Ice)라는 태그명을 쓰는 재능 있는 게이머인 영리한 여주인공 플린 피셔는 현재 3D 프린팅 매장에서 일하고 있다. 심리적 외상 후 스트레스 장애에서 회복하고 있는 참전 용사인 오빠 버턴은 변변찮은 장애수당을 보충하려고 신비에 싸인 디지털 회사에서 일한다.

깁슨의 두 번째 미래는 22세기 초 으스스하리만치 인구가 격감한 "잭팟 이후"(post-jackpot)의 런던으로 우리를 데려간다. 이 미래 또한 2021년의 독자들에게 불안하리만치 익숙하다. 이 도시국가는 기업, 신군주제 지지자, 러시아 과두정치 지배자들이 관리하는 약탈 정치체제이다. 리얼리티 TV가 정치와 통합되고 굉장한 부자들만이 번창하고 있다.

'잿팟'이란 인구의 80퍼센트를 휩쓸어간, 서서히 닥친 대재앙임을 우리는 알게 된다. "혜성의 충돌도 없었고, 실로 핵전쟁이라 할 만한 것도 없었다. 단지 기후변화로 다른 모든 것이 엉망이 되었다. 가뭄, 물 부족, 흉작. (…) 모든 최상위 포식자가 사라지고, 항생제는 효과가 훨씬 떨어졌으며, 질병이 대유행한 것은 아니지만 그 자체로 역사적 사건이 될 정도로 심각했다."

플린은 어떤 게임의 베타 버전을 시험하고 있는 것으로 보이는 오빠를 대신하다가 한 여성이 끔찍하게 살해되는 장면을 목격한다. 이 사건은 온라인에서만이 아니라 현실에서도, 즉 잭팟 이후의 런던에서 실제로도 일어나고 있는 듯하다. 이후 누아르풍의, 보르헤스식 추리소설이 이어진다. 시간대와 수십 년의 기간이 교차하고, 사용자가 시간 이동을 할 수 있게 해주는 사이보그 같은 아바타인 "주변장치"가 등장한다.

주변장치, 첨단 드론, 나노 기술, 이 모든 것이 생생하게 표현되지만, 깁슨의 소설에서 현실세계와 가상세계 사이, 인간과 기계 사이의 접속은 언제나 하드웨어 이상의 것을 이야기한다. 기술이, 다시 말해 데이터, 정보, 잘못된 정보, 알고리즘이 어떻게 인간의 일상생활과 인간 자신에 대한 이해를 바꿔놓는지, 데이터 검색과 인공지능이 어떻게 우리의 역사 인식을 재형성해서 향수와 상실감을 자아내는지, 과학이 어떻게 인류에게 새로운 지평을 열어줄 수 있는 동시에 인간에게 주어진 죽음을 피할 수 없는 운명과 한계를 상기시키는지 말이다.

042

반쯤은 탐정, 반쯤은 통역사

스티븐 그로스

Stephen Grosz

✳

『때로는 나도 미치고 싶다: 5만 시간의 연구 끝에
밝혀진 31가지 마음의 비밀』(2013)

The Examined Life: How We Lose and Find Ourselves

　　도라, 늑대인간, 꼬마 한스, 쥐 인간 같은 프로이트의 유명한 정신분석 사례 연구는 긴장감 넘치는 추리소설 같으면서 모더니즘 소설의 극적 사건과 모순을 모두 갖춘 함축적 서사를 보여준다. 프로이트는 설득력 있는 작가일뿐더러 그의 방법론과 통찰은 또한 문학 비평 및 소설 구성과 공통점이 많다. 환자를 묘사할 때, 프로이트는 대상 인물의 삶을 해체해 분석하는 데 열중하는 비평가이자 신뢰할 수 없는 화자를 통해 사랑과 성관계와 죽음을 능숙히 탐구하는 훌륭한 이야기꾼으로서의 능력을 드러낸다. 프로이트가 셰익스피어, 괴테, 입센, 소포클레스(그렇다, 오이디푸스!)의 작품에 나오는 인물들에 대해 쓰기를 좋아한 것이나 환자들이 사용하는 언어와 이미지에 많은 관심을 기울인 것은 우연이 아니다.

정신분석연구소와 유니버시티칼리지런던 정신분석학과에서 학생들을 가르치는 스티븐 그로스의 이 책은, 프로이트의 가장 설득력 있는 저작이 지닌 최고의 문학성을 공유한다. 그로스가 25년 동안 해온 정신분석 작업을 장(章)마다 짧지만 날카로운 글로 농축하고 있는데, 체호프와 올리버 색스를 합쳐놓은 것 같다. 그는 복잡한 정신분석 과정을 생생히 전하면서, 대단히 복잡한 인간 심리가 놀랍더라도 환자들과 이들이 느끼는 상실감과 후회에 공감해볼 것을 청한다.

그로스는 이자크 디네센의 말을 인용한다. "모든 슬픔은 이야기로 표현하거나 이야기해 털어놓으면 견딜 수 있다." 그러면서 계속해서 주장한다. 우리 삶을 이해하는 데 이야기가 도움이 될 수 있지만, 만약 "우리의 이야기를 할 방법을 찾지 못하면 우리의 이야기가 우리에게 말한다. 이런 이야기를 꿈으로 꾸거나 증상이 나타나거나 우리 자신이 이해할 수 없는 방식으로 행동하게 되는 것이다."

그로스는 프로이트처럼 문학적 암시를 좋아하며 문학 고전에 숨은 심리적 이유를 민첩하게 파헤친다. 찰스 디킨스의 『크리스마스 캐럴』을 "놀라운 심리 변화에 대한 이야기"로 읽으며, 여기서 얻을 수 있는 교훈 하나는 "스크루지가 과거를 되돌릴 수 없고 미래를 확신할 수도 없다"는 것이라고 주장한다. 스크루지는 지금 여기에서만이 변화가 일어날 수 있음을 깨닫는다. 이것이 중요한데, 과거를 바꾸려 하면 무력감과 우울감을 남길 수 있기 때문이라고 그로스는 덧붙인다.

이런 말은 키르케고르가 "가장 불행한 인간"에 대해 내린 정의를, 즉 현재에 살지 못하고 과거의 기억이나 미래의 희망 속에 사는 사람이라고 한 정의를 떠올리게 한다.

그로스는 환자들에게 무척 공감하면서 그들이 자기 삶의 양상을 인식하도록 다정히 격려하는 동시에 그들의 문제에 귀를 기울인다. 한 여성 환자에게 그녀가 가진 모든 문제에 자신이 함께 맞서겠노라고 안심시키고, 한 중환자에게는 정기 상담을 위해 일주일에 다섯 번 병원으로 찾아가겠노라고 약속한다. 정신분석가가 된다는 건 근무일을 "다른 사람과 단둘이서" "생각에 골몰하면서, 다시 말해 주의를 집중하려 애쓰면서" 보낸다는 것을 뜻한다고 그로스는 쓰고 있다. 그는 "반쯤은 탐정, 또 반쯤은 통역사가 되어야 하는 여행 가이드"이다. 환자가 여기저기 흩어져 있는 자신의 이야기를 연결하는 일을 도와 자기 삶을 이해하도록 돕거나, 적어도 그가 "다른 사람의 마음속에 살아 있"음을 확신시켜주는 편집자이다.

043

평범하지 않은 말

로라 힐렌브랜드
Laura Hillenbrand

✳

『시비스킷: 신대륙의 전설』(1999)
Seabiscuit: An American Legend

내가 자랄 때는, 영어덜트 또는 YA 독서물이라는 게 없었
다. 대신에, 내가 지역 도서관에서 찾아낸 책들은 낸시 드루
미스터리 시리즈(도서실 건너편에서 그 노란색 표지를 볼 수 있었다),
L. 프랭크 바움의 오즈 시리즈(『오즈의 마법사』로 시작해서 오즈
의 나라의 허구적 역사에 관한 책들로 이루어진 시리즈. _옮긴이), 조이
애덤슨의 『야성의 엘자』와 『자유로운 삶: 엘자와 새끼들의 이
야기』(*Living Free: The Story of Elsa and her cubs*), 그리고 반려동물
세 마리가 캐나다 황야를 수백 킬로미터 가로질러 집을 찾아
가는 이야기인 실라 번포드의 『세 친구의 머나먼 길』이었다.
　내가 유진 오닐의 작품 가운데 가장 먼저 읽은 것은 『아주
특별한 개의 유언장』(*The Last Will and Testament of an Extremely
Distinguished Dog*)이고, 존 스타인벡의 작품 가운데 가장 먼저

읽은 것은『붉은 망아지』였다.

여섯 살쯤부터 가장 좋아한 것은 말에 관한 책이었다. 이니드 배그놀드의『내셔널 벨벳』(*National Velvet*, 이 책을 바탕으로 한 영화가 만들어져 〈녹원의 천사〉라는 제목으로 국내에 소개되었다. _옮긴이), 월터 팔리의 끝없는『검은 종마』시리즈, 그리고『미스티: 신커티그 섬의 안개』,『바람의 왕』,『그랜드캐니언의 브라이티』(*Brighty of the Grand Canyon*)같이 마거리트 헨리가 글을 쓰고 웨슬리 데니스가 삽화를 그린 책이면 무엇이든. 나를 로라 힐렌브랜드가 1999년 출간한『시비스킷』의 이상적인 독자로 만든 건 이 책들이었다.

가장 열렬한 동물 책 팬 외에 누군가가 왜 말에 관한 400쪽 남짓한 책을 읽고 싶어할 것인지 이해하기 어렵다면, 시비스킷은 평범한 말이 아니라는 점을 지적해야 한다. 4천만 명이나 되는 팬이 매주 시비스킷의 경주를 중계하는 라디오 방송에 채널을 맞추었으며, 알려진 바에 따르면, 1938년 시비스킷은 루스벨트, 히틀러, 또는 무솔리니보다 더 많이 신문에 보도되었다. 그해 최대 라이벌이던 워애드미럴과의 경기는 서부 해안의 경마 팬과 동부 해안의 경마 팬이 겨루는 셈이었는데, 당시 10년 동안 가장 큰 스포츠 경기 가운데 하나였다. 더욱이 힐렌브랜드는 시비스킷의 이야기를 통해 현실 도피에 여념이 없는 대공황 시대의 미국과 대중매체가 홍보하는 셀러브리티의 급증 현상을 예리하게 관찰해 그리고 있다. 이는 우리 시대를 강력히 반영하는 역사의 한 단면이다.

하지만 대체로 『시비스킷』은 내가 어렸을 때 좋아한 동물 이야기의 전통에 따라, 그리고 ABC 방송 프로그램인 〈와이드 월드 오브 스포츠〉의 짐 매케이가 한 말을 빌리자면, "승리의 전율과 패배의 고통"을 전하는 전형적인 스포츠 보도의 전통에 따라 훌륭하게 이야기를 펼친다.

시비스킷은 만성 체중 문제와 친근한 대형견의 붙임성 있는 성격을 가지고 있으며 발굽이 네모나고 다리가 짧막한 전형적인 약자로 등장한다. 이 말은 결국 날렵하고 예민한 삼관왕 우승마인 워애드미럴을 쉽게 물리친다. "세기의 경주"에서 시비스킷이 거둔 승리는 동부 해안을 이긴 서부 해안의 승리이자 명문가 출신 엘리트 팬을 이긴 블루칼라 노동자계급 팬의 승리로 찬사받는다.

힐렌브랜드는 시비스킷의 인간 동료 또한 제대로 그려낸다. 예전에 무스탕(미국의 대평원에 사는 야생의 작은 말._옮긴이)을 조련했던 조련사 톰 스미스, 뷰익 자동차를 판매하는 일에서 천직을 찾아 자수성가한 거물인 주인 찰스 하워드, 규칙 없는 비공식 경마의 한물간 베테랑 기수로 일명 "레드"라고도 하는 조니 폴러드.

1940년 시비스킷이 은퇴한 후 수만 명의 팬이 샌프란시스코에서 북쪽으로 약 240킬로미터 떨어진 곳에 있는 하워드의 목장으로 이 말을 찾아갔다. 그곳에서 시비스킷은 백 마리 이상의 새끼를 낳고 살이 쪘으며 "더없이 행복"했다. 내가 어렸을 때 좋아하던 온갖 동물 책에 나오는 동물들보다 더 행복하지는 않지만 그 동물들만큼 행복한 결말이다.

공포와 불만의 정치

리처드 호프스태터
Richard Hofstadter

✳

『미국 정치의 편집성 스타일』(1964)
The Paranoid Style in American Politics

출간한 지 반세기가 넘어서도 역사가 리처드 호프스태터의
『미국 정치의 편집성 스타일』은 도널드 J. 트럼프가 조장하는
공포와 불만의 정치에 대한 서술처럼 읽힌다.

호프스태터는 "편집성 스타일"을 "열띤 과장, 의심, 음모에
대한 공상"이 특징을 이루고 "국가, 문화, 삶의 방식"에 제기된
다고 여겨지는 위협에 중점을 두는 관점이라고 정의했다. 그
언어는 대재앙을 예언하며 관점은 극단적이다. 반대자는 악하
며 어디에나 존재한다고 여기는 반면 자신은 "문명을 지키는
울타리를 치는 존재"로 묘사한다.

호프스태터는 "편집성 스타일"이 새로운 현상은 아니라고
지적한다. 반가톨릭·반이민자를 내세운 무지당(토착미국인당
의 별칭. 이 별칭은 당의 비밀스런 조직 때문에 생겨났는데 당원들에게

그들의 활동에 대해 질문받으면 '나는 아무것도 모릅니다'라고 대답하게 했다. _옮긴이)은 1855년 절정에 이르러 마흔세 명의 의원이 공개로 충성을 맹세했으나, 당이 여러 분파로 쪼개진 후 곧 세력이 약해지기 시작했다. 무지당이 보여준 유해한 사고방식은 재차 분출하곤 한다. 가장 두드러진 경우는 1950년대에 상원의원 조지프 매카시가 주도한 반공 히스테리, 그리고 1960년대에 인종차별주의와 백인 노동자계급의 분노에 힘입어 대통령 선거에 출마한 앨라배마 주지사 조지 C. 월리스의 전국 무대 등장이었다.

반가톨릭 운동 같은 초기 "편집성 스타일"의 사례들은 흔히 "기존 삶의 방식을 위협"한다고 여겨지는 것을 막으려는 방어적 태도를 취했다고 호프스태터는 말했다. 이에 반해 현대의 우파는 이미 소외감을 느끼는 사람들을 대표하는 경향이 있다고 썼다. "그들과 그들의 종족은 대체로 미국을 빼앗겼으나 되찾기로 결심했다." 그들은 "세계시민주의자와 지식인들이 미국의 오랜 미덕을 이미 좀먹고 있다"고 생각한다.

호프스태터의 말은 티파티 운동(버락 오바마 행정부의 의료보험 개혁 정책에 반발해 등장한 보수주의 정치 운동으로 보스턴 차 사건에서 이름을 따왔다. _옮긴이) 그리고 도널드 트럼프가 이용하고 악화시킨 포퓰리즘적 반이민 토착주의의 탄생을 묘하게 예견한다. 2008년 금융 위기가 악화시킨 경제 불안과 더불어 기술, 세계화, 인구통계학상의 변화로 인한 급격하고 혼란스런 사회 변화가 새로운 박탈감과 분노를 부채질했다. 동시에 "그림자 정부"(음모론에서 세계를 은밀히 지배하고 있다고 주장하는 초국가적 조직. _옮긴이)와 언론에 대한 트럼프의 공격은 호프스태터가 프랭클린 D. 루스벨트 같은 기득권 인사에 대한 분노로 진단한 반엘리트주의를 그대로 되풀이하고 있다.

선견지명을 보여주는 호프스태터의 관찰은 또 있다. 한 역사가가 천년왕국설(예수 그리스도가 최후의 심판 이전 또는 이후에 지상에 재림해 천년 동안 세상을 직접 통치하여 낙원을 이룩할 것이라는 믿음. _옮긴이)을 신봉하는 유럽의 초기 종파들에서 보았던 "끈질긴 강박관념"이 "편집성 스타일"에 대한 자신의 결론에 부합한다고 호프스태터는 쓰고 있다. 즉 "과대망상증 환자처럼 자신을 완전히 선하고 지독히 박해받지만 결국에는 확고히 승리하는 선택받은 자로 보고, 적에게는 악마 같은 거대한 힘이 있다고 여긴다. 또 덧없음, 불화, 갈등, 그리고 지적인 것이든 도덕적인 것이든 틀릴 수 있는 가능성 같은 인간 존재의 불가피한 한계와 불완전성을 받아들이길 거부하고, 오류가 있을 수 없는 예언에 집착"한다. 익숙하게 들리는가?

고전이 된 호프스태터의 이 책에서 격려가 되는 생각은 많지 않다. 그 가운데 하나는 이런 "편집성 스타일"을 이용하는 운동은 "잇따른 이상 파랑으로 밀려와" 솟구쳐서 최고조에 이르지만, 그런 다음에는 (적어도 다음 출현 때까지는) 약해지는" 경향이 있다는 것이다.

045

문제적인 영웅

호메로스
Homer

✳

『오디세이아』(2017)
The Odyssey

호메로스의 『오디세이아』는 여전히 서양 문학의 중요한 원
전 가운데 하나이며, 분명하거나 은밀한 방식으로 우리의 스
토리텔링에 계속해서 영향을 미치고 있다. 트로이 전쟁이 끝
난 후 10년에 걸쳐 집으로 돌아가는 오디세우스의 이야기는
전형적인 영웅의 여정으로, 이는 〈반지의 제왕〉부터 〈스타워
즈〉, 스탠리 큐브릭의 〈2001: 스페이스 오디세이〉, 그리고 마
블코믹스의 많은 액션어드벤처 오락물까지 수많은 고전에서
되풀이된다. 『오디세이아』는 또한 제임스 조이스의 『율리시
스』, 데릭 월컷의 『오메로스』, 찰스 프레지어의 『콜드마운틴
의 사랑』을 비롯한 놀랄 만한 문학작품들의 원형이다.

자부심이 불러오는 위험, 가변성을 가진 정체성, 운명과 자
유의지 사이의 줄다리기, 아버지와 아들의 관계 같은 영원한

주제의 틀을 만든 것이 바로 『오디세이아』이다. 게다가 전쟁의 여파와 제국주의의 결과에 관한 좀 더 논쟁의 여지가 있는 주제들 또한 호메로스의 이 고전에 내재되어 있다. 연구자 에밀리 윌슨이 이 훌륭한 『오디세우스』 새 번역본 서문에서 지적한 대로, 오디세우스가 키클롭스족의 땅에 도착해서 폴리페모스의 동굴에 침입해 그 주인을 속이고 눈을 멀게 해 강탈하는 일화는 "비그리스인에 대한 그리스인의 착취를 정당화하려는 시도로 읽을 수 있다."

윌슨은 호메로스의 서사시를 영어로 번역한 최초의 여성으로, 윌슨의 『오디세이아』는 놀라운 직접성과 뉘앙스를 드러낸다. 그 언어는 단순하고 솔직하며 텍스트는 현대 독자가 이야기의 모호성과 영웅인 오디세우스의 도덕적 모호성을 제대로 인식하게 한다.

우리가 학교에서 배운 『오디세이아』에서 알고 있는 이 "약삭빠른" 전쟁 영웅에게는 언제나 문제가 되는 측면이 있었다. 이기적이고 교활하며 이중적인 측면 말이다. 하지만 윌슨의 번역본에서 오디세우스는 유난히 "복잡한 인물"로 등장한다. 온갖 끔찍한 괴물과 자연재해를 만나고도 살아남은 생존자일 뿐 아니라 "거짓말을 하고 사리를 추구하는 도시의 약탈자"이기도 하다. 여성과 관련해 이중 잣대를 가진 간통자이지만 또한 님프인 칼립소 옆에 머물기보다 아내인 페넬로페가 있는 집으로 돌아가기를 선택한 남편이기도 하다. 이 선택은 영원한 생명보다 죽음을 받아들임을 암시한다. 그는 무자비한 해적이며, 다른 문화를 무지하고 야만적이라고 멸시하는 버릇이 있다. 이 전쟁 영웅은 부하들을 안전하게 집으로 데려가지 못하고, 페넬로페의 구혼자만이 아니라 그들과 잠자리를 한 여성 노예들의 무자비한 살육을 감독하며 아들 텔레마코스에게 "긴 칼로 그들을 쳐/그 목숨을 모두 끊어버려라"고 명령한다. 자신의 여정이 갖는 의미를 그럴듯하게 지어내는 오디세우스는 자신을 거창하게 내세우는, 분명 신뢰할 수 없는 화자이다. 재커리 메이슨은 2010년 발표한 창의성 넘치는 소설 『잃어버린 "오디세이아"』(*The Lost Books of "The Odyssey"*)에서 이를 분명하게 보여주었다.

이 새 번역본에 붙인, 날카로운 통찰을 보여주는 윌슨의 서문은 현대인의 눈으로 이 이야기를 보는 동시에 『오디세이아』를 그 시대 문화의 맥락 속에 위치시킨다. 텍스트 자체가 이 문제적 영웅에 대해 "놀라울 정도로 분명한 시각을 보여준다"고 윌슨은 지적한다. 이 텍스트는 "우리가 상상의 세계에서 권력과 영속성에 대한 욕망을 탐구할 수 있게 하는 한편, 또한 이런 뿌리 깊은 인간의 꿈, 희망, 공포의 어두운 면을 보여준다."

046

시인의 정확성, 과학자의 상상력

호프 자런

Hope Jahren

✳

『랩 걸』(2016)

Lab Girl

블라디미르 나보코프는 언젠가 이렇게 말했다. "작가는 시인의 정확성과 과학자의 상상력을 가져야 한다." 호프 자런은 두 가지를 모두 가지고 있다. 자런의 이 회고록은 자신의 천직을 발견하는 짜릿한 이야기이면서, 재능 있는 교사가 식물의 은밀한 삶에 대해 일러주는 지침서이다. 올리버 색스의 글이 신경학에, 스티븐 제이 굴드의 글이 고생물학에 한 일을, 이 책은 식물학에 하고 있다.

지구생물학 교수인 자런은 식물에 관한 매우 생소한 이야기를 전해준다. "4억 년 이상 전에 만들어진" 이 조직체는 무기 물질에서 당분을 만든다. 다시 말해, 인간의 생명 자체가 이 경이로운 조직체에 의존하고 있다.

자런은 미국 중서부 지역에서 식물이 자라는 소리를 설명한다. "사탕옥수수는 최고로는 매일 무려 1인치(약 2.54센티미터)씩 자라며, 이런 팽창을 수용하기 위해 겉껍질 층이 살짝 이동할 때, 8월의 아주 조용한 날 옥수수밭에 들어가 서 있으면 나지막하게 끊임없이 바스락거리는 소리를 들을 수 있다."

자런은 사막의 타는 듯한 태양 아래서 몇 년 동안 비를 기다리며 웅크리고 앉아 있는 선인장의 기적 같은 능력에 대해 이야기한다. 선인장은 "마른 흙이 자신의 뿌리에서 도로 물을 몽땅 빨아들이지 못하도록 뿌리를" 탈락시킨다. 그런 다음 수축하기 시작해 "가시들이 빽빽하고 위험한 털을 형성해서 이제 단단하고 뿌리가 없어진 식물 덩어리를 보호한다."

또 자런은 나무 꼭대기의 잎이 아래쪽에 있는 잎보다 작은 이유를 설명한다. 이 덕분에 "바람이 불 때마다 햇빛이 밑동 근처에 닿고 위쪽 가지들이 벌어"질 수가 있다.

자런은 나무와 꽃과 다른 식물의 생활주기에 관한 장과 과학자로서 자신의 성장에 관한 장을 교차시켜 강인함, 독창성, 적응력 같은 인간과 식물의 유사성을 분명하게 보여준다. 하지만 햇빛에 의존하는 점, 인간과 달리 움직이거나 이동할 수 없다는 점, 식물 조직의 중복성과 유연성("뿌리는 필요하면 줄기가 될 수 있고 그 반대도 마찬가지이다")같이 식물이 인간과 근본적으로 다른 점을 좀 더 강조한다.

일 년 중 아홉 달 동안 땅이 눈으로 덮인 미네소타의 한 작은 마을에서 자란 자런의 어린 시절은 침묵으로 가득했다. 증

◆

자런은 새로운 것, 아무도 알지 못했거나
예전에 명확하게 증명된 적이 없는 것을 발견할
때의 짜릿한 흥분, 그리고 과학 연구와 실험을
수행하기 위해 해야 하는 힘들고 지루한 일에
대해 전한다.

조부모가 노르웨이에서 이곳으로 왔는데, 자런은 이렇게 쓰고 있다. "스칸디나비아인 가족들 사이에 일찌감치 엄청난 정서적 거리가 생겨나 매일매일 더 멀어진다." 자런과 형제들이 "서로 아무 말도 하지 않은 채 며칠을 보내는 일"이 드물지 않았다.

자런의 안식처는 시골 전문대학에서 기초 물리학과 지구과학을 가르치던 아버지의 연구실이었다. 그곳에서 자런은 의식같고 마법 같은 과학을 발견했다. 그 규칙과 절차, 그리고 과학이 요구하는 세부에 대한 주의를 받아들였다. 과학은 자런이 필요했던 것을, "가장 문자 그대로의 정의를 갖는 집, 즉 안전한 곳"을 제공해주었다.

자런은 새로운 것, 아무도 알지 못했거나 예전에 명확하게 증명된 적이 없는 것을 발견할 때의 짜릿한 흥분, 그리고 과학 연구와 실험을 수행하기 위해 해야 하는 힘들고 지루한 일에 대해 전한다. 며칠, 몇 주, 몇 달을 지켜보고 기다리며 데이터를 모으고, 밤샘하며, 반복하고, 우회하면서, 뜻밖의 발견을 하거나 헛된 결과를 얻기도 한다고 이야기한다.

그러면서 자런은 과학자로서 자신의 연구가 또한 더 큰 기획의 일부분임을 깨닫게 되었다. 자런은 식물이 아니라 개미와 비슷했다. "온 숲을 가로지르며 죽은 솔잎을 차례차례 찾아 날라서, 나로서는 작은 한 귀퉁이밖에 상상할 수 없을 정도로 거대한 더미에 하나씩 더하는" 개미 말이다.

과학자로서 자신은 실로 "부족하고 무명이지만 보기보다 강하며 나보다 훨씬 더 큰 것의 일부분"인 개미라고 자런은 계속해서 말한다. 자런은 연속체를 이루는 과학자들 가운데 한 사람으로서 전임자들의 연구를 발판으로 삼고 자신의 발전을 다음 세대에 물려줄 터이다.

047

추도의 회고록

메리 카
Mary Karr
✳
『거짓말쟁이 클럽』(1995)
The Liars' Club

　열한 살 때 메리 카는 커서 "반은 시를, 또 반은 자서전을 쓰"겠다고 일기에 썼다. 그리고 결국 그렇게 하게 된다. 카의 시와 산문은 모두 가공하지 않은 날것이면서 솔직하며, 정확한 관찰로 독자가 카 자신이 쓰고 있는 것에 대해 대단히 깊이 이해하게 하는 힘을 갖고 있다. 카는 자신이 자란 습지 많은 텍사스 동부의 소도시(너무 작아서 시장이 "실제로 하는 일이라곤 매일 아침 신호등을 켜는 것뿐"이었다), 할머니의 따지고 들고 싶은 욕구(할머니는 이를 아메리카독도마뱀처럼 단속했다), 즐겁게 서로 이야기를 나누는 아버지 그리고 아버지의 친구들과 시간을 보내면서 얻은 기쁨에 대해 쓰고 있다(아버지 그리고 아버지의 친구들과 함께 밖에 나와 있기만 해도 나는 "빛이 나서 그 빛으로 누군가 책을 읽을 수 있을 정도였다").

이 놀라운 회고록은 카가 아버지의 뛰어난 이야기꾼으로서의 재능과 듣는 사람들의 관심을 사로잡는 능력을 물려받았음을 보여준다. 재미있고 투지 넘치며 가차 없는 카는 반쯤은 거친 텍사스 여성이고 또 반쯤은 서정성 짙은 시인인 대단히 독특한 목소리를 가지고 있다. 이 책은 잊을 수 없는 가족의 초상을 그려내 인상적인 소설과 같은 여운을, 그리고 진실이 불러일으키는 충격적 전율을 남긴다. 이 책이 1990년대에 회고록의 갑작스런 인기를 촉발하는 데 기여하고 회고록 장르의 무한한 가능성과 개인의 증언이 지닌 지속력에 주목하게 만들었다는 건 놀라운 일이 아니다.

결혼 전 이름이 찰리 마리 무어인 카의 어머니는 텍사스 서부 건조지대에서 자라, 열다섯 살 나이에 결혼하고, 화려한 도시 뉴욕으로 이사해 미술학교에 등록했다. 이후 여섯 번 더 결혼했으며, 텍사스로 돌아온 후에는 술 마시는 일과 뉴욕에서 잃어버린 삶을 꿈꾸는 일로 점점 더 많은 시간을 보냈다. 사르트르와 마르크스의 책을 게걸스레 읽고 오페라와 재즈를 들으면서 눈물을 흘렸다. 텍사스 동부식으로 말해, 어머니는 "신경과민"이었다고 카는 쓰고 있다. 이 말은 "만성적인 손톱 물어뜯기부터 완전히 진행된 정신병까지 두루두루 쓰였다." 언젠가 광기가 발작한 찰리 마리는 딸들의 장난감과 옷에 불을 싸지르고 육류용 칼로 딸들을 위협하기도 했다.

카의 아버지 피트는 어느 날 밤 "제너럴 일렉트릭"(1969년 최초의 달 착륙시 제너럴 일렉트릭은 여러 분야에서 기술을 지원했다. _ 옮긴이)의 밝은 달 아래에서 찰리 무어를 만났는데, 카의 어머니가 변덕스럽고 침울한 만큼 꾸준하고 견실했다. 피트는 "그를 보고서 시계를 맞출 수 있는 사람", 42년 동안 하루도 결근하지 않고 "커피에 설탕을 넣거나 멀구슬나무에 있는 앵무새가 자신의 휘파람 소리에 대답하게 하는 것과 같은 작은 위안에서" 즐거움을 얻을 수 있는 사람이었다.

카의 가정은 조금의 과장도 없이 상궤를 벗어나 있었다. 이들에게 저녁식사는 모두가 부모의 침대 가장자리에 앉아 서로 다른 방향을 보는 걸 뜻했던 것 같다. 이 가족은 세월이 흐르면서 차츰 비밀, 실망, 상실의 원심력에 무릎을 꿇었다. 찰리 무어가 지갑에 "진짜 쇠톱"을 넣어 가지고 다니고 독설을 퍼부어대는 노인인 친정어머니를 집으로 들인 후, 피트는 자기 일에 침잠해서 점점 "아버지로서 해야 할 일에서 물러나"기 시작했다. 아버지가 며칠째 집에 들어오지 않아 메리와 여동생 리샤를 보지 않고 지나는 일이 잦았다.

폭력과 태만이 만연했다. 카는 일곱 살 때 학교 남학생에게 성폭행을 당했고 나중에는 베이비시터에게 성추행을 당했다. 여동생이 승마 사고로 쇄골이 부러졌을 때는 나서서 병원에 데려가려는 사람이 아무도 없었다. 어머니가 술을 마시기 시작했을 때, 카는 어머니가 도로에 나가지 못하게 하려고 자동차 열쇠를 숨기거나 이웃 사람들을 욕하는 것을 막으려고 전화 통화를 하는 체했다.

혼돈은 "두려움이 내가 알아차리지 못하는 무언가로 굳어질 때까지 그것을 내 안에" 가두는 방법을 가르쳐주었다. 게다가 작가처럼 거리를 두는 방법을 가르쳐주었다. "신이 내 기도에 답"해 "나는 우리 모두를 만화로 만드는 법을 배웠다"고 카는 썼다. 하지만 이 책에 대해 주목할 만한 한 가지는 카가 부모를 납작한 이차원의 인물로 만들어놓지 않았다는 점이다. 그러기는커녕 부모에 대해 크나큰 공감과 연민을 드러내면서 부모를 손에 만져질 듯한 인간으로 보여준다. 결함이 있고 신뢰할 수 없으며 심지어 배신하기도 하지만 또한 상처받기 쉽고 사랑이 절실한 인간 말이다.

이 회고록은 비록 종이 위에서일지라도 과거를 만회하는, 치열하고 애정 어린 추도의 행위이다.

048

변화를 위한 연설문

마틴 루서 킹 주니어
Martin Luther King, Jr.

✳

『희망의 증거: 마틴 루서 킹 주니어의 주요 글과 연설문』(1986)
A Testament Of Hope: The Essential Writings
and Speeches of Martin Luther King, Jr.

제임스 M. 위싱턴 편집

　마틴 루서 킹 주니어의 삶은 역사의 궤적이 정의로 기울게
할 수 있는 한 사람의 힘을 보여주는 증거이다. 그가 죽고 반
세기 이상이 지난 후에도 그의 연설문과 글은 미국 인권운동
역사에서 매우 중요한 문서로 남아 있을뿐더러 동유럽부터
소웨토(남아프리카공화국의 흑인 거주 지역. _옮긴이), 천안문 광장,
홍콩까지 전 세계에 걸친 변화에 계속해서 영감을 주고 있다.
　증조할아버지, 할아버지, 아버지가 모두 침례교 목사였던
킹은 교회에서 자랐다. 은유가 풍부한 킹제임스 성서의 언어
가 가진 낭랑한 운율과 울림은 킹에게 본능적으로 다가왔다.
생생한 이미지와 함께 성경의 인용문이 글에 생기를 불어넣
었으며, 킹은 이런 글로 아프리카계 미국인의 고통에 찬 역사
를 성경의 맥락 속에 위치시켰다.

킹은 「버밍햄 교도소에서 보내는 편지」(Letter from Birmingham Jail)에서 성 아우구스티누스와 성 토마스 아퀴나스를 언급하며 정의로운 법과 부당한 법을 구분짓는다. 「행군 악대 지휘자 본능」(Drum Major Instinct)에서는 성 마르코의 한 구절을 발판 삼아 인정에 대한 인간의 열망, 즉 "행진을 이끌고자 하는 욕망"은 정의를 위한 것, 운이 덜 좋은 사람들을 위해 싸우기 위한 것이어야 한다고 주장했다. 또 연설문 「나는 꿈이 있습니다」(I Have a Dream)에서는 바울의 『갈라디아인들에게 보낸 편지』의 한 유명한 구절을 언급하며 "하느님의 모든 자녀들이, 즉 흑인과 백인, 유대교인과 그리스도교인, 프로테스탄트교인과 가톨릭교인이 손을 잡을 수 있을 그날"에 대해 이야기한다.

「나는 꿈이 있습니다」 연설은 또한 셰익스피어("흑인의 정당한 불만이 가득한 이 무더운 여름")와 우디 거스리의 〈이 땅은 너희의 땅〉(This Land Is Your Land) 같은 대중가요("뉴욕의 거대한 산맥에서 자유가 울려 퍼지게 합시다", "캘리포니아의 굽이진 구릉에서 자유가 울려 퍼지게 합시다")를 반영하고 있다. 이런 언급은 연설에 폭과 깊이를 더해 청중에게 자신의 삶에 깊이 와닿는 시금석을 제시했다.

킹은 신학 박사학위를 받았고 한때 학계에서 경력을 쌓는 것을 고려했다. 여기에 중요한 영향을 미친 것은 아버지의 교회에서 보낸 어린 시절과 라인홀드 니부어, 간디, 헤겔 같은 사상가에 대한 이후의 연구였다. 그 과정에서 킹은 서로 다른 생각과 주제를 종합해 자신의 것으로 만드는 재능을 발전시켰다. 이런 재능 덕분에, 킹은 한자리에 모인 다양한 부류의 청중에게 연설하면서 처음에는 급진적으로 볼 수도 있는 생각을 가져다가 이해하기 쉽고 친숙한 느낌을 줄 수 있었다.

킹은 자신의 주장을 연속하는 역사의 맥락 속에 위치시켜 전통의 권위, 그리고 유대의 무게를 부여할 수 있었다. 킹이 밝힌 미국에 대한 꿈은 랭스턴 휴스가 1935년 발표한 시에서 "미국이, 꿈꾸는 이들이 꿈꾸었던 꿈이 되게 하자"라고 한 외침과 W. E. B. 듀보이스가 "건국자들이 꿈꾸었던 멋진 미국"에 대해 한 말을 일부 청중에게 의식적 또는 무의식적으로 떠올리게 했을 것이다. 워싱턴 행진(1963년 8월 28일 수요일 워싱턴 디시에서 아프리카계 미국인들의 시민권과 경제권을 옹호하기 열린 행진. _옮긴이)에서 한 연설의 마지막 부분은 노예들이 끝까지 놓치지 않은 해방 가능성에 대한 믿음을 상기시키는 한 흑인 영가에서 나왔다. "마침내 자유를! 결국에는 자유를! 전능하신 하느님, 감사합니다, 저희는 마침내 자유입니다!"

아프리카계 미국인의 음악과 문학에 익숙하지 않은 사람들을 위해서는, 애국심에 호소하는 즉각적 의미를 담은 암시가 있었다. 링컨이 게티즈버그 연설에서 독립선언문을 상기시키며 건국자들이 미국의 비전을 다시 정의했듯, 킹도 「나는 꿈이 있습니다」와 「버밍햄 교도소에서 보내는 편지」에서 독립선언문을 언급한다. 이런 의도적인 모방은 인권운동의 도덕적 토대를 보편화하는 데 도움이 됐으며, 그 목표가 미국 건국자들이 원래 미국에 품었던 비전만큼이나 혁명적임을 강조했다. 미국의 "유색인 시민"에 대한 킹의 꿈은 "모든 인간이 평등하게 창조된" 나라의 아메리칸 드림, 그 이상도 이하도 아니었다.

워싱턴 행진과 킹의 「나는 꿈이 있습니다」 연설은 1964년 인권법이 통과되는 데 중요한 역할을 하고, 1965년 그가 셀마에서 몽고메리까지 이끈 행진은 투표권법이 통과되는 데 주요 계기가 된다. 이 2년 동안 많은 것을 성취했으나 평등과 자유와 정의를 위한 싸움에는 머나먼 길이 놓여 있었고, 이 길은 "지칠 줄 모르는 수고와 불굴의 노력"을 요구했다. 킹이 「버밍햄 교도소에서 보내는 편지」에서 상기시키듯 "인간의 진보는 필연의 바퀴로 굴러가지 않"기 때문이다.

하지만 킹은 에이브러햄 링컨과 비슷하게, 그 과정에서 자신이 목격한 사건, 자신이 이끄는 행진, 자신이 하는 연설을 연속하는 더 긴 역사의 일부로 보았다. 1968년 암살당하기 전에 한 마지막 연설에서 킹은 이렇게 말했다. "나는 약속의 땅을 보았습니다. 나는 여러분과 그곳에 함께 이르지 못할 수도 있습니다. 하지만 나는 오늘 밤 여러분이 알았으면 합니다. 우리는 한 국민으로서 그 약속의 땅에 이르게 되리라는 것을 말입니다."

049

소설을 쓰고 싶은 사람이라면

스티븐 킹
Stephen King

✳

『유혹하는 글쓰기: 스티븐 킹의 창작론』(2000)
On Writing: A Memoir of the Craft

이 책은 고등학교와 대학교의 모든 글쓰기 수업에 알맞을 뿐더러 소설을 쓰고 싶은 사람은 누구나 읽어야 한다.

많은 작가들이 어렸을 때 스티븐 킹의 소설을 읽거나 그의 소설에 기초한 영화를 보고서 처음으로 스토리텔링의 힘을, 다른 사람들이 궁금증, 공포, 예감을 느끼게 만드는 상상력의 힘을 알게 되었다. 킹은 열정이 넘치는 이 길지 않은 책에서 자신이 엄청난 경력을 쌓아오는 과정에서 알게 된 스토리텔링 기법을 직접적이고 개인적인 언어로 설명한다.

이 책은 윌리엄 스트렁크 주니어와 엘윈 브룩스 화이트의 고전인 『문체의 요소들』(*The Elements of Style*, 여러 가지 제목의 한국어판이 나와 있다. _옮긴이)만큼 유용하며 그보다 훨씬 더 많은 영감을 주면서 재미있다. 상식적인 글쓰기 규칙을 "두려움과 애정을 버리고" 불필요한 부사와 허세 부리는 단어는 빼라는 식으로 간단히 서술하고 있다. 또 "적절한 말"(le mot juste)에 대해 고민하고 좋은 아이디어나 완벽한 반전을 떠올리려 고군분투하는 초보 작가들에게 용기를 북돋우는 조언을 해준다.

킹의 말을 요약해보면 이렇다.

＊ 킹이 보기에, 작가의 일은 훌륭한 아이디어를 찾아내는 게 아니라 "그런 아이디어가 나타났을 때 알아보는 것"이다. 때로 이는 "만약 ~하면 어떻게 될까?"라는 흥미로운 전제를 떠올리게 하는 신문기사를 포착하는 것을 의미한다. 또 때로는 킹의 첫 번째 인기 소설인 『캐리』에서 괴롭힘을 당하는 십대라는 주제에 염력을 더한 것처럼, 예전에는 서로 무관했던 두 가지 아이디어를 결합하는 것을 의미하기도 한다.

＊ 플롯의 한 시점 한 시점보다는 상황이 중요하다. 킹은 자신의 많은 책에서 "인물(한 쌍일 수도 있고 한 명일 수도 있다)을 어떤 종류의 곤경에 처하게 한 다음 그들이 자유로이 나아가는 것을 지켜보"고 싶었다고 쓰고 있다.

＊ "영감을 줄 뮤즈를 기다리지 마라." 그러기보다는 전화와 텔레비전이 없고 문이 달린 글쓰기 공간을 찾아, 매일의 글쓰기 목표를 세우고, 그 목표를 이룰 때까지 매일 죽치고 있으라고

킹은 말한다. 훈련이 필수이다.

＊ 가장 중요한 점은 "많이 읽고 많이 쓰"는 것이다. 규칙적인 독서는 "무슨 일이 일어나고 무슨 일이 일어나지 않는지, 무엇이 진부하고 무엇이 참신한지, 무엇이 효과가 있고 무엇이 있으나 마나인지 점점 더 잘 알게 한다"고 킹은 말한다.

킹은 하루에 10쪽씩 또는 단어 2천 개씩을 써서 놀랍게도 한 책의 초고를 3개월 만에 끝낼 수 있었는데, 이런 만만찮은 속도를 따라갈 수 있는 작가는 거의 없다. 하지만 초고를 밀고 나가는 것에 대한 킹의 조언은 마감 시간에 맞춰 일하는 젊은 기자들이 배우는 교훈과 비슷하다. 발품을 팔아 모든 취재를 끝내고 빠르게 글을 쓴 다음 되돌아가 구멍을 메우고 사실을 확인하며 글을 세밀하게 조정할 수 있다는 교훈 말이다. 일단 소설 초고가 있으면, 그것을 편집하고, 수정하고, 다시 쓰고, 심지어는 분해해서 재조합할 수도 있다.

킹의 습작기 이야기는 윌리엄 스타이런이 『소피의 선택』의 처음 몇 장에서 소설화한 자화상 또는 필립 로스가 『대필 작가』(The Ghost Writer)에서 허구의 또 다른 자아인 네이선 주커먼의 성장을 그린 초상만큼 마음을 사로잡는다. 킹은 모진 베이비시터가 여러 시간 동안 자신을 벽장에 가둬놓은 일을 포함해 자신의 상상력을 형성하는 데 중요한 역할을 한 것으로 보이는 몇몇 사건에 대해 들려주고 글쓰기를 향한 자신의 애정을 기록한다. 이 애정은 여섯 살이었던 때로 거슬러 올라가는데, 당시 킹은 래빗 트릭 씨라는 이름의 흰 토끼가 이끄는 마법의 동물 무리에 대한 이야기를 몇 가지 썼다. 이 이야기들은 킹의 어머니를 즐겁게 하고 웃음을 터뜨리게 만들어 그에게 "엄청난 가능성의 느낌"을 주었다.

1999년 킹은 메인 주의 집 근처 길을 걷다가 승합차에 치이고 말았다. 이 사고로 폐가 결딴나고 갈비뼈가 네 개 부러졌으며 엉덩이뼈가 골절되고 한쪽 아랫다리가 최소 아홉 군데 부러졌다. 엉덩이 통증은 "거의 세상에 종말이 온 듯"했으나 킹은 5주 후 다시 글을 쓰기 시작했다. 사실 이 책을 끝내야 했던 것이다.

어떤 날에는 글쓰기가 "꽤 암울한 고투"였다고 킹은 회상한다. 하지만 몸이 치유되기 시작하고 글쓰기 일과가 다시 자리잡게 되면서, 킹은 "행복에 들뜬 기분, 적절한 단어를 찾아 문장에 넣은 느낌"이 들었다. "비행기에 타고 이륙하는 것 같았다. 나는 땅에, 지면에, 지상에 있다. (…) 그러다가 위로 올라가 마법의 공기 방석을 타고 달리며 모든 것을 호령한다. 그것이 나를 행복하게 만든다. 그게 내가 해야 할 일이니까."

050

이민자 어머니의 이야기

맥신 홍 킹스턴

Maxine Hong Kingston

✳

『여전사: 유령들과 함께 보낸 소녀시절의 회고록』(1976)

The Woman Warrior: Memoirs of a Girlhood Among Ghosts

맥신 홍 킹스턴은 1976년 출간한 이 놀랍도록 아름다운 책에서 열렬한 시적 문체로 자신의 중국인 가족의 과거 속 유령들을 불러낸다. 민간설화와 가족의 전설, 기억과 꿈을 뒤섞는 이 책은 두 문화 안에서 살아간다는 것과 그 어느 쪽에도 속할 수 없다는 것이 어떤 것인지, 그리고 어머니한테서 여성의 적절한 사회적 역할에 대해 대단히 모순되는 가르침을 받으며 성장하는 것이 어떤 것인지 깊이 인식하게 한다.

킹스턴의 어머니 브레이브 오키드는 전설적인 맹렬 여성 가장이자 "가장 입담이 좋은 사람"이며 유능한 이야기꾼이었다. 또한 쉽게 격해지는 사람이어서, 어머니와의 말다툼은 킹스턴에게 "내 두개골 위 가는 가지에" 퍼지는 "거미 두통"을 남겼다. 브레이브 오키드는 딸이 "시끄럽고, 오리처럼 꽥꽥거리며, 반항하고, 지저분하다"며 질책하고, 그래서 남편을 얻기가 어려울 거라고 말한다.

브레이브 오키드는 딸에게 여자는 자고로 아내나 노예가 되어야 한다고 충고하면서 시누이에 대한 소름 끼치는 이야기를 들려준다. 시누이는 간통을 저지르고 다른 남자의 아이를 낳았다. 작은 중국 마을의 이웃 사람들은 시누이를 경멸하며 저주하고 시누이의 집을 부숴버렸다. 시누이는 결국 아기와 함께 우물에 몸을 던졌다. 가족들의 반응도 끔찍했다. "아무한테도 고모가 있었다고 말하지 마라." 킹스턴의 어머니는 이렇게 말한다. "네 아버지는 네 고모 이름도 듣고 싶어하지 않거든. 고모는 태어난 적이 없는 거야." 킹스턴의 어머니는 여성은 사회의 규칙에 따라야 하고 그러지 않는 여성은 잊히리라는 잔혹한 교훈을 주고 있다.

충격적인 성차별을 보여주는 이 이야기는 킹스턴의 어머니가 들려주는 다른 "이야기"와 극명한 대조를 이룬다. 킹스턴이 좋아하는 한 가지는 화무란(중국 설화와 문학작품에 등장하는 여성 장수로 영화 〈뮬란〉의 모델이 되었다. _옮긴이)의 이야기였다. 이 여성 영웅은 산에서 여러 해 수련해 백호의 도(道)와 용의 도를 익혔고, 아버지를 대신해 싸워서 공격당한 마을의 원수를 갚을 수 있었다. 화무란은 〈와호장룡〉의 뛰어난 무술인이나 〈왕좌의 게임〉의 거친 여성만큼 치열하고 눈부신 전사이다.

게다가 브레이브 오키드는 여성혐오를 드러내는 옛 속담을 읊어대지만 그 자신의 삶은 여러 면에서 여성의 독립성을 보여주는 증거이다. 브레이브 오키드는 의사가 되기로 결심했고, 의학 학위를 받아 고향 마을로 돌아와서 "화환과 심벌즈로 환영"받았다. 작은 마을들로 "진료"를 다니며 노인과 병자를 보살피고 침대와 돼지우리에서 태아를 받았다. 1940년 미국에서 남편과 함께하게 된 후에는 아이 여섯을 낳고(모두 마흔다섯 살 이후에 낳았다고 주장했다) 가족이 운영하는 세탁소에서 일했다.

　브레이브 오키드의 이야기는 생략되어 있고 모순이 많아서, 킹스턴은 상상력을 이용해 어머니와 고모의 경험을 이해하려 노력한다. 또 자신을 키운 이들의 삶과 그 신화의 맥락 속에 자신의 "미국에서의 일상"생활을 위치 지으려 노력한다. 그 결과 이 책은 브레이브 오키드의 이야기만큼 강렬하고 초현실적이며 감동적이다. 사실, 이것은 온갖 갈등, 대립, 문화 차이에도 불구하고 어머니와 딸을 잇는 한 가지 끈이다. 두 사람 모두가 고도의 기교로 마음을 사로잡는 이야기꾼인 것이다.

051

전체주의는 어떻게 일상언어를 감염시키는가

빅토르 클렘페러

Victor Klemperer

✳

『제3제국의 언어』(1947)

The Language of the Third Reich

언어는 중요하다.

조지 오웰이 1946년에 쓴 유명한 글에서 말한 대로, 언어가 "생각을 타락"시킬 수 있으며, 정치 언어는 흔히 "거짓말이 진실로 들리고 살인이 존경할 만한 일로 들리게 만들도록 고안된다."

제2차 세계대전 당시 드레스덴에서 살아남은 독일계 유대인 언어학자인 빅토르 클렘페러는 전체주의가 어떻게 일상언어를 감염시키는지 역사상 가장 상세한 한 가지 설명을 내놓고 있다. 클렘페러는 나치 치하 독일에서의 삶을 기록한 놀라운 일기를 썼으며(『나는 증언한다』), 또 언어를 "소량의 비소"처럼 이용해 독일 문화를 중독시켜 안으로부터 전복시킨 나치에 대한 연구서인 이 책을 썼다.

이 책은 제국이 어떻게 "수많은 반복으로 강요해 기계적이고 무의식적으로 받아들이게 만든" 관용구, 선전 구호, 문장 구조를 통해 "사람들의 살과 피에 스며들었"는지 충격을 안기는 이야기를 들려준다. 조지 오웰의 『1984』만큼 불안한 경고를 주는 이 책은 또한 독재자가 얼마나 신속하고 교활하게 언어를 무기화해 비판적 사고를 억압하고 편견을 부추기며 민주주의를 장악할 수 있는지 이야기한다.

클렘페러는 히틀러가 연설가로서 무솔리니에 비할 수 없다고 생각했다. 그래서 이 나치 지도자(클렘페러는 히틀러가 고함지르는 성향을 가진 성나고 불안정한 사람이라 여겼다)가 그렇게 추종자를 끌어모은 사실에 놀라워했다. 클렘페러는 히틀러의 성공이 그 극악무도한 이념보다는, 자신이 인민의 목소리, 인민의 구세주임을 자칭하면서 다른 정치인들을 우회해 사람들에게 직접 다가간 능력 때문이라고 보았다. 히틀러와 괴벨스가 개최한 대규모 집회도 도움이 되었다. "현란한 현수막, 가두행진, 화환, 팡파르, 합창"이 히틀러의 연설을 에워싸 효과적인 "광고 전략"으로 작용해서 이 총통을 국가의 위엄과 융합시켰다고 클렘페러는 지적한다.

소련과 모택동 시대의 중국처럼, 나치 독일에서 언어는 불길한 변형을 겪었다. '광신적'(fanatisch)이라는 단어가 피에 대한 굶주림 그리고 잔인함과 연관되어 "위협감과 혐오감을 불러일으키는 특성"을 나타내는 것에서 제국을 유지하기 위해 필요한 헌신과 용기라는 자질을 떠올리게 하는 "극찬하는 형용사"가 되었다고 클렘페러는 썼다. '공격적', '호전적'(kämpferisch)이라는 단어 역시 감탄할 만한 "방어 또는 공격을 통한 자기주장"을 뜻하는 찬사의 말이 되었다. 반면 체제(system)라는 단어는 바이마르 공화국 및 그 제도와 연관되기 때문에 경멸했다. 오늘날 트럼프의 일부 추종자들이 이른바 "그림자 정부"(deep state)를 멸시하는 것과 같은 식으로 나치는 이 단어를 멸시했다.

히틀러의 『나의 투쟁』은 1925년 출간되었는데, 이 책이 나치의 웅변술과 문체의 "가장 중요한 특징을 말 그대로 정착시켰다"고 클렘페러는 주장한다. 1933년 이 "도당의 언어가 대중의 언어가 되었다." 이는 오늘날 대안우파의 은어(동조자를 식별하기 위해 암호화한 언어와 인종을 차별하고 여성을 혐오하는 욕)가 완전히 주류화되어 일상의 정치 및 사회 담론 속으로 들어온 것과 같았다.

클렘페러는 수치(數値)와 최상급에 대한 나치의 집착과 관련해서 하나의 장 전체에 걸쳐 썼다. 모든 것이 "최고" 또는 "최다"가 되어야 했다. 만약 제3제국의 독일인이 코끼리 사냥을 간다면 "지상 최고의 무기로 세상에서 가장 큰 코끼리를 상상하지 못할 수만큼 죽였다"고 자랑해야 한다고 클렘페러는 썼다. 적군의 사망자 수, 포로 수, 집회에 관한 라디오 방송의 청취자 수 등 나치의 많은 수치가 과장되어서 "동화 같은 성격"을 띤다고 클렘페러는 말한다.

1942년 "히틀러는 독일 의회에서, 나폴레옹은 러시아에서 영하 25도의 기온에서 싸웠으나 사령관인 자신은 영하 45도, 심지어 영하 52도에서 싸웠다고 말한다"고 클렘페러는 썼다.

클렘페러가 분석한 나치의 거짓말, 과장, 혐오를 부추기는 수사학은 조지 오웰 식으로 언어를 오염시켰다. 클렘페러는 이렇게 썼다. "'영웅적'(heroic)이라는 단어와 '고결한'(virtuous)이라는 단어를 충분히 오랫동안 '광신적'이라는 단어로 바꿔 쓴다면, 실은 광신자인 인물이 고결한 영웅이라고, 광신 없이는 누구도 영웅이 될 수 없다고 믿게 될 것이다."

클렘페러는 계속해서 이렇게 썼다. 제3제국은 "언어를 그 끔찍한 체제의 종(servant)"으로 만들어 "가장 강력하고 가장 대중적이며 가장 은밀한 광고 수단으로" 손에 넣었다.

052

민주정치와 전제정치에 관하여

티머시 스나이더, 『폭정: 20세기의 스무 가지 교훈』(2017)
Timothy Snyder, *On Tyranny: Twenty Lessons
from the Twentieth Century*

스티븐 레비츠키, 대니얼 지블랫, 『어떻게 민주주의는 무너지는가』(2018)
Steven Levitsky and Daniel Ziblatt, *How Democracies Die*

티머시 스나이더, 『가짜 민주주의가 온다
: 도둑 정치, 거짓 위기, 권위주의는 어떻게 권력을 잡는가』(2018)
Timothy Snyder, *The Road to Unfreedom: Russia, Europe, America*

여기에 저명한 학자들이 민주주의가 어떻게 실패하고 독재자가 어떻게 집권하는지 탐구한 명쾌하고 간결한 세 권의 책이 있다. 전 세계에서 문제가 많은 국면이 전개되고 있는 오늘날 상황을 고려할 때 이런 주제는 당면한 관심사이다. 실제로 감시 단체인 프리덤 하우스는 2019년 전 세계 자유의 정도가 13년 연속해서 감소했다고 보고했다. 헝가리와 폴란드 같은 나라의 반민주적 지도자들이 표현의 자유와 법치주의를 보호하는 제도의 기반을 약화시키고, 블라디미르 푸틴의 러시아는 국내에서는 탄압 정책으로, 해외에서는 허위정보와 선거 개입으로 민주주의를 파괴하고 있다. 그리고 미국에서는 트럼프 대통령이 "삼권 분립, 언론 자유, 사법권의 독립, 공정한 정의 구현, 부패 방지, 그리고 가장 우려스러운 선거의 정당성

등 가장 중요한 제도와 전통을 공격하고 있다."

"역사는 반복되지 않고 교훈을 준다." 역사가 티머시 스나이더는 2017년 베스트셀러 『폭정』에서 이렇게 썼다. 『피에 젖은 땅: 스탈린과 히틀러 사이의 유럽』과 『블랙 어스: 홀로코스트, 역사이자 경고』의 저자이기도 한 스나이더는 "오늘날의 미국인들은 20세기에 민주주의가 파시즘, 나치즘, 또는 공산주의에 굴복하는 것을 본 유럽인들보다 더 현명하지 않다. 우리가 가진 한 가지 이점은 그들의 경험에서 배울 수 있다는 것이다."

스나이더는 많은 현대 민주주의 국가가 "몇몇 중요한 측면이 우리와 비슷한" 상황에서 "쇠퇴와 몰락의 역사"를 보여주었음을 상기시킨다. 예를 들어 "파시즘과 공산주의는 모두 세계화에 대한 반응이었다. 즉 세계화가 낳은 실제의 불평등과 인식된 불평등, 그리고 이런 불평등을 다루는 데서 민주주의 국가들이 보여준 명백한 무기력함에 대한 반응이었다." 동시에 선거만으로는 아무것도 보장되지 않는다. 어떤 통치자는 자신이 권력을 장악하게 해준 바로 그 제도를 파괴하거나 변경해 "예전 제도의 허울"만 남겨둔다. 그래서 "그 새로운 체제에 저항하기보다 그것을 조롱한다."

하버드 대학교 행정학 교수인 스티븐 레비츠키와 대니얼

지블랫은 2018년 출간한 『어떻게 민주주의는 무너지는가』에서 비슷한 관찰을 하고 있다. 이들은 베네수엘라, 헝가리, 폴란드, 러시아, 터키에서 선출된 지도자가 민주주의 제도를 전복시켰다고 지적한다. 그런데 많은 사람들이 너무 늦어버릴 때까지 자신이 민주주의 국가에 살고 있다고 계속 믿는다고 덧붙인다. "쿠데타, 계엄령 선포, 또는 헌법 정지와 같이 정권이 명백히 독재 정부가 되는, '선을 넘는' 일이 단 한순간도 없"기 때문이다.

히틀러를 포함해 많은 경우에, 지배 엘리트들이 이기심, 두려움 또는 자신들이 선동적인 아웃사이더를 억제할 수 있다는 잘못된 믿음으로 인해, 독재자가 되어가는 인물에게 정당성을 부여하거나 그가 주류 정치로 들어오게 한다고 레비츠키와 지블랫은 지적한다.

새 통치자가 민주주의를 전복하려는 의도를 갖고 있음을 드러내는 징후에는 헌법을 존중하지 않고, 경쟁 상대를 멸시하면서 정당한 반대자가 아니라 국민의 적으로 규정지으며, 언론을 위협하고, 시민의 자유를 침해하는 태도가 포함된다고 두 사람은 쓰고 있다.

독재자는 대개 민주주의 제도를 단번에 무너뜨리지 않는다고 레비츠키와 지블랫은 쓴다. 그보다, 처음에는 많은 대중의 눈에 띄지 않는 일련의 조치를 취하는 경향이 있다. 이런 조치에는 심판석 장악하기(정책과 법률을 중재하거나 시행하거나 또는 이의를 제기할 권한을 가진 기관 및 법원에 충성파 배치하기), 세간의 이목을 끄는 반대자와 언론 매체를 열외 취급하거나 깎아내리기, 게리맨더링과 유권자 탄압(특정 집단의 사람들이 투표하지 못하게 막거나 방해함으로써 선거 결과에 영향을 주는 전략. _옮긴이) 같은 수법을 통해 게임의 규칙을 바꾸어 수년간 통치자 또는 해당 정당에 유리하게 하기, 다원적 대화와 합리적 토론을 위한 관용과 공정성의 규범을 비하하기 등이 포함된다.

전쟁, 테러 공격, 자연재해 같은 위기가 "권력 집중과, 아주 흔한 권력 남용"에 매우 중요한 역할을 할 수 있다고 레비츠키와 지블랫은 강조한다. 시민들은 "안보가 위기에 처하면, 특히 자신의 안전이 염려되면 권위주의적 조치를 용인하고 심지어 지지할 가능성이 더 높"으며, 권위주의자들은 이런 위기를 악용할 태세를 갖추고 있다고 두 사람은 말한다. 가장 유명한 사례는 히틀러가 1933년 초 나치가 직접 꾸몄을지도 모를 독일 국회의사당 방화 사건을 이용해 헌법상의 보호를 폐지하는 긴급조치를 정당화한 경우이다.

블라디미르 푸틴은 비슷하게 1999년 러시아의 여러 도시에서 일어난 일련의 폭파 사건(일부는 러시아 보안국인 FSB가 자행했다는 주장이 있다)을 이용해 체첸에서 2차 전쟁을 일으켰다. 이는 푸틴의 지지율을 높여 다음 해에 대통령에 오르게 했다.

티머시 스나이더는 2018년 책 『가짜 민주주의가 온다』에서 날카로운 통찰력으로, 이것이 푸틴이 정권을 유지하기 위한 대단히 든든한 전략이 되었다고 지적했다. 푸틴은 러시아의 실제 사회 및 경제 문제와 씨름하는 대신에, 러시아에 고통을 준다고 일컬어지는 과장된 또는 허구의 적에 주의를 집중시켰다. 동시에 자신이 러시아의 강력한 "구세주"라 말하는 동시에 뻔뻔한 거짓말을 이용해 냉소와 혼란을 뿌렸다.

2015년 크렘린은 해외에서 허위정보 활동을 강화하면서 스푸트니크 통신 및 RT(러시아에서 방송하는 국제 보도 전문 채널._옮긴이) 같은 러시아 선전 매체와 소셜미디어 플랫폼을 이용해 가짜 뉴스를 퍼뜨리는 한편 우파 단체들과 동맹을 맺어 유럽과 미국의 민주 정부와 기관을 약화시켰다.

도널드 트럼프의 당선은 블라디미르 푸틴에게 큰 승리였다. 민주주의 경제 및 정치 모형의 확산, 나토와 유럽연합의 확대와 더불어 1990년대와 21세기 초의 영향력이 서쪽에서 동쪽으로 흐르고 있었던 반면, 이후 10년 사이 그 흐름이 역전되기 시작했다고 스나이더는 쓴다. "가짜 뉴스", 해결하기 힘들어 보이는 사회 및 경제 불평등, 정부에 대한 신뢰 약화같이 러시아인들에게 대단히 익숙하던 온갖 개념이 놀랍게도 현재 서구에 뿌리를 내리고 있다고 스나이더는 경고한다.

053

우리의 적은 바로 우리

엘리자베스 콜버트

Elizabeth Kolbert

✳

『여섯 번째 대멸종』(2014)

The Sixth Extinction: An Unnatural History

지구 역사에서 다섯 차례, 거의 생명체를 전멸시켜 생물다양성이 급락한 재앙 같은 일이 일어났다. 다섯 번째이자 가장 유명한 대량 멸종은 백악기 말에 일어났다. 거대한 소행성이 지구와 충돌해 비조류 공룡, 모든 조류과 가운데 4분의 3, 모든 도마뱀과 뱀의 4분의 1, 모든 포유류의 3분의 2를 전멸시켰다.

지금 여섯 번째 대량 멸종이 다가오고 있으며 이번 대량 멸종의 원인은 우주 바깥에서 오는 것이 아니라고,《뉴요커》필자인 엘리자베스 콜버트는 이 명민하고 매우 놀라운 책에서 쓰고 있다. 오히려, 월트 켈리의 만화 주인공 포고가 수십 년 전 말한 대로 "우리는 적을 만났고, 그 적은 우리이다."

인간은 자신들이 생태계 균형을 파괴한 곳에 침입종을 도입했다. 우리는 강을 막고 지형을 깎아내 자연 서식지를 파괴하고 이동을 방해했다. 게다가 여행비둘기부터 큰바다쇠오리, 태즈메이니아주머니늑대까지 동물과 새를 사냥해 멸종시켰다. 물론 가장 파괴적인 것은 대기에 대해 한 일이다. 화석연료의 무신경한 연소와 거대한 숲의 벌채는 대기 중 이산화탄소의 농도를 80만 년 만에 최고 수준으로 끌어올렸다. 이런 변화는 급속한 지구 온난화로 이어졌다. 이들 변화는 차례로 점점 극심해지는 허리케인, 홍수, 가뭄, 산불, 바다의 산성화로 이어졌다. 이 모두가 생태계에 혼란을 초래하고 있다. 해수면 상승은 해안 도시를 위협하고 기온 상승은 바이러스, 박테리아, 병을 옮기는 곤충이 열대 지역 너머로 범위를 넓힐 수 있도록 만들고 있다.

"오늘날 온난화는 마지막 빙하기가 끝나던 무렵보다 적어도 10배 이상 빠르게 일어나고 있"으며 인간이 주도하는 변화의 여파는 대단히 파괴적이라고 콜버트는 말한다. "암초를 이루는 모든 산호의 3분의 1, 모든 민물 연체동물의 3분의 1, 상어와 가오리의 3분의 1, 모든 포유동물의 4분의 1, 모든 파충류의 5분의 1, 그리고 모든 조류의 6분의 1이 망각으로 향하고 있는 것으로 추산된다."

콜버트는 절실하면서도 권위 있게 기후변화에 대한 최근의 헤드라인을 역사적 관점에서 살피고, 2006년의 책『지구 재앙 보고서』에서 그랬듯 기자로서의 기량을 발휘해 다양한 생명체들이 가속되는 서식지 변화에 적응하기 위해 어떻게 고군분투하는지 연구하고 있는 최전선으로 우리를 데려간다. 불가사의한 곰팡이가 희귀한 개구리들을 죽이고 있는 파나마의 양서류보존센터와 과학자들이 해양 산성화가 산호에 미치는 영향을 추적 관찰하고 있는 그레이트 배리어 리프(오스트레일리아의 북동해안을 따라 발달한 세계 최대의 산호초. _옮긴이) 근처의 연구소를 찾아간다. 또 멸종 위기에 처한 두 동물을 매혹적으로 그린다. 고독한 하와이까마귀 키노히와 수마트라코뿔소 서시는 사육 상태에서 번식을 장려하고 있으나 그다지 성공을 거두지 못하고 있어서 지구상에 남은 그들 종의 마지막 개체가 될지 모른다.

이들은 현재 멸종 위기에 처한 많은 동물종 가운데 두 가지 종에 지나지 않는다. 실제로, 지구상의 생명을 유지하는 시스템을 파괴함으로써 "우리는 우리의 생존을 위험에 빠뜨리고 있다"고 콜버트는 쓰고 있다. 또는 스탠퍼드 대학의 생태학자 폴 에를리히가 말한 대로 "인간은 다른 종을 멸종으로 몰아가면서 자신이 올라앉은 사지를 잘라내기에 바쁘다."

054

이 나라가 그리울 것이다

줌파 라히리
Jhumpa Lahiri

✳

『이름 뒤에 숨은 사랑』(2003)
The Namesake

줌파 라히리의 많은 아름다운 장단편 소설 속 사람들은 미국에서 길을 찾으려 애쓰는 한편 고향인 인도의 가족에 대한 기억에 매달리는 이민자이거나 이민자 2세이다. 한 단편에서, 뉴잉글랜드의 작은 대학 근처에 사는 부부는 새로운 친구를 찾아 대학 명부를 죽 훑어 "고향 지역에서 친숙한 성을 찾으면서" 매 학기를 시작한다. 또 다른 단편에서 한 여성은 남동생이 미국에서 진정한 어린 시절을 누릴 수 있도록 "피셔프라이스 외양간, 통카 트럭, 동물 소리를 내는 스피크앤세이"같이 제대로 된 장난감을 파는 알뜰시장을 샅샅이 뒤지고, 여름에 잔디 스프링클러를 설치해서 남동생이 다른 아이들처럼 그사이를 뛰어다닐 수 있도록 해달라고 부모에게 말한다.

이 감동적인 데뷔 소설은 상실과 잃어버린 관계, 이국 생활과 소속에 대한 체호프식 이야기이다. 라히리는 강굴리 가족의 구성원들과 이들이 미국에 대해 보이는 서로 다른 태도를 인상 깊게 그린다. 아쇼크 강굴리는 공학 박사학위를 위해 보스턴으로 왔으나, 그와 중매로 결혼한 신부 아시마는 "피붙이라곤 하나 없고, 거의 알지도 못하는 나라에서" 아이들을 키운다는 생각에 두렵다. 친구들과 어울리고 싶은 이들의 두 아이는 미국 문화와 벵골 문화 사이, 부모의 기대와 자신의 꿈과 포부 사이를 끊임없이 오가게 될 터이다.

라히리는 세부를 그려내는 놀라운 눈을 지니고 있다. 작고 효과적인 세부가 일상의 질감을 드러내고 마찬가지로 정밀하고 미세한 감정이 인물의 심리 상태를 드러낸다. 강굴리 가족이 이사하는 보스턴 외곽의 새 집에 대해 라히리는 이렇게 쓴다. "다른 모든 차고와 마찬가지로 그들의 차고에는 삽과 전지가위와 썰매가 있다. 그들은 여름에 베란다에서 탄두리를 해 먹기 위해 바비큐용 그릴을 산다. 매사에, 무언가를 구입할 때마다, 아무리 작은 것일지라도 벵골 친구들과 상의하고 숙고한다. 플라스틱 갈퀴와 금속 갈퀴 사이에 차이가 있을까? 생나무 크리스마스트리와 인조 크리스마스트리 가운데 어느쪽이 더 좋을까? 그들은 추수감사절에 칠면조를 굽는 법(비록 거기에 인도 음식에 많이 쓰이는 마늘과 쿠민과 고추를 바르기는 하지만 말이다), 12월이 되면 문에 화환을 걸어두는 법, 눈사람에게 양모 목도리를 둘러주는 법, 부활절에 삶은 계란을 보라색과 분홍색으로 칠해 집에 숨겨두는 법을 배운다."

이런 묘사는 흠잡을 데 없이 느껴진다. 나는 뉴잉글랜드의 다른 외곽 지역에서 자랐다. 내 아버지와 어머니의 부모들은 일본에서 온 이민자였다. 게리 슈테인가르트가 『작은 실패』 (*Little Failure*)에서 그러듯, 라히리는 새 토스터기를 사든("《컨슈머리포트》에서는 뭐라고 하는지?") 짧은 여행을 계획하든(마치 다른 도시나 나라에서는 치약이나 새 양말을 살 수 없을 듯이 군다) 부모가 내리는 많은 결정에 따르는 조심스러움을, 신중함을 포착한다. 불안하고 양심적인 그들은 연체된 도서관 책과 만료된 자동차 등록증에 대해 걱정하고 "언제 필요할지 몰라" 쿠키 통과 마멀레이드 병을 모아둔다.

펨버턴로드에 있는 강굴리 가족의 집은 그 거리에 있는 다른 모든 집들과 비슷하며, 강굴리 가족의 아이들은 다른 모든 친구들과 마찬가지로 학교에 볼로냐소시지와 로스트비프와 샌드위치를 가지고 간다고 라히리는 쓰고 있다. 하지만 이 가족은 이 쾌적한 교외 지역에서 마음이 편치 못하다. 인도의 친척들 소식이 우편이나 한밤중에 요란히 울리는 전화로 전해진다.

강굴리 부부의 아들 고골은 처음에 자신의 뿌리가 있는 인도와 거리를 두려 한다. 다른 인도계 미국 학생들과 어울리지 않으며, 부모와 친구들과 달리 인도를 고향이라 생각하지 않고 미국 친구들처럼 "인도"라고 생각한다. 하지만 동시에 거리감, 약간의 괴리감을 종종 느낀다.

　아소크가 심장마비로 갑작스레 사망한 후에야 고골은 아버지가 자식들이 고향에서는 가질 수 없는 기회를 누릴 수 있도록 미국에 오기 위해 무엇을 희생했는지 제대로 이해하게 된다. 그리고 남편이 죽은 후 인도로 돌아갈 계획을 세우고서야 아시마는 자신이 선택한 나라를 얼마나 사랑하게 되었는지 깨닫는다. "33년 동안 아시마는 인도 생활을 그리워했다. 이제는 자신이 도서관에서 했던 일, 함께 일했던 여자들이 그리울 것이다. 파티가 그리울 것이다. 딸과의 생활이, 두 사람 사이에 생겨난 놀라운 동지애가, 함께 케임브리지에 가서 브래틀에서 오래된 영화를 본 일이, 소니아가 어렸을 때 먹기 싫다고 불평하던 음식의 요리법을 가르쳐준 일이 그리울 것이다. (…) 아시마는 남편을 알고 사랑하게 된 이 나라가 그리울 것이다. 남편의 유골은 갠지스 강에 뿌리지만 남편이 그녀의 마음속에서 계속 살아 있을 곳은 여기, 이 집, 이 도시이다."

055

디지털 기술이 우리의 사고에 미치는 영향

재런 러니어

Jaron Lanier

✳

『디지털 휴머니즘: 디지털 시대의 인간회복 선언』(2010)

You Are Not a Gadget: A Manifesto

『가상현실의 탄생: VR의 아버지 재런 러니어,

자신과 과학을 말하다』(2017)

*Dawn of the New Everything: Encounters with Reality
and Virtual Reality*

재런 러니어는 흔치 않게 박식한 인물로, 과학과 예술 분야에 똑같이 능통하다. 가상현실을 개발한 선구자이면서 인터넷을 구축한 실리콘밸리 창립 세대의 한 사람이다. 게다가 재능 있는 음악가이자 작곡자이면서 오늘날 소셜미디어와 디지털 기술이 문화·사회·정치에 가져온 결과를 다룬 영향력 있는 책을 여러 권 쓴 작가이다.

1960년대에 러니어는 이른바 "즐거운 이상주의자 무리"의 일원이었다. 이들은 디지털 혁명이 창의성과 혁신의 쓰나미를 불러일으키고 사람들 사이에 더욱 적절한 소통을 증진하기를 바랐다. 그는 가상현실이 "우리가 다른 사람의 입장이 되어볼 수 있게 하는 도구"로서 "공감을 높이는 경로"를 만들어낼 수 있으리라고 믿었다.

1990년대 중반, 러니어는 이미 "초고속 정보 통신망"에서 생겨나고 있는 위험에 대해 쓰고 있었다. 1995년 "소외의 에이전트(특정한 목적을 위해 사용자를 대신해 작업을 수행하는 자율적 프로세스. _옮긴이)"라는 제목의 글에서, 오늘날 우리가 페이스북이나 구글 같은 거대 정보기술 기업과 관련해 직면한 문제를 기본적으로 예측했다. 이들 기업은 우리가 과거에 한 선택과 기존에 가진 믿음에 기초한 알고리즘을 이용해서 개인 맞춤한 뉴스 피드와 검색 결과를 보여주어 사용자 참여를, 그리하여 광고 수익을 극대화하려 한다. 이런 발전은 사람들을 필터버블과 정파에 따른 사일로에 고립시키는 결과를 낳았으며 세계가 점점 더 부족화하는 데 기여했다.

"지능형 에이전트"가 정보 소비자인 우리가 보는 것을 통제한다면 "광고가 에이전트를 통제하는 기술로 변모할 것"이며, "새로운 정보 병목"이 "그렇지 않으면 즐겁게 무질서한 초고속 정보 통신망"을 좁히게 되리라고(초고속 정보 통신망이 방송 모형을 좀 더 포괄적인 것으로 대체하기로 되어 있었다) 러니어는 25년 전에 썼다. "우리가 관심을 갖는 것"에 대한 에이전트의(또는 알고리즘의) 모형은 "만화 모형이 될 것이며, 우리는 에이전트의 눈을 통해 만화 버전의 세상을 보게 될 것이다. 따라서 이것은 자기강화하는 모형이다. 이는 TV에 만연하는 콘텐츠에 대한 최소공통분모 접근법을 재현할 것이다."

러니어는 『디지털 휴머니즘』과 『가상현실의 탄생』 같은 도발적인 책에서 이런 주장을 더욱 자세히 진술했다. 그러면서 "벌집형 사고"(hive mind, 하나의 생물처럼 기능하는 벌떼처럼 다수의 개체를 지배하는 하나의 정신을 뜻하는 말. _옮긴이)보다는 개성을 더 소중히 여기는 "새로운 디지털 휴머니즘"에 대해 설득력 있는 주장을 펼쳤다. 그는 무료 인터넷 콘텐츠라는 자본 환경이 수익원을 광고에 의존하게 만들고 작가, 미술가, 음악가, 저널리스트 같은 콘텐츠 창작자가 생계를 꾸리기 어렵게 만들었음을 상기시킨다.

소프트웨어 엔지니어가 설계와 관련해 내리는 결정이 사용자의 행동을 근본적으로 형성하는 힘을 갖는다고 러니어는 『디지털 휴머니즘』에서 말했다. 철로의 치수에 관한 결정이 이후 수십 년 동안 기차의 크기와 속도를 결정지은 것과 마찬가지로, 인터넷이 처음 만들어지던 시기에 이뤄진 소프트웨어 설계에 관한 선택이 록인(기존 시스템 대체 비용이 어마어마하여 기술 전환을 하지 못하는 상태. _옮긴이)이라 알려진 과정을 통해 이후 세대에게 "결정적이고 변경할 수 없는 규칙"을 만들어냈다고 주장했다.

예를 들어 온라인 익명성을 조장하는 결정들은 온갖 예측하지 못한 결과를 낳아 트롤링(부정적이거나 선동적인 글 및 댓글을 인터넷에 게재하는 행위. _옮긴이), 디지털 사기, 온라인 집단 공격뿐 아니라 선전, 허위정보, 가짜 뉴스의 홍수를 가능하게 해 2016년 미국 대통령 선거와 영국의 브렉시트 국민투표에서 놀라운 역할을 했다.

러니어의 책은 그가 내부자로서 실리콘밸리의 기술에 대해 알고 있는 지식, 그리고 기술이 우리의 사고 및 일상생활에 미치는 영향에 대해 가진 우려를 바탕으로 한다. 소셜미디어가 조장하는 얄팍하고 지위를 의식한 상호작용부터, 흔히 독창성이 부족해 보이는 웹이 조장하는 노스탤지어와 매시업(인터넷의 서로 다른 콘텐츠와 서비스를 혼합해 새로운 콘텐츠와 서비스를 만들어내는 것을 뜻한다. _옮긴이)의 재활용 문화까지.

러니어는 『가상현실의 탄생』에서 처음 자신을 (보헤미안 부모가 예술과 기술에 대한 애정을 길러주었던, 텍사스와 멕시코 국경 지역에서의 어린 시절로부터) 팰로앨토로, 문더스트(Moondust)라는 초기 비디오게임 작업으로, 컴퓨터 프로그래머인 톰 짐머만과의 가상현실 실험으로 이끌어온 낯설고 굴곡진 길에 대해서도 들려준다. 러니어 자신의 삶에 대한 이야기가 대단히 흥미롭다. 이것은 현대의 르네상스적 교양인에 대한 가슴 뭉클하면서 영감이 넘치는 이야기이다.

056

내가 처음 발견한 책

매들렌 렝글
Madeleine L'Engle
✳
『시간의 주름』(1962)
A Wrinkle in Time

『시간의 주름』은 내가 처음 스스로 발견했다고 생각한 책들 가운데 하나였다. 지역 공공도서관의 사서가 다정히 나를 이 책으로 이끌었는데도 말이다. 나는 여주인공 메그 머리에 동질감을 느꼈는데, 자기가 아웃사이더라 느끼고 어색해하는 아이였기 때문만이 아니라 아버지가 과학자이기도 했기 때문이다. 나의 아버지는 수학자로 나로서는 이해할 수 없는 일에 종사했는데, 그 일은 어렴풋이 우주의 비밀을 건드리는 것 같았다. 메그는 1960년대 SF소설에서는 의외인 여주인공이었다. 안경을 쓴 이 괴짜 아이가 세계에 대해 품은 호기심에 견줄 만한 것은 학교와 일상생활에서 느끼는 초조한 좌절감뿐이었다.

메그는 다섯 살 난 천재 남동생 찰스 윌리스 그리고 학교 친구 캘빈 오키프와 함께, 저게 뭐야 아줌마, 누구야 아줌마, 어느 거야 아줌마라 불리는 세 명의 초자연적 존재의 도움을 받아 시간과 공간을 여행한다. 이들의 임무는 아버지를 구출하는 것. 아버지는 사람들이 엄격한 관리를 받고 순종하며 살아가는 카마조츠라는 머나먼 행성에 아이티(IT)라 불리는, 육체 없는 거대한 뇌에게 포로로 잡혀 있다. 아이티(감정과 분리되고 개성을 경멸하는 지성)가 제기하는 위협이 기술과 인공지능에 대한 숭배의 위험성을 묘하게 경고하는 것처럼 느껴진다면, 카마조츠는 순응하는 디스토피아 세상을 나타낸다. 1950년대에 이 디스토피아 세상은 한편으로는 공산주의라는 유령에 의해, 다른 한편으로는 자본주의적 집단사고에 의해 구현되었다.

저게 뭐야 아줌마는 아이들에게 카마조츠 사람들이 놀라움과 창의성과 선택의 여지가 없이 완전히 계획된 삶을 살고 있다고 일깨운다. 그러면서 자유의 가치를 깨닫도록 촉구하고 삶을 소네트에 비교한다. "형식은 주어지지만 네가 직접 소네트를 써야 하지. 네가 무슨 말을 할지는 온전히 너한테 달려 있어." 찰스는 사차원 정육면체라고 하는 지름길을 통해 시간과 공간을 여행하는 신비를 설명하려 애쓰다가 가끔 "직선이 두 점 사이의 최단 거리가 아"닌 경우도 있음을 관찰한다.

이 책은 『해리 포터』와 마찬가지로, 용기 있는 아이들이 등장해 세상의 악의 세력에 맞서 싸우는 일을 돕고, 주인공은 사랑의 힘이 가족의 생명을 구한다는 것을 깨닫는다. 여러 면에서, 메그 머리는 헤르미온느와 『헝거 게임』의 캣니스와 『다이버전트』의 트리스 같은 씩씩하고 지략이 뛰어난 여주인공의 사촌으로, 이후 수십 년 동안 새로운 독자 세대의 마음을 사로잡게 된다.

메그는 1960년대 SF소설에서는
의외의 여주인공이었다. 안경을 쓴
이 괴짜 아이가 세계에 대해 품은 호기심에
견줄 만한 것은 학교와 일상생활에서 느끼는
초조한 좌절감뿐이었다.

057

에이브러햄 링컨

라이브러리오브아메리카·돈 E. 페렌배커(편집),
『에이브러햄 링컨의 연설문과 편지』(2018)
Edited by Don E. Fehrenbacher for Library of America,
The Speeches and Writings of Abraham Lincoln

게리 윌스,『링컨의 연설: 분열된 국가를
통합시킨 대통령의 연설, 올바른 리더십의 본보기』(1992)
Garry Wills, *Lincoln at Gettysburg: The Words That Remade America*

프레드 캐플런,『링컨』(2008)
Fred Kaplan, *Lincoln: The Biography of a Writer*

더글러스 L. 윌슨,『링컨의 칼: 대통령 임기와 언어의 힘』(2006)
Douglas L. Wilson, *Lincoln's Sword: The Presidency
and the Power of Words*

에이브러햄 링컨은 1863년 11월의 어느 날 피로 물든 게티
즈버그의 들판에서 272개 단어로 이루어진 3분짜리 연설을
했다. 이 연설로, 미국이 남북전쟁에 대해 생각하는 방식을 바
꾸었을 뿐 아니라 미래 세대가 미국의 건국 원칙을 이해하는
방식의 틀을 잡아주었다.

게리 윌스가 1992년 출간한 『링컨의 연설』에서 훌륭히 설
명하듯, 16대 미국 대통령인 링컨은 만인의 자유와 평등을 약
속한 미국 독립선언문을 상기시키는 "새로운 국가 건설"에 착
수했다. 링컨은 현명하게도 미국이 계속 진행 중인 과제이며,
더욱 완벽한 연합을 위해서는 게티즈버그 전투에서 싸운 사
람들이 주창한 "미완의 과제"(이 고되고 좌절감을 안기면서도 용
기 있는 과제는 오늘날까지 계속되고 있다)에 살아남은 사람들이 헌

신해야 한다는 것을 알고 있었다. 링컨은 두 번째 취임 연설에서 다시 이 주제로 돌아간다. 이 연설은 미국의 상처와 분열을 치유하고자 했으며, 또 미국인들에게 "우리가 하고 있는 과제를 완수하기 위해 매진"할 것을 촉구했다.

미국의 이상을 이루기 위해 국민의 협력을 얻어내는 링컨의 언어 능력은 두 가지 재능에 뿌리를 두고 있었다. 어렸을 때부터 해온 왕성한 독서가 길러준 언어 및 이야기에 대한 시흥 넘치는 애정과 변호사로서 가진 설득력 말이다. 우리는 링컨의 연설과 편지 모음집을 읽으며, 그가 세월이 흐르면서 자신의 다양한 성격을 표현하는 목소리를 어떻게 찾았는지 알수 있다. 깊은 생각에 잠기고 애수 어린 성격부터 익살스럽고 장난기 있는 성격, 다급하면서 가르치려 드는 성격까지. 이 목소리는 유연해서 소탈한 이야기부터 "우리 본성의 선한 천사"에 부응하며 영감 넘치는, 세계의 미래상까지 모두 수용할 수 있다.

많은 전기 작가들이 링컨의 문학적 재능을 언급했는데, 특히 몇 권의 책이 두드러진다. 프레드 캐플런은 『링컨』에서 셰익스피어와 성경이 어린 링컨의 감수성을 형성하는 데 얼마나 중요한 역할을 했는지 살핀다. 셰익스피어가 평생의 주요한 시금석으로서 무작위적이고 예측할 수 없는 세상에서 인간이 처한 곤경에 대한 실존주의적 관점을 형성했다면, 이솝의 우화는 이야기를 예시와 도덕적 논증의 수단으로 이용하도록 부채질했다.

더글러스 L. 윌슨은 『링컨의 칼』에서 링컨 대통령에게 글쓰기란 일종의 도피처였다고 말한다. "사무실의 혼돈과 혼란으로부터 물러나 상반되는 선택지를 자세히 살펴보고 언어로써 생각을 정리할 수 있는 지적 도피처." 윌슨에 따르면, 링컨은 "떠오르는 생각을 종잇조각에 메모하는 습관이 있었다." 링컨 대통령의 예전 법률회사 동업자인 윌리엄 헌던은 링컨이 연설문 「분열된 집안」을 준비하면서 모자 안에 저 종잇조각들을 넣어뒀다가 나중에 순서대로 정리해서 연설문을 썼다고 회상했다.

링컨은 연설문을 준비하면서 텍스트를 친구나 보좌관에게 자주 읽어주어 단어가 청중에게 어떻게 전달되는지 판단했으며, 의회도서관에 있는 원고가 증명하듯 텍스트를 여러 차례 수정하기도 했다. 링컨의 언어는 소리 내어 읽기와 끊임없는 수정으로 연마되어, 기교를 부리고 과장하는 경향이 있는 당시의 글이나 연설문과 달리 더욱 단순해지고 정확해지면서 간결해졌다고 게리 윌스는 주장한다. 또 링컨의 게티즈버그 연설은 "자국어 음조로의 변화를 예견했으며 마크 트웨인이 20년 후 이를 완성하게 된다"고 덧붙인다. "미국의 모든 현대 소설은 『허클베리 핀』의 자손이라고 헤밍웨이는 주장했다. 현대에 쓰인 정치 관련 글은 모두 게티즈버그 연설에서 유래했다고 해도 그다지 지나치지 않다."

058

자연을 바꾸는 사람들

배리 로페즈

Barry Lopez

✳

『북극을 꿈꾸다: 빛과 얼음의 땅』(1986)

*Arctic Dreams: Imagination and Desire
in a Northern Landscape*

메리 셸리의『프랑켄슈타인』같은 고전부터 앤드리아 배럿
의『일각고래의 여행』(*Voyage of the Narwhal*)과 이언 맥과이어
의『얼어붙은 바다』같은 좀 더 최근의 작품까지, 영국과 미국
의 소설은 흔히 북극을 얼음에 뒤덮인 극단의 풍경으로 묘사
해왔다. 인간의 야망과 탐욕이 폭력이나 죽음을 유발하는 일
종의 원초적 시험장인 것이다.

오늘날 기후변화가 가속화되면서, 북극 자체가 인간의 오
만함의 희생양이 되었다. 최근 연구에 따르면, 이 지역은 지구
의 나머지 지역보다 두 배 더 빠르게 온난화되고 있으며, 악
순환으로 고통을 겪고 있다. 얼음과 눈이 반사한 햇빛을 개빙
구역이 흡수해 녹아서 온난화를 더욱 유발하고, 이것이 얼음
이 녹는 현상을 더욱 가속한다. 이렇게 상승한 온도가 차례로

해빙, 적설, 영구동토에 변화를 가져와, 그곳에 살고 있는 동물과 사람들의 생활 양식을 위협한다. 또한 해수면 상승, 해양 산성도 증가, 기상 이변을 포함해 전 세계에 걸친 일련의 결과를 초래한다.

이런 두려운 사태 전개를 감안할 때, 배리 로페즈가 1986년에 쓴 이 책은 오늘날 미개지에 대해 쓴 훌륭한 고전이자 사라지는 세계에 대한 애수 어린 찬사로 읽힌다. 로페즈는 여러 가지 신화와 에스키모의 구비설화뿐 아니라 지리학자, 탐험가, 인류학자, 고고학자, 생물학자의 연구에 의지해 북극을 인상적으로 그리면서, 이 땅을 4, 5년 동안 여행하며 경험한 엄청난 경이감과 경외심을 전한다.

❖

『북극을 꿈꾸다』는 오늘날 미개지에 대해 쓴
훌륭한 고전이자 사라지는 세계에 대한
애수 어린 찬사로 읽힌다.

로페즈에게 북극은 수리지리학만이 아니라 우리의 상상 속 미지의 세계에 존재하는 곳이기도 하다. 그곳은 "비행기가 클리블랜드 규모의 빙산 위를 지나가고 북극곰이 별에서 날아 내려오는" 땅, 달이 일주일 동안 빛나고 태양이 여러 날 동안 보이지 않을 수 있는, 이미지와 은유가 풍부한 땅이다.

로페즈의 이야기는 철학과 과학, 은유와 구체 사이를 오간다. 그는 19세기에 고래잡이배가 이 "사랑스럽고 웅장한", 주인 없는 인적미답의 땅을 처음 맞닥뜨린 느낌을 들려준다. 그리고 공기가 희박한 높은 대기에서 발견되는, 이 세상의 것 같지 않은 환각을 불러일으키는 빛에 대해, 그것이 얼마나 미묘하고 갑작스럽게 달라질 수 있는지에 대해 이야기한다.

　처음에는 혹독하고 매우 단조로워 보이는 풍경이 실은 대단히 복잡한 생태계를 이루고 있음을 로페즈는 보여준다. 새와 동물의 이동 경로에는, 초기 인간 정착민들의 이동 경로와 마찬가지로 이 땅의 지형, 계절에 따른 햇빛의 변화, 생존을 위한 생체리듬에 의해 드러나는 복잡하면서 중복되는 패턴이 있다.

　북극에 살고 있는 동물에 대한 로페즈의 글에는 과학 논문의 면밀한 관찰에 따른 세부사항과 소설의 서사가 갖는 생동감이 담겨 있다. 북극곰은 체온이 너무 잘 유지되어 과도한 열을 처리하는 데 어려움을 겪고(눈을 먹어 해결한다고 한다), 에스키모인들이 이글루를 지을 때 이용하는 것과 같은 건축 원리로 굴을 만들며, 옛 전설에 따르면 물개에게 눈에 띄지 않고 몰래 다가가려고 발이나 흰 눈으로 검은 코를 가린다고 한다.

　이 책의 핵심은 에스키모인과 북극을 찾는 서구인이 땅을 대하는 서로 다른 태도이다. "전통적인 에스키모인에게 삶의 큰 과제는 여전히 이미 주어진 현실과 조화를 이루는 것", 다시 말해 "땅과 대화"하는 것인데, 이는 서구인의 믿음과 뚜렷한 대조를 이룬다. 서구인들은 "인간의 행복을 보장하고, 일자리를 제공하며, 물질적 부와 안락함을 창출하기 위해 땅의 환경을 바꿀 수 있다"고 믿는다.

　로페즈는 계속해서 쓴다. "때로 그들 자신이 여전히 동물세계와 완전히 분리되어 있지 않다고 여기는 에스키모인들은 우리가 너무 완전히 분리된 사람들이라고 여긴다. 그들은 우리를 '자연을 바꾸는 사람들'이라 부르는데, 이 말에는 불신과 불안이 뒤섞여 있다."

　이 말은 오늘날 인간이 유발하는 온난화가 북극과 지구 전체를 위협함에 따라 불길하면서 새로운 의미를 갖게 되었다.

059

머리 가죽 사냥꾼들

코맥 매카시
Cormac McCarthy

✳

『핏빛 자오선』(1985)
Blood Meridian, or, The Evening Redness in the West

이 소설은 악몽을 안길 것이다.

이야기가 한결같이 폭력적이고 피에 물들어 있으며 가장 암울하고 원초적인 홉스식 세계관의 정수를 보여준다. 코맥 매카시는 이 소설로 서부 개척이라는 미국의 신화를 설득력 있게 재구성한다. 이를 통해 아메리카 원주민을 상대로 벌인 절멸 전쟁으로 인해 수많은 사람들이 목숨을 잃고 고통을 겪었으며, 추방 정책으로 그들의 선조의 땅을 훔칠 수 있었음을 깊이 이해하게 된다. 실제로, 이 소설은 '명백한 사명'설(미국이 북아메리카 전체를 지배할 운명을 갖고 있다는 주장. _옮긴이)의 핵심에 있는 음흉한 제국주의를 폭로한다. 이 '명백한 사명'설은 미국의 서부 영토 확장과 이후 해외에서의 모험을 정당화하는 데 이용되었다.

1849~50년 무렵 남서부에서 일어난 역사상의 사건에 어느 정도 바탕을 둔 이 소설은 악명 높은 머리 가죽 사냥꾼들에 대해 이야기한다. 아파치족과 멕시코인을 학살해 그 포상금을 받는 이들은 잔혹성, 인종차별주의, 탐욕, 그리고 피에 대한 욕망으로 움직인다.

이 살인자들 가운데에는 매카시가 "풋내기"라 부르는 십대 소년이 있다. 이 소년은 이 참상의 한복판에서 "이교도에 대한 일말의 자비심"을 여전히 붙들고 있는 것 같다. 이 끔찍한 일을 주관하는 홀든 판사는 창백하고 거대한 괴물 같은 인물로, 허무주의에 젖은 말을 하고 벌거벗은 채 춤을 춘다. 이 악마의 화신은 자신이 잠을 자지 않으며 죽지 않을 것이라고 주장한다. 진정 살아 있는 유일한 자는 "피에 젖은 전쟁에 자신을 온전히 바치는 자, 구덩이 바닥에서 사방의 참상을 보며 그것이 자신의 가장 깊은 속내를 드러낸다는 사실을 마침내 알게 되는 자"라고 판사는 말한다.

홀든 판사는 문학에서 가장 소름 끼치는 악인의 한 사람으로 평가되어야 한다. 밀턴의 루시퍼만큼 독보적인 악인으로, 1979년 영화 〈지옥의 묵시록〉에서 말런 브랜도가 연기한 커츠 대령의 태도와 상징적 의미를 연상시킨다(커츠 대령은 조지프 콘래드의 『암흑의 핵심』에 나오는, 광인이 된 타락한 상아 상인에 기초해 만든 인물이다).

홀든 판사는 한 장면에서 아파치 소년을 습격에서 구해주고 며칠간 피신을 허락한 다음 태연히 그의 머리 가죽을 벗긴다. 다른 인물이 "힘이 곧 정의는 아니"라고 하자 판사가 대답한다. "도덕법은 약자를 위해 강자의 특권을 박탈하려고 인간이 만들어낸 것이지."

이 소설의 글쓰기 형식은 오페라풍인 동시에 포크너식이다. 매카시는 어느 정도는 그랑기뇰 연극(19세기 말 프랑스 파리에서 유행한 연극으로, 공포와 선정성을 강조했다. _옮긴이), 어느 정도는 제임스 1세 시대 연극, 또 어느 정도는 〈왕좌의 게임〉의 언어로 셀 수 없이 많은 죽음을 기록한다. 잊히지 않는 영화 같은 장면들도 있다. 매카시는 말을 타고 먼지를 일으키며 나타나는 인디언 무리를 묘사한다. 이들은 "예전 주인의 핏자국이 아직 남아 있는 군복 쪼가리"가 섞인 동물 가죽과 함께 "열띤 꿈으로 이뤄진" 복장을 하고 있는데, 하나는 아주 높은 실크해트를 쓰고 또 하나는 우산을 들고 있다. 또한 매카시는 미국 남서부의 풍경을 혹독하고 척박하며 돌투성이인 지옥 풍경처럼 불러낸다. 세세하게 묘사한 암울한 풍경은 악과 영원한 전쟁을 치르느라 분주한 인간에 대한, 인종차별과 몹시 가슴 아픈 폭력에 뿌리를 둔 미국의 역사에 대한 매카시의 가차 없는 시각을 반영한다.

060

거짓말과 무지

이언 매큐언

Ian McEwan

＊

『속죄』(2001)

Atonement

이 주목할 만한 소설은 사랑 이야기이자 전쟁 이야기이며 상상력이 가진 파괴력에 대한 이야기이다. 또 읽을 때마다 울림과 미묘한 차이를 느낄 수 있는 놀라운 역작이다.

이 소설은 열세 살 난 소녀 브라이오니 탤리스의 끔찍한 거짓말을 중심으로 한다. 거짓말의 동기는 질투, 악의, 극적 사건에 대한 욕구, 어른들의 세계에 대한 의도적인 순진성이다. 브라이오니의 중상모략으로 언니가 사랑하는 로비는 감옥에 가고 중상류층인 이 가족의 안정된 생활은 산산조각 난다. 그러면서 가족들의 삶을 가로지르는 심리적 단층선이 드러나는 한편, 우리는 1930년대 영국에 존재했던 곪아터진 계급 간 긴장과 제2차 세계대전이 일으키게 될 중대한 사회 변화를 알게 된다.

동시에, (아마도 등장인물 가운데 한 사람이 쓴) 이 소설은 환상의 위험성, 그리고 현실과 예술 사이의 깊은 골에 대해 정교하게 반추한다. 『클러리사 할로』, 『노생거 사원』, 『채털리 부인의 연인』, 『하워즈 엔드』, 『댈러웨이 부인』 같은 다양한 소설들에 대한 무수한 암시는 이 이야기를 풍부한 문학의 매트릭스 안에 위치시킨다. 비록 그것이 소설 창작과 관련한 기법을, 다시 말해 이야기를 납득할 만하게 만들기 위한 현실적인 결말짓기를 강조하기는 하지만 말이다.

매큐언은 『이노센트』와 『암스테르담』 같은 이전 소설에서 복화술사와 같은 재능으로 분명 불미스러운 인물의 관점을 이해시킨다. 『속죄』에서는 브라이오니가 로비에게 누명을 씌운 일을 공감할 수는 없어도 그럴 법한 일로 여기게 만든다. 브라이오니의 성급함과 자기과시적인 상상이 어떻게 진실을 못 본 체하게 만들었는지, 어른 세계에 대한 무지가 어떻게 상실과 참화를 낳아 브라이오니가 자신을 합리화하고 속죄하면서 성인기를 보내게 되는지 매큐언은 보여준다.

브라이오니의 거짓말이 탤리스 가족에 미친 여파를 추적하는 부분에는 1940년 연합군의 됭케르크 철수 작전에 대한 대단히 충격적인 이야기가 포함되어 있다. 이 이야기는 감옥에서 조기 석방되는 조건으로 보병대에 입대한 로비의 관점으로 제시된다. 이 시퀀스는 그 자체만으로 뛰어난 세트피스라 할 수 있는데, 전쟁의 진부함과 끔찍함을 놀랍도록 핍진하게 담고 있다.

매큐언은 이전 작품들에서 완성한 화려하고 현란한 서사 기법으로 『속죄』에서 더 크고 비극적인 통찰을 보여준다. 『속죄』는 매큐언이 반복해서 다루는 순수함의 위험성, 현재를 위협하는 과거, 평범한 삶에 침범한 악이라는 주제를 잘 조화시켜 눈을 뗄 수 없을 만큼 깊은 감동을 준다.

061

거대한 흰 고래와 끈질긴 추적자들

허먼 멜빌
Herman Melville

✳

『모비딕』(1851)
Moby-Dick

『모비딕』은 고등학생과 대학생 사이에서 고래에 관한 온갖 내용으로 터무니없이 꽉 차 있는 따분한 소설이라는 평을 얻었다. 많은 학생들이 강의계획서에서 이 소설을 보고는 움찔하며 골치 아프게 길고 지루한 책을 읽게 됐다고 생각했다. 하지만 일단 읽기 시작하면, 많은 이들이 이 소설이 사실은 놀랍도록 낯설고 매력적임을 알게 되었다. 세상에 대한 몽롱한 백과사전식 접근법은 대단히 획기적이며, 성경풍 같기도 하고 셰익스피어풍 같기도 하면서 묘하게 속어가 많은 언어가 마음을 사로잡는다.

나는 지금도 노턴 출판사에서 원전 비평 연구판 페이퍼백으로 나온 이 소설책을 가지고 있는데, 코네티컷 주 베서니의 낡은 헛간 두 개에 자리한 멋진 중고서점 휘틀록스북반에서

1달러를 주고 샀다. 예전 주인이 볼펜으로 밑줄을 잔뜩 쳐놓고 구석구석에 메모를 해두었으며, 나는 플레어 사인펜으로 주를, 그러니까 많은 느낌표와 예의 바른 여학생다운 필체로 쓴 "맞아!" 같은 말들을 달아놓았다.

나는 어느 정도는 운 좋게 리처드 B. 수얼 같은 훌륭한 선생님을 만난 덕분에 이 책에 빠져들었다. 수얼 선생님은 『모비딕』이, 그리고 셰익스피어와 밀턴과 도스토예프스키의 작품이 분명 현실적이면서 긴급한 이야기를 하고 있음을 느끼게 해주었다. 훌륭한 문학작품이란 먼지투성이의 오래된 고전이 아니라 인간이 영원히 씨름해야 할 문제를 다루는 대담하고 창의적인 작품이었다. 우리가 신, 자연, 운명과 갖는 관계, 그리고 인간 이해의 원대한 가능성과 엄연한 한계에 대한 본질적 문제 말이다.

『모비딕』은 선과 악, 질서와 혼돈, 땅과 물 사이의 이분법적 세계에 대한 탐구이자, 초월주의자들의 명랑한 낙관주의에 대한 도전이면서, 남북전쟁을 향해 휘청거리며 나아가던 당시 미국의 계급과 인종에 대한 알레고리이다. 또한 고래와 고래잡이에 대한 백과사전식 해부로서 세계를 이해하고 분류하려는 인간의 헛된 마구잡이식 노력을 보여준다.

이 소설을 쓰기 시작할 때 겨우 삼십대였던 멜빌은 놀랍게도 완성하는 데 2년이 채 걸리지 않았다. 멜빌은 작가의 연장통에 있는 온갖 장치로 이 "역작"을 다뤘다. 주술적 언어와 일상 언어 그리고 예언적인 것과 익살스런 것을 오가는 시적 문체, 정신없이 뒤섞인 문학 장치들(여기에는 인용과 철학적 방백과 과학적 분류와 독백과 극적 대화와 연이은 직유 및 은유와 횡설수설하는 여담이 포함된다), 작살로 고래를 잡을 때의 위험성에 대한 이야기부터 고래의 지방에서 기름을 추출하는 힘든 과정 그리고 다양한 고래와 그 해부학적 구조에 관한 연구까지, 생각해낼 수 있는 고래와 고래잡이의 온갖 측면에 대한 믿기 어려우리만치 자세한 설명 등이 있다.

이 소설은 젊은 선원인 멜빌이 직접 진술하는 대단히 상세한 항해술에 기초하고 있으면서도 가장 추상적이고 형이상학적인 문제를 다룬다. 여러 세대의 학생들이 이 소설의 알레고리가 가진 의미에 대해 논문을 썼다. 고래는 길들일 수 없는 자연의 힘을 상징하는 "바다 최고의 괴물"부터 그냥 사람들이 자신의 어두운 상상의 산물을 투사할 수 있는 흰 대형 포유동물까지 온갖 것으로 볼 수 있다. 에이해브는 말도 안 되는 집착에 사로잡힌 셰익스피어풍의 악인 또는 미국의 오만을 보여주는 상징이라 할 수 있는데, 피쿼드 호의 모든 선원에게 자신의 어리석은 생각을 강요하며 앞뒤 가리지 않고 파국으로 돌진한다(남북전쟁, 베트남 전쟁, 이라크 전쟁, 기후변화를 생각해보라).

이런 모든 이유로, 『모비딕』은 미국 문학이 가진 현기증 나는 가능성을 요약해 보여주는 작품이 되었다. 그 가능성이 우리의 집단 무의식에 스며들어 있는 것일지라도 말이다. 이 소설은 로리 앤더슨, 프랭크 스텔라, 레드 제플린, 버나드 허먼 같은 예술가의 작품에 영감을 주었으며, 데이비드 포스터 월리스, 데이브 에거스, 노먼 메일러, 로베르토 볼라뇨 같은 다양한 작가들에게 직간접으로 영향을 미쳤다. 물론『조스』가 있지만, 다른 작품들도 많다. 피츠제럴드가『위대한 개츠비』에서 이슈메일과 비슷한 화자를 이용하고 있음은 말할 것도 없고, 그 시작 부분과 끝 부분은 내게『모비딕』을 떠올리게 한다. 영화〈스타트렉: 칸의 역습〉은 에이해브의 이야기를 상기시키며, 코맥 매카시의『핏빛 자오선』과 하트 크레인의 시에서는『모비딕』을 암시하거나 언급하고 있다.『모비딕』을 읽거나 다시 읽고 나면, 이 거대한 흰 고래와 이 고래의 끈질긴 추적자가 사방에서 보이기 시작한다.

◉

『모비딕』은 미국 문학이 가진 현기증 나는
가능성을 요약해 보여주는 작품이 되었다.
그 가능성이 우리의 집단 무의식에 스며들어 있
는 것일지라도 말이다

062

중서부에서 어른 되기

로리 무어
Lorrie Moore

✳

『계단의 문』(2009)
A Gate at the Stairs

가슴이 미어지는 이 소설의 제목은 대학생이면서 가끔 음악가로 활동하는 여주인공이 쓴 노래에서 나왔다.

하늘나라로 떠난 거니
날 남겨두고?
내 사랑, 나도 같이 갈게
괜찮다면.
저 계단을 올라갈 거야
사자와 곰들을 지나,
하지만 잠겨 있네
계단 아래 문이.

진부한 가사는 잊어버리길. 무어의 소설은 9·11이 일어나고 바로 그해에 미국 중서부 지역에서 성년이 되어 상실과 슬픔이 있는 어른의 세계로 들어서는 한 젊은 여성의 영원한 초상을 그린다.

앨리스 맥더멋의 『멋진 빌리』(*Charming Billy*)나 『결혼식과 경야에』(*At Weddings and Wakes*)와 비슷하게, 이 소설은 사랑의 약속과 미흡함 그리고 가족의 가장 맹목적인 사랑에도 떠나지 않는 외로움을 정확히 탐구한다. 때때로 웃기기도 하지만, 내심으로는 부주의하게도 사랑하는 사람들에게 관심을 기울이지 않거나 그들을 위해 싸우지 않을 때 일어날 결과를 걱정하고, 돌연 삶을 그르치거나 완전히 바꿔놓을 수 있는 9·11과 같은 사건이 청천벽력같이 일어날까 봐 염려한다.

이 소설의 화자는 태시 켈친이라는 인물로, 스무 살 무렵을 되돌아보고 있다. 미국 중서부 지역의 작은 농장에서 자란 태시는 택시나 비행기를 타본 적도, 중국 음식을 먹어본 적도, 청바지에 셔츠를 입고 넥타이를 착용한 남자를 본 적도 없다. 막연히 군 입대를 생각하고 있는 남동생 로버트는 태시를 집중력 있고 미쁜 여대생으로 우러러보지만, 태시는 자신이 헤매고 있다고 생각한다. 자신에게는 친구들과 같은 포부("결혼, 아이들, 법학전문대학원")가 없고 자신의 계획을 안정시켜줄 내면의 자이로스코프가 없다고 생각한다.

중서부 지역에 있는, 정치적 올바름을 요구하고 학생들이 포도주 시음, 전쟁영화 음악, 필라테스 같은 과목을 수강할 수 있는 진보 성향의 대학에 입학하면서, 태시는 동굴에서 "화려한 도시 생활"로 인도된 것 같다고 느낀다.

하지만 시간제로 중년 부부의 아이를 봐주는 일을 하게 되면서 태시가 세계를 이해하는 방식은 돌이킬 수 없는 변화를 겪는다. 세라 브링크는 르프티물랭이라는 고급 식당을 운영하고 남편 에드워드는 암 연구원이다. 이들은 동부에서 트로이로 이사해서 메리에마라 이름 지어준 두 살배기 혼혈 여자아이를 입양하기 위한 서류를 제출한 참이다. 태시는 곧바로 이 어린 여자아이와 유대감을 형성하고, 태시의 하루는 곧 수업, 오후 산책, 메리에마와의 놀이 시간이라는 기분 좋은 리듬에 맞춰진다. 그리고 브라질 출신이라는 잘생긴 동급생 레이날두와 함께 종종 저녁 시간을 보내기도 한다.

레이날두도 세라도 에드워드도 그들 자신이 말한 사람이 아님이 드러난다. 이는 그들의 이중성이나 태시의 순진성의 문제만이 아니라 충동성과 낭만적 열정의 대가 그리고 자기도취가 낳은 결과의 문제이기도 하다.

태시는 세 번의 지독한 상실을 겪은 후 사별이 어떻게 사람을 "소극적이고 흐리멍덩하며 황폐"하게 만들 수 있는지, 불운이 겹치면 어떻게 사람을 맹폭격해 "허깨비처럼" 만들어놓을 수 있는지, 한 남자, 아이, 형제자매에 대한 애정이 어떻게 인생의 재앙으로부터 안전하게 만들어주기보다 취약하게 만들 수 있는지 알게 된다. 삶의 비개연성을 본능적으로 이해하는 무어는 애정을 가지고 미국 중서부 지역을 선명한 디지털 스냅사진처럼 그린다. 이 지역에는 거의 모든 소도시에 패스트푸드 체인점인 데어리퀸이 있어서 겨울에도 손님이 줄 서서 기다리고, 집주인들의 "기발하고 야단스런" 크리스마스 장식이 이웃들에게 크리스마스 시즌 특유의 재미를 준다. "펭귄, 야자수, 거위, 사탕 지팡이가 마치 오랫동안 연락이 끊겼다가 한자리에 모인 친구들처럼 환해졌다."

무어는 태시 가족의 농장을 보여준다. 태시의 어머니는 화단 뒤에 거울을 설치해 디기탈리스, 가지과 식물, 플록스의 수를 늘리고, 아버지는 숨어 있는 야생동물들을 겁주려고 태시에게 매 복장을 하고 탈곡기 앞에서 뛰어다니게 하곤 했다. 태시는 무덤덤하게 말한다. "샐러드에 얇게 썰린 쥐가 들어가 있기를 원하는 사람은 아무도 없었다. 적어도 최근 10년간은 그런 일이 없었다."

가장 기억할 만한 점은, 황량하고 우울한 인물들의 마음을 언뜻 들여다보게 하면서 이들의 두려움과 실망, 숨겨진 열망, 그리고 불행과 위태로운 일상에도 불구하고 꿈을 놓치지 않으려는 노력을 보여준다는 것이다.

063

흑인들의 역사

토니 모리슨
Toni Morrison
✳
『솔로몬의 노래』(1977)
Song of Solomon

『빌러비드』(1987)
Beloved

　토니 모리슨은 수백 년의 역사를 가로지르는 소설에서, 역사적 상상력과 놀라운 언어 재능으로 끔찍한 노예제도와 짐크로 법, 그리고 이것들이 흑인 미국인의 일상생활에 지속해서 미치는 영향을 기록한다.

　모리슨의 소설에서는 가슴이 미어지는 폭력 사건들이 일어난다. 달아난 노예인 세드는 자신이 노예로서 겪은 것과 같은 운명을 피하게 하려고 작은 톱으로 갓난아기인 딸의 목을 자르고(『빌러비드』), 한 여성은 마약에 중독된 아들에게 등유를 붓고 불을 지른다(『술라』). 이런 끔찍한 사건은 이들 인물이나 이들의 가족이 앞서 겪은 비극과 관련해서만 이해될 수 있는 절망에 찬 행위이다. 사실 모리슨의 소설에서 한 가지 계속되는 주제가 있다면, 과거가 가차 없이 현재를 형성하고 순수함을 짓밟으며 탈출의 선택지를 차단하고 남성과 여성, 부모와 아이들의 관계를 왜곡하는 방식이다.

윌리엄 포크너의 작품에서처럼, 모리슨의 인물에게 과거는 결코 죽지 않고 지나가지도 않는다. 포크너가 모리슨의 글쓰기에 영향을 미친 건 분명하며 랠프 엘리슨, 버지니아 울프, 가브리엘 가르시아 마르케스, 그리고 아프리카계 미국인의 민간전승 역시 마찬가지이다. 하지만 모리슨은 이처럼 서로 다른 원천들로부터 온전히 자신만의 목소리를 만들어냈다. 이 목소리는 거칠고도 시적이면서, 기억과 경험을 녹여넣는 능력에서 마르셀 프루스트를 떠올리게 한다.

모리슨의 1987년 걸작 『빌러비드』는 참혹한 노예제도를 그린다. 미국의 끔찍한 역사에 관한 상세한 사실에 기초하면서도 고전 신화와 같은 울림을 갖는다. 좀처럼 잊을 수 없는 1977년 소설 『솔로몬의 노래』는 전형적인 성장소설이다. 한 남성이 성년이 되고 거듭나는 이야기를 알레고리, 리얼리즘, 우화를 아우르는 서사로 들려준다.

모리슨의 작품에는 낯설고 초현실적인 사건이 만연하다. 유령과 저주 인형, 날 수 있다고 생각하는 사람들, 천장에 매달린 뼈가 담긴 자루 등이 등장한다. 모리슨의 인물들은 환상과도 같은 이런 상황을 당연시한다. 나무에 매달린 시체, 조지아의 이글거리는 태양 아래 함께 사슬에 묶인 마흔여섯 명의 남자 등 그들이 목격한 잔인한 역사를 생각하면, 저 기이하고 무시무시한 일들이 더 이상 놀랍지가 않다. 상상을 초월하는 일이 예사다.

삶의 덧없음에 대한 인식이 모리슨의 인물들을 괴롭힌다. 그 가운데 많은 이들이 고아다. 이들은 어려서 또는 연인에게 차여서 버려진 경험이 있다. 모리슨의 한 여주인공의 말에 따르면, 이들은 자신이 "강기슭에서 떨어져 나온" 유빙이라 생각하고, 무언가 속할 것을 찾기를 열렬히 바란다. 동시에, 이들은 너무 많은 관심도 경계한다. 결국 사랑하는 사람들을 잃고 혼자 남을 가능성이 너무 크다. 부모는 죽고, 아이는 성장하고, 연인은 떠나고, 땅은 팔리거나 도둑맞고, 사람들은 살해되거나 교도소에 가기 때문이다. 때로 좀 더 운이 좋은 사람들은 과거는 잊어야 하며, 구원은 집요하게 기억하는 데 있는 게 아니라 비록 용서하지는 못할지라도 잊는 데 있음을 깨닫는다. 『솔로몬의 노래』에 나오는 주인공의 가장 친한 친구는 이렇게 말한다. "날고 싶다면, 널 짓누르는 짓은 그만둬야 해."

실제로 모리슨의 소설에 등장하는 남녀에게는 항상 초월이 하나의 가능성으로 남아 있다. "세상이 만들어내는 음악"을 이해하게 되는 것이든, 『빌러비드』에 나오는 인물의 말을 빌리자면, "나의 조각들"을 가져다 "올바른 순서로 맞춰 내게 돌려"주는 사람과의 사랑을 찾는 것이든.

064

나보코프의 마력

블라디미르 나보코프
Vladimir Nabokov

✳

『블라디미르 나보코프 단편집』(1995)
The Stories of Vladimir Nabokov

『말하라, 기억이여』(1951)
Speak, Memory: An Autobiography Revisited

　『블라디미르 나보코프 단편집』은 최고 주술사가 부리는 마법과도 같은 블라디미르 나보코프의 작품을 돌아보게 한다. 삶과 예술의 접점에 대한 집착, 기억과 시간의 작용에 대한 관심, 체스 같은 게임에서 느끼는 즐거움, 이 모든 것이 결합해 만화경 같은 이야기들을 만들어낸다. 예리한 알레고리로 이루어진 우화, 별난 인물들의 독특한 초상, 은밀한 포스트모더니즘적 수수께끼가 담겨 있다.

　초기 이야기들은 대부분 감각 세계에 현혹된 청춘을 보여준다. "나를 둘러싼 모든 것에 대한 깊은 선의, 나와 모든 피조물 사이의 더없이 행복한 유대"에 대한 믿음을 드러낸다. 이후의 이야기들에서는 삶을 열렬히 받아들이던 태도("그들이 봄날의 거리를 따라 낙타를 이끌 때 어찌 죽음이 존재할 수 있을까?")가

자의식이 좀 더 강하게 드러나는 정교한 사색과 죽음에 대한 짙은 불안에 자리를 내준다. 한 이야기에서는 서른세 살의 주인공이 죽음을 너무나 두려워해서 "운명의 요구로부터 목숨을 지키기 위해 특단의 조치"를 취하기 시작한다. 즉, 외출과 면도를 중단하고 침대에서 점점 더 많은 시간을 보낸다.

서사의 독창성, 음악적인 언어의 구사, 나보코프가 좋아하는 두 가지 취미인 나비 연구와 체스 게임으로 날카롭게 벼려진 세부와 정확성에 대한 애정, 회화와 같은 직접성과 대가다운 솜씨로 장면, 기억, 감각, 또는 분위기를 그려내는 능력 등 나보코프가 작가로서 가진 수많은 재능이 이 눈부신 단편집 전반에서 드러난다. 이런 재능이 나보코프가 존 업다이크, 토머스 핀천, 마틴 에이미스, 존 드릴로, 제이디 스미스처럼 다양한 작가들에게 지속해서 영향을 미치고 있는 이유를 설명해준다. 코넬 대학교 학부생으로서 나보코프 밑에서 공부한 루스 베이더 긴즈버그 판사도 그가 자신이 읽고 쓰는 방식을 바꿔놓았다고 말했다. "그는 적절한 단어를 선택해서 적절한 어순으로 제시하는 일이 얼마나 중요한지 가르쳐주었다."

나보코프는 언젠가 소설가를 신에 비교하면서 "진정한 작가", 다시 말해 "행성이 회전하게 하고 잠자는 남자를 만들어 그의 갈비뼈를 만지작거리는 사람"은 현실의 혼돈을 가져다가 그 원자를 재조합해 보여주고 이름을 붙이는 사람이라 주장했다. 그리고 나보코프는 자신의 소설에서 불행한 인물에게 냉정히 죽음과 실망을 안기는 독단적인 인형 조종자로 이해될 수도 있다. 이것이 『롤리타』에서 "(소풍날, 번개)"라는 괄호에 넣은 두 단어로 화자의 어머니를 생략해버린 것으로 유명한, 냉정하고 무심한 나보코프이다. 그는 「러시아 미녀」와 「피알타의 봄」에서 문장 몇 줄로 멋진 여주인공을 처리하고 「초르브의 귀환」에서는 한 단락으로 불쌍한 주인공한테서 새 신부를 빼앗아버린다.

이런 이야기들로 나보코프가 비정하다는 평판을 얻기는 했으나, 이 소설들에는 깊은 비애가 또한 담겨 있다. 망명자이자 이민자로서의 경험과 삶의 덧없음에 대한 날카로운 인식에 뿌리를 둔 비애 말이다. 나보코프는 혁명 전 러시아의(그는 프루스트풍의 빛을 발하는 회고록 『말하라, 기억이여』에서 이 세계를 아름답게 불러낸다) 부유한 귀족 가문에서 자랐으며 살던 곳에서 두 차례 밀려나게 된다. 1919년 나보코프의 가족은 볼셰비키로부터 도망쳐 결국 베를린에 정착했는데, 그곳에서 나보코프의 아버지는 우익 광신도에게 살해당했다. 1940년에는 몇 년 동안 유럽에서 빠져나오려고 필사적으로 노력한 끝에 나보코프, 아내 베라, 아들 드미트리는 미국으로 가는 길을 찾았다. 파리가 나치에 함락되기 겨우 한 달 전이었다.

나보코프는 언젠가 모국어를, "자유롭고 풍부하며 대단히 유순한 나의 러시아어"를 포기하고 "썩 훌륭하지 못한 영어"로 쓰는 것은 "피겨스케이팅 챔피언이 롤러스케이트로 종목을 바꾸는 것"과 비슷하다고 불평했다.

미국에서 나보코프는 웰즐리 칼리지에서, 그리고 나중에는 코넬 대학교에서 학생들을 가르쳤다. 여름이 되면 나보코프와 베라는 올즈모빌 자동차를 타고 주행거리 32만 킬로미터 이상을 기록하며 서부를 돌면서 로키 산맥과 그랜드캐니언 같은 곳에서 나비를 찾아다녔다.

나보코프는 이 "사랑스럽고, 믿음직스러우며, 꿈을 꾸는 듯한, 거대한 나라"를 사랑하게 되었다. 하지만 망명에 따른 상실감(고향과 언어의 상실)이 『말하라, 기억이여』와 이 단편집 속 많은 이야기들에 전류처럼 흘러 그의 인물들이 견뎌야 하는 슬픔, 이혼, 죽음뿐 아니라 끊긴 연락과 깨진 약속에서 표면화된다.

『말하라, 기억이여』와 이 단편집 모두에 나오는 가슴 아리는 한 이야기에서, 나보코프는 뾰족함이 느껴지면서도 묘하게 연민이 섞인 어조로 어린 시절의 가정교사를 추모한다. 이야기가 끝날 무렵 나보코프는 "그 가정교사를 알았던 몇 년 동안, 나는 그 여자의 턱이나 습관, 심지어 그 여자가 쓰던 프랑스어보다 훨씬 더 잘, 그 여자가 누구인지 말해주는 무언가를 완전히 놓치고 있었던 게 아닌지" 자문한다. 그 무언가가 "어린 시절의 안전함 속에서 내가 가장 사랑했던 사물과 존재가 재로 변하거나 총알에 심장이 관통당한 후에야 제대로 알아볼 수 있는" 것이었음을 나보코프는 나중에 깨닫는다.

065

이란의 어느 독서 모임

아자르 나피시
Azar Nafisi

✳

『테헤란에서 롤리타를 읽다』(2003)
Reading Lolita in Tehran: A Memoir in Books

이 책은 심금을 울리는 회고록이자 이슬람교 율법학자인 물라들의 통치를 받는 이란 사람들의 소름 끼치는 삶을 그린 이야기이면서, 무엇보다 나피시와 그 학생들을 변화시킨 한 북클럽의 약사(略史)이다. 이들은 이 북클럽을 통해 소설이 어떻게 이념으로부터의 피난처를, 매일 시달리는 폭정으로부터의 자유를, 그리고 체제를 전복하는 힘을 가진 개인의 목소리에 대한 긍정을 가져다줄 수 있는지 알게 되었다.

1997년 이란을 떠나 미국으로 가기 전, 이란의 여러 대학에서 문학을 가르치던 나피시는 테헤란의 자택에서 예전에 가르쳤던 몇몇 학생들을 위해 독서 모임을 열었다. 나피시와 많은 학생들은 가리개를 착용하지 않는다고, 가리개를 적절히 착용하지 않는다고, 강경한 이념 노선을 지지하길 거부한다고, 퇴폐에 물든 서구의 텍스트를 공부한다고 대학 교정에 서조차 당국의 공격을 받았다. 이 독서 모임의 일원들은 정치와 종교에 대해 다양한 관점을 가지고 있었으며 처음에는 자기 견해를 공유하길 수줍어했다. 하지만 서서히 이 주간 모임을 자신의 꿈과 포부부터 정부에 대한 좌절감, 남성과의 관계까지 모든 속내 이야기를 공유할 수 있는 피난처로 여기게 되었다. 읽고 있는 책에 관해 먼저 토론함으로써 이런 주제들을 끄집어낼 수 있었다.

학생들이 곧 나보코프의 작품, 그 가운데서도 특히 『사형장으로의 초대』, 『롤리타』에 특별히 유대감을 느꼈다고 나피시는 떠올린다. 『사형장으로의 초대』에서는 외롭고 상상력이 풍부한 주인공의 독창성이 "획일성이 규범일뿐더러 법이기도 한" 사회로부터 그를 떼어놓는다. 또 나피시는 『롤리타』를 "다른 사람이 한 개인의 삶을 빼앗는" 충격적인 이야기로 읽는다. 학생들은 이 러시아 이민자의 작품에 동질감을 느끼면서 그 주제에 대한 공감을 넘어 삶의 변덕스러움에 대한 인식을 공유하게 되었다고 나피시는 말한다. "그의 소설은 보이지 않는 트랩도어(바닥, 천장 등에 낸 문. _옮긴이)를 중심으로 구성된다. 이 돌연히 벌어진 틈은 독자의 발아래로부터 거듭 카펫을 끌어당긴다." 나피시는 이렇게 쓰고 있다 "이 틈은 우리가 일상 현실이라고 부르는 것에 대한 불신, 그 현실의 변덕스러움과 허약함에 대한 예민한 감각으로 가득하다."

¶

또한 이것이 나피시가 소설을
"민주적" 예술 형식이라 여기는 이유이다.
소설은 공감과 상상을 통해, 독자들이
다른 사람들의 경험을 이해할 수 있게 한다.

나피시의 학생들은 F. 스콧 피츠제럴드와 헨리 제임스의 작품에도 공감한다. 이들은 과거를 반복하려 하지만 좌절하는 개츠비의 노력과 "우리의 집단적 과거라는 이름으로 왔고 꿈이라는 이름으로 우리의 삶을 망가뜨린" 이란의 혁명 사이에서 유사성을 찾는다. 또 헨리 제임스의 여주인공 데이지 밀러와 캐서린 슬로퍼가 "그들 시대의 관습에 저항하고" "명령받기를 거부하는" 여성이라 여긴다.

나피시는 공감과 연민의 부재가 자신이 수년 동안 가르친 소설들에 등장하는 많은 악인들의 공통된 특성이라고 말한다. 『워싱턴 스퀘어』에 나오는 아버지와 구혼자를 포함한 헨리 제임스의 여러 인물들, 험버트(『롤리타』)와 킨보트(『창백한 불꽃』)와 밴 빈과 아다 빈(『아다 혹은 열정』) 등 나보코프의 괴물 같은 주인공들, 『위대한 개츠비』에 나오는 무신경하고 자기애가 넘치는 뷰캐넌 부부 등.

"가장 큰 죄는 다른 사람들의 문제와 고통을 보지 못하는 것이다." 나피시는 이렇게 쓴다. "그것을 보지 못한다는 건 그들의 존재를 부정한다는 뜻이다."

그런 점에서 현대 소설의 악인은 다른 개인의 권리와 자존심을 훼손하는 "연민 없고 공감 능력 없는 사람"이라 볼 수 있다고 나피시는 덧붙인다. "자신들의 경험에 매우 가까웠기 때문에"이란 학생들 대부분이 이런 악의 정의를 공유했다고 나피시는 말한다. "내 생각에, 공감 능력의 부족이 그 정권의 가장 중요한 죄악이며 이로부터 다른 모든 일들이 생겨났다."

또한 이것이 나피시가 소설을 "민주적" 예술 형식이라 여기는 이유이다. 소설은 공감과 상상을 통해, 독자들이 다른 사람들의 경험을 이해할 수 있게 한다. "좋은 소설은 개인의 복잡성을 보여주고 이 모든 인물이 목소리를 내기에 충분한 여지를 만들어낸다." 그리고 "위대한 소설은 삶과 개인의 복잡성에 대한 의식과 감수성을 높이며 고정된 선과 악의 공식으로 도덕을 보는 독선을 막아준다."

066

책에 관심 있는 체하는 아버지

V. S. 나이폴

V. S. Naipaul

✳

『비스와스 씨를 위한 집』(1961)

A House for Mr. Biswas

V. S. 나이폴의 소설과 논픽션은 21세기에 가장 중요하면서 의견이 분분한 많은 논쟁에 불을 붙일 만한 주제들과 씨름했다. 개발도상국과 서구의 관계, 식민지 탄압과 식민지 독립 후 혼란이 지속해서 불러오는 여파, 전통과 현대성 사이에 고조되는 긴장, 그리고 점차 세계화하는 세계에서 이민자와 망명자가 경험하는 혼란과 문화적 현기증 등.

이런 문제에 대한 집착은 나이폴 자신의 삶에서 비롯되었다. 그는 인도인 기간 계약 노동자의 손자로 서인도제도의 트리니다드 섬에서 성장했으며, 이른 나이부터, 자란 곳에서 벗어나 작가가 되기로 마음먹었다. 장학금을 받고 옥스퍼드 대학에 갔으며, 런던에서 저명한 문학가가 되어 2001년에는 노벨 문학상을 받았다. 하지만 국외자라는 느낌은 가시질 않았다.

아프리카, 카리브 해, 라틴아메리카, 중동의 이른바 "반(半)제품 사회"("서구인들이 그것을 상자로 포장해서 헬리콥터를 기다리고 있다")에 대한 나이폴의 일부 후기 작품은 다루는 대상에 느끼는 경멸로 인해, 다시 말해 인간 본성에 대한 혹독하고 염세적인 관점 그리고 개발도상국의 무지, 미신, 무저항에 퍼붓는 비난으로 인해 비틀려 있다. 이런 경멸이 개인사에 뿌리를 두고 있으며, 나약함에 대한 젊은이 특유의 두려움과 수치심 그리고 방어심리에서 유래했다고 나이폴은 인정했다. 그는 1961년 소설 『비스와스 씨를 위한 집』에서 자신의 청년 시절 모습임에 분명한, 문학적 재능이 있는 주인공의 아들 아난드에 대해 이렇게 썼다. "풍자 감각은 그를 외돌게 했다. 처음에는 젠체하면서 아버지를 흉내 내는 데 불과했다. 하지만 풍자는 경멸로 이어졌고" 이것이 "본성의 일부가 되었다. 이는 부적응으로, 자의식과 지속적인 외로움으로 이어졌다. 하지만 이것이 그를 난공불락으로 만들었다."

나이폴의 네 번째 책인 『비스와스 씨를 위한 집』은 걸작이다. 소외감이 아직 냉소와 경멸로 굳어지지 않았으며, 아버지와 트리니다드에서 보낸 어린 시절을 살짝 허구화해 그리면서 연민과 익살스런 무심함을 뒤섞어 카리브 해 후미진 곳의 삶에 대해 쓰고 있다. 저널리스트의 눈으로 세부를 살피고 디킨스와 같은 재능으로 인물을 그려내어, 비스와스 씨가 어떤 인물인지 놀랍도록 생생하게 느껴진다. 진흙 오두막의 한 방에 살면서 간판 화가로 일하는 비스와스 씨는 언젠가 "자신의 반토막짜리 땅에, 지상에서 자기 몫인 땅에" 자기 집을 갖는, 불가능해 보이는 일을 열망한다. 집은 고향과 소속에 대한 꿈을, 고압적인 처가로부터 독립을 이루는 꿈을 나타낸다. 그리고 수십 년 동안 불운과 굴욕을 겪고 저널리스트가 되기 위해 수년간 노력한 끝에, 비스와스 씨는 마흔여섯 살의 나이로 죽어가기 전 이 꿈을 이룬다. 나이폴의 아버지 시퍼새드는 비스와스 씨처럼 트리니다드의 한 신문사에서 일했다. 또 "어떤 은밀한 욕구에서" 단편소설을 쓰는 야심 찬 작가였다. 어느 시점에, 시퍼새드는 문학에 대한 꿈을 재능 있는 아들에게 물려주었으며, 결국 아들은 자신의 삶이 어떤 면에서 아버지의 삶을 실현하는 것이 되길 바란다고 말했다. 1983년 나이폴은 이렇게 썼다. 아버지는 "책을 읽기보다 책에 관심 있는 체하는 사람"이었으나 "글쓰기와 작가들을 흠모했다. 아버지는 작가라는 직업을 세상에서 가장 고상한 것으로 보이게 했다. 그래서 나는 그 고상한 일을 하기로 마음먹었다."

067

남아프리카공화국에서 보낸 어린 시절

트레버 노아
Trevor Noah

✳

『태어난 게 범죄』(2016)
Born a Crime: Stories from a South African Childhood

트레버 노아가 진행하는 〈더 데일리 쇼〉와 마찬가지로, 그의 스탠드업 코미디에 연료를 공급하는 것은 부조리에 대한 예민한 감각이다. 눈을 뗄 수 없는 이 회고록은, 이런 능력이 아파르트헤이트(남아프리카공화국의 극단적 인종차별 정책과 제도로 1994년 최초의 흑인 정권이 탄생하면서 철폐되었다. _옮긴이)가 시행되는 남아프리카공화국에서 보낸 어린 시절에 연마되었다고 밝히고 있다.

고통스럽기도 하고 슬프기도 하고 재미있기도 한 이 책은 작가의 가족이라는 프리즘을 통해 남아프리카공화국의 소름 끼치는 최근 역사를 보여준다. 제도화한 인종차별과 백인 정권 아래서 경험한 잔혹한 일상 그리고 1990년대에 급작스럽게 열린 아파르트헤이트 이후의 시대. 일부 이야기는 익살스런 어조를 가지고 있기도 하지만, 이 책은 그가 태어난 것 자체가 "여러 가지 법, 규정, 규제 위반"인 나라에서 "반은 백인이고 반은 흑인"이라는 것이 어떤 것인지 있는 그대로, 지극히 개인적인 방식으로 회상한다. 코사족 어머니와 독일계 스위스인 아버지 사이에 태어난 노아가 "아버지와 함께 있을 수 있는 유일한 시간은 실내에서였다." "집에서 나오면, 아버지는 우리와 떨어져 길 건너편에서 걸어야 했다." 피부색이 밝은 아이인 그가 어머니와 함께 있는 모습을 보이는 것도 위험했다. "어머니는 내 손을 잡거나 안고 있었으나, 경찰이 눈에 띄면 나를 떼어놓거나 내가 어머니 아들이 아닌 척했다."

트레버는 집에서 많은 시간을 보냈다. 친구가 없어서 곧잘 혼자 지내게 되었다. "나는 책을 읽고 내게 있는 장난감을 갖고 놀면서 상상의 세계를 만들어내곤 했다. 나는 내 머릿속에서 살았다. (…) 지금도 나는 여러 시간 동안 혼자 있을 수 있고 지극히 행복해하면서 즐거운 시간을 보낸다. 사람들과 함께 있다는 사실을 잊곤 해서 일부러 기억해야만 한다."

트레버는 언어가 자신의 다름을 위장하는 한 가지 방법임을 일찍이 알게 되었다. 그의 어머니는 코사어, 줄루어, 독일어, 아프리칸스어, 소토어를 알았고, 자신이 가진 지식을 이용해 "경계를 넘고, 상황에 대처하며, 세계를 탐색했다." 그의 어머니는 아들이 영어를 쓰는 게 가장 좋다는 것을 확실히 알았다. "남아프리카의 흑인이라면, 영어를 구사하는 게 도움이 될 수 있"기 때문이다.

　흉내 내는 데 재능이 있는 트레버는 학교와 거리에서 받아들여지기 위해 언어를 이용해서 "카멜레온"이 되는 법을 익혔다. "누군가 내게 줄루어로 말하면 나는 줄루어로 대답했다." 그는 이렇게 쓰고 있다. "츠와나어로 말하면 츠와나어로 대답했다. 모습은 다르지만 같은 언어로 말하면 둘은 하나였다." 고등학생 때, 그는 적극적으로 사업을 시작해서 해적판 시디를 복사해 팔았다. 그와 친구들은 곧 디제이 사업으로 넘어가 알렉산드라에서 시끌벅적한 댄스파티를 열었다. 이 "작고 빽빽한 판자촌 지역"은 "가장 격렬한 파티와 최악의 범죄"로 인해 고모라로 알려져 있었다.

✼

　　『태어난 게 범죄』는 아파르트헤이트 정책이
　　시행되던 남아프리카공화국에서의 성장을 그린
　　소름 끼치는 이야기일뿐더러 작가의 범상치 않은
　　어머니에게 보내는 감동 깊은
　　사랑의 편지이기도 하다.

　『태어난 게 범죄』는 아파르트헤이트 정책이 시행되던 남아프리카공화국에서의 성장을 그린 소름 끼치는 이야기일뿐더러 작가의 범상치 않은 어머니에게 보내는 감동 깊은 사랑의 편지이기도 하다. 작가의 어머니는 열네 명의 사촌들과 함께 오두막에서 자랐는데, 아들이 이른바 "흑인세"를 내면서 자라게 하지 않겠노라고 결심했다. 흑인 가정은 "과거의 문제를 해결하느라 온 시간을 쏟아"야 하고 "앞선 세대가 약탈당했"기 때문에 그들의 능력과 교육으로 집안을 "(마이너스 상태에서) 0의 상태로 되돌려놓"아야 했다.

그의 어머니는 머리에 총상을 입고도 기적같이 살아난 게 신앙 덕분이라 여기는 대단히 독실한 여성이었다. 일요일에 아들을 교회 세 군데로 데려갈뿐더러 화요일에는 기도 모임, 수요일에는 성경 공부, 목요일에는 청년 교회에 데려갔다. 거리에 위험한 시위가 있어서 감히 집 밖으로 나서는 사람이 거의 없을 때조차 말이다.

전통적으로 코사족 아이들의 이름에는 의미가 있다고 트레버는 쓰고 있다. 그의 어머니 이름인 퍼트리샤 놈부이셀로 노아는 "되돌려주는 여자"를 뜻하고 사촌 이름인 음렁기시는 "해결사"를 뜻한다. 트레버의 어머니는 "남아프리카공화국에서 아무런 의미도 없고 우리 가족 가운데 사용한 전례도 없는" 트레버라는 이름을 일부러 그에게 붙여주었다. "심지어 성경에 나오는 이름도 아니다. 그냥 이름이다. 어머니는 아들이 운명에 얽매이지 않기를 바랐다. 내가 자유로이 어디든 가고, 무슨 일이든 하고, 어떤 사람이든 될 수 있기를 바랐다."

068

끊임없이 진행 중인 과업

버락 오바마, 『내 아버지로부터의 꿈』(1995)

Barack Obama ,
Dreams from My Father: A Story of Race and Inheritance

E. J. 디온 주니어·조이앤 리드(편집),
『우리는 우리가 추구하는 변화다: 버락 오바마 연설문』(2017)

Edited by E. J. Dionne, Jr., and Joy-Ann Reid,
We Are the Change We Seek: The Speeches of Barack Obama

링컨 이후 버락 오바마만큼 작가로서 강력한 웅변으로 영감을 주고 설득하며 비전을 분명하게 제시한 대통령은 없었다. 오바마의 가장 기억할 만한 연설은 역사라는 프리즘을 이용해 기회의 의미를 부연하고 구체화한다. 이를 통해 미국 건국의 토대가 된 자유·정의·평등이라는 이상을, 그리고 모든 사람을 위해 독립선언서의 약속을 실현하고자 거의 두 세기 반 동안 이어온 오랜 여정을 상기시킨다.

링컨, 마틴 루서 킹 주니어와 마찬가지로, 오바마는 역사를 길게 볼 줄 알았다. 그는 미국이 "끊임없이 진행 중인 과업"이라고 본다. 이 나라가 노예제도라는 원죄로 마음의 상처를 남겼으나 끈기 있는 노력과 헌신으로 과거를 극복할 수 있다고 본다. 오바마는 연설에서 미국이 노예제도와 인종차별 시대

이후 얼마나 멀리 왔는지 그리고 더 완전한 연합을 이루기 위해 아직 얼마나 더 가야 하는지 상기시킨다.

오바마는 셀마-몽고메리 행진(수백 명의 인권운동가들이 흑인 참정권을 요구한 행진. _옮긴이) 50주년을 기념하는 연설에서 셀마는 "멀찍이서 바라보는 박물관이나 고정된 기념물이 아니"라 "자유를 향한 긴 여정의 한 구간"이며 "미국이 아직 완성되지 않았다는 믿음, 우리는 자기비판할 수 있을 만큼 강하다는 믿음, 이어지는 각 세대가 우리의 불완전함을 보면서 이 나라를 우리의 가장 높은 이상에 더욱 가깝게 재건하는 일이 우리의 힘에 달렸다고 다짐할 수 있다는 믿음"의 표명이라고 주장했다. 이는 성경과 구원의 약속에 뿌리를 둔 낙관적인 전망이면서, 사람들이 자신을 계속해서 재창조해나갈 능력을 가지고 있다는 좀 더 실존적인 믿음이다.

오바마 대통령의 탐색하는 지성과 언어 재능은 연설에 활력을 불어넣는데, 이는 그가 오래전 서른셋에 쓴 회고록인 『내 아버지로부터의 꿈』에서부터 분명하게 드러났다. 이 회고록은 감동을 주는 잘 쓰인 글이어서 정치나 법 대신에 문학을 천직으로 택한 젊은 작가를 떠올리기 쉽다. 이 책은 이야기를 풀어나가는 오바마의 타고난 재능, 작가로서 유연한 목소리, 그리고 재능 있는 소설가와 시인이 가진 공감 능력과 객관성의 이례적 조합을 분명하게 보여준다. 세세한 감정을 효과적으로 드러내는 국외자의 눈, 깊이 성찰하는 성향, 이리저리 돌아다니던 청년 시절과 시카고에서 지역사회 조직가로 활동하던 시기 동안 만난 사람들의 경험에 목소리를 부여해 전달하는 능력 등.

이 책은 한 청년이 성인이 되면서 케냐 출신 아버지(오바마가 유아일 때 떠났다)와 캔자스 출신 어머니의 아들로서 인종과 관련한 복잡한 정체성을 받아들이려 노력하는 이야기를 들려준다. 이것은 가족의 뿌리를 이해하려는 작가의 탐색에 대한 이야기이다. 그 자신이 아버지를 찾는 텔레마코스이면서 집을 찾아가는 오디세우스가 된 탐색에 대한 이야기이다. 형성기의 많은 시간을 하와이에서 외조부모와 함께 보내면서 자신이 무엇을 믿고 어디에 속해 있는지에 대한 근본적 문제와 씨름하고, 인종과 정체성에 대해 친구들과 이야기를 나누며, "미국의 흑인 남성으로 발돋움하"기 위한 노력에서 볼드윈, 엘리슨, 라이트, 듀보이스, 맬컴 엑스의 책을 읽는 소년의 이야기이다.

『내 아버지로부터의 꿈』 2004년판 서문에서, 오바마는 자신의 이야기가 "미국의 경험을 특징짓는 인종 갈등에 더해서 현대의 삶을 특징짓는 유동하는 정체성(시간의 비약, 문화의 충돌)에 대해 어떤 식으로든 말할 수 있"기를 바란다고 썼다. 오바마는 처음으로 전 국민의 주목을 받은 2004년 민주당 전당대회 기조연설에서 이렇게 지적했다. "지구상의 다른 나라에서는 나의 이야기가 불가능합니다."

069

아메리카 원주민은 어디서 왔는가

토미 오렌지
Tommy Orange

✳

『데어 데어』(2018)
There There

이 놀라운 데뷔 소설의 제목은 거트루드 스타인이 캘리포니아 오클랜드에 대해 쓴 유명한 한 구절에서 따왔다. "그곳에는 그곳이 없다"(There is no there there). 스타인은 자신이 어렸을 때 알았던 오클랜드가 사라졌다고 말하는데, 오렌지의 한 인물에게 이것은 미국 전역의 원주민에게 일어난 일에 대한 은유이다. 이들 선조의 땅은 빼앗기고 팔리고 개발되고 "유리와 콘크리트와 철사와 강철"로 뒤덮였다.

오클라호마의 샤이엔족과 어래퍼호족의 일원이자 최근 아메리카인디언예술학교(IAIA)에서 미술 석사학위를 받은 오렌지는 『데어 데어』로 정체성과 집의 의미, 가족과 기억과 스토리텔링의 힘을 다룬 교향악과도 같은 소설을 썼다. 이 소설은 "패배한 슬픈 인디언의 실루엣", "우리를 구하는 케빈 코스트너, 우리를 살해하는 존 웨인의 6연발 권총" 등 아메리카 원주민의 삶에 대해 오랫동안 미국 문화가 조장해온 온갖 고정관념을 털어내고 3세대에 걸쳐 현대 아메리카 원주민의 삶을 만화경처럼 보여준다.

오렌지는 날카롭고 격앙된 문체로 여남은 가지 시점을 오가며 오클랜드에 살고 있거나 그곳에 뿌리를 두고 있는 인물들을 소개한다. 서로 연결돼 있는 이들의 삶은 오클랜드 대경기장에서 열리는 아메리카 원주민 전통 축제인 파우와우에서 서로 충돌하게 된다. 이들은 자신이 누구인지, 어디에 속해 있는지, 심지어 자신을 뭐라고 불러야 하는지 알려 애쓰고 있다.

"그들이 오기 전, 우리는 성(姓)을 갖고 있지 않았다." 오렌지는 이렇게 쓴다. "그들이 우리를 계속 추적해야 한다는 결정을 내리면서, 인디언이라는 이름 자체가 우리에게 주어진 것처럼 성이 주어졌다. 그것은 실패한 번역어와 어설픈 인디언식 이름, 되는대로 갖다 붙인 성, 그리고 백인인 미국 장군, 제독, 대령, 때로는 그냥 색깔 이름일 뿐인 군대 이름에서 물려받은 이름이었다. 이렇게 해서 우리는 블랙과 브라운, 그린, 화이트, 그리고 오렌지가 되었다. 스미스, 리, 스콧, 맥아더, 셔먼, 존슨, 잭슨이 되었다. 우리의 이름은 시, 동물에 대한 묘사, 완전히 이해되면서 전혀 말이 안 되는 이미지이다."

어머니가 자살한 후 이모할머니 밑에서 자란 오빌 레드페더는 "인디언에 대해" 알고 있는 것 대부분을 온라인에서 배운다. "구글에서 '진정한 인디언이란 무슨 뜻인가'와 같은 문구로 검색"해서 말이다. 엄마는 백인이고 아빠는 "북미 원주민 보호구역 출신으로 알코올 중독에서 회복 중"인 토머스 프랭크는 서던문이라는 북 연주단에 소속해 있지만 자신이 혼혈이라는 사실에 어떻게 대처해야 할지 모른다. "넌 빼앗고, 빼앗고, 빼앗고, 빼앗은 사람들의 후손이야. 그리고 빼앗긴 사람들의 후손이기도 하고. 둘 다이면서 어느 쪽도 아니지."

그리고 여동생의 세 손주를 키우고 있는 오펄 비올라 빅토리아 베어실드는 정부가 일을 바로잡거나 무슨 일이 있었는지 돌아보지도 않을 것이기 때문에 과거를 기억하는 일이 얼마나 중요한지 자신의 어머니가 해준 말을 떠올린다. "그러니 우리가 할 수 있는 일은 모두 우리가 어디서 왔는지, 우리에게 무슨 일이 일어났는지, 어떻게 올바르게 살고 우리 이야기를 해서 그분들에게 경의를 표할지 아는 것과 관련이 있어. 세상은 이야기로, 달리 없이 단지 이야기로, 그리고 이야기에 대한 이야기로 이루어져 있다고 내 어머니는 말씀하셨지." 물론, 토미 오렌지가 이 치열하고 슬프면서 재미있고 탁월한 소설에서 하고 있는 일이 바로 저 이야기를 하는 것이다.

070

진실은 진실이 아니다

조지 오웰
George Orwell
＊
『1984』(1949)
1984

　2017년 1월 도널드 J. 트럼프가 대통령으로 취임했을 때 조지 오웰의 『1984』가 베스트셀러 1위에 올랐다. 이 소설은 빅브라더가 거짓말과 선전을 이용하고 증오를 심어서 당의 절대 통치를 시행하는 전체주의 국가에 대한 이야기이다. 이 디스토피아 소설이 언젠가 마거릿 애트우드가 말한 오웰의 "위험신호기"로 점점 채워지는 정치 지형을 소름 끼치도록 여실히 보여주고 있음을 독자들은 깨달았다.

　트럼프 행정부는 뻔뻔하게도 한 대통령 보좌관이 말한 "대안 사실"을 이용해 이민 정책부터 환경 보호를 위한 규제의 파기까지 온갖 그릇된 결정을 옹호했다. 트럼프가 재임하는 동안 계속 가속화한 거짓말 공세는 러시아 블라디미르 푸틴의 크렘린이 이용하는 "거짓말이라는 소방호스"와 비슷하다.

이것들은 허위정보를 퍼뜨릴뿐더러 무감각과 냉소주의를 조장해 사람들이 정치 과정에 관심을 갖지 않도록 하기 위한 것이다.

트럼프가 대통령이 되고 첫 3년 동안, 많은 독자들이 불길하게도 『1984』를 떠올리게 하는 다른 흔적들을 또한 알아보았다. 파렴치하게 공포와 분노에 호소해 대중을 분열시키려는 노력(오웰은 이를 매일의 "2분 증오" 시간으로 묘사했다), 주류 매체를 "가짜 뉴스"로 비난하면서 역사와 최근 사건을 다시 쓰려는 의도적인 시도, 과학과 증거에 기초한 주장의 무시(실증적 사고방식은, 오웰의 말로 하자면, "현실이 객관적이고, 외재적이며, 그 자체로 존재"함을 암시하기 때문이다) 등. 『1984』에서 빅브라더는 이 모든 전술을 이용해 사람들을 통제하고 "당이 진실이라고 간주하는 것은 무엇이든 진실"이라고 주장한다. 당이 "2+2=5" 또는 "전쟁은 평화다", "자유는 노예상태다", "무지는 힘이다"라고 주장할지라도 말이다.

오웰은 1944년에 쓴 한 편지에서 왜 자신이 『1984』를 쓰는지 설명했다. "민주주의의 쇠퇴에 대한 전반적인 무관심"이 염려스러우며 "초인 같은 독재자를 중심으로 무리를 짓고 목적이 수단을 정당화한다는 이론을 채택"하는 국가주의 운동 경향이 걱정스럽다고 썼다. 그러면서 "모든 사실이" 이런 선동적인 지도자의 "말과 예언에 합치해야 하기 때문에 객관적 진실이 존재한다는 사실을 믿지 않는" 경향이 생겨난다고 덧붙였다.

『1984』가 출간되고 70년 후, 트럼프 대통령과 그 조력자들이 하는 말은 마치 오웰의 이 고전소설에서 훔쳐온 것처럼 들린다. 트럼프는 이렇게 선언했다. "여러분이 보고 있고 읽고 있는 것이 실제로 일어나고 있는 일은 아니다." 더욱이 트럼프의 변호사 루돌프 줄리아니는 이런 소름 끼치는 말을 했다. "진실은 진실이 아니다."

071

탐색하는 관찰자

워커 퍼시
Walker Percy
✳
『영화광』(1961)
The Moviegoer

주인공 빙크스 볼링은 수줍음이 많거나 은둔하거나 어쩐지 혼란스러운 사람들, 그리고 성장하면서 많은 시간을 영화를 보거나 책을 읽으며 보낸 사람들이라면 곧장 알 수 있는 고민거리가 있다. 빙크스는 영화를 통해 간접적으로 알게 된 이야기가 흔히 자신이 직접 경험한 것보다 더 실제 같고 생생하다.

빙크스는 이렇게 설명한다. "다른 사람들은 자기 삶에서 기억할 만한 순간을 소중히 여긴다고 나는 읽었다. 그들이 책에서 말하듯, 동틀 무렵 파르테논 신전에 올라갔던 때, 센트럴파크에서 한 외로운 여성을 만나 자연스럽게 달콤한 관계를 맺게 된 여름밤과 같은 순간 말이다. 나도 예전에 센트럴파크에서 한 여성을 만났지만 그다지 기억나는 게 없다. 내가 기억하는 건 존 웨인이 〈역마차〉에서 먼지투성이인 거리로 떨어지며 카빈총으로 남자 셋을 죽이던 때, 〈제3의 사나이〉에서 새끼고양이가 출입구에서 오슨 웰스를 발견했을 때이다." 한국전쟁 참전 용사이자 남부 귀족 가문의 후예인 빙크스는 중산층이 모여 사는 뉴올리언스 교외 지역에서 주식 및 채권 중개인으로 일하며 지극히 즐거운 생활을 하는 것 같다. 스물아홉 살로, 매력 있고 재치가 넘치며 똑똑하다. 여자 친구가 많고 빨간색 엠지 스포츠카를 몰며 주말은 멕시코 연안에서 보낸다. 하지만 뭔가가 빠져 있다. 빙크스는 한국전쟁에 참전하는 동안 얻었던 통찰을 떠올리며 "탐색"에 나서기로 마음먹는다. 자신이 찾고 있는 것이 정확히 무엇인지, 목적의식인지 자기이해인지 믿음인지 분명치 않지만 인간 존재에게는 일과 휴식 이상의 것이 있어야 한다는 걸 그는 안다.

빙크스는 샐린저의 『호밀밭의 파수꾼』에 나오는 홀든 콜필드 그리고 솔 벨로의 『허공에 매달린 사나이』(*Dangling Man*)에서 갈등을 겪는 주인공 조지프와 정서상 친척이다. 이 주인공들은 자신을 반성하면서 거짓되고 소비자 중심이며 얄팍하다는 인상을 주는 20세기 미국에서 살아갈 길을 찾는다. 빙크스는 홀든처럼 호소력 있는 화자, 즉 함께 자라 친근한 오랜 친구 같은 느낌을 주는 인물이다. 버릇이 된 그의 관찰자 입장은 영화나 책에 빠져든 사람이 아니더라도 오늘날 많은 사람들에게 익숙하다. 무엇보다 기술이 점점 우리와 세계 사이에 끼어들고 있다. 우리는 주변 사람들에게 관심을 기울이는 대신 자주 휴대전화를 들여다보며 문자메시지나 이메일을 확인한다.

『영화광』이 처음 출간한 소설이지만, 퍼시는 의대를 마친 후 폐결핵에 걸렸다가 회복하는 동안 읽은 철학책에 영감을 받아 수년 동안 글을 써왔다. 그래서 쇠렌 키르케고르의 사상과, 그보다는 덜하지만 카뮈와 사르트르의 사상이 『영화광』과 이후에 출간한 『최후의 신사』(*The Last Gentleman*), 『랜슬럿』(*Lancelot*) 같은 소설에 스며들어 있다. 빙크스는 많은 철학 용어를 사용해 자기 자신을 찾으려는 노력을 설명하면서 레프 톨스토이의 『전쟁과 평화』, 에르빈 슈뢰딩거의 『생명이란 무엇인가』 등 읽고 있는 중요한 책에 대해 이야기한다. 이런 책을 읽는 건 세계를 이해하기 위한 "종적(vertical) 탐구"의 일환이다.

하지만 독자는 이런 문제에 대한 빙크스의 거창한 이야기가 사실은 어느 정도 세상으로부터 거리를 두려는 것이면서 일상 삶의 모든 측면을 지적으로 분석하려는 욕구를 드러내는 것임을 깨닫는다. 고모가 자살 충동에 시달리는 먼 사촌인 케이트를 잘 지켜보라고 부탁한 후, 빙크스는 자신의 탐색에 대한 이야기를 멈춘다. 그는 서서히 취약한 케이트와 사랑에 빠지고 케이트를 보살피면서 자기 자신에게서 한 걸음 벗어나 세상으로 나아간다.

072

미국사에 대한 장대한 명상

토머스 핀천
Thomas Pynchon

✳

『메이슨과 딕슨』(1997)
Mason & Dixon

18세기의 두 측량사에 대한 거의 800쪽짜리 버디 소설은 주목할 만한 책으로 보이지 않을지도 모른다. 하지만 토머스 핀천은 1997년의 뛰어난 소설 『메이슨과 딕슨』에서 이를 지금까지 자신이 써온 소설 가운데 가장 감동을 주면서 흡입력 있는 소설로, 그리고 미국 역사와 그것이 낳은 희생과 불만에 관한 대단히 독창적인 명상록으로 바꿔놓는다.

물론 메이슨과 딕슨은 실존했던 영국 측량사로, 미국 독립전쟁 전 펜실베이니아와 메릴랜드 사이 경계선을 정했다. 그래서 북부와 남부를 가르는 이 경계선은 메이슨-딕슨 선으로 알려지게 된다. 핀천이 말한 대로, 천문학 교육을 받은 메이슨은 우울한 사람으로, 골똘히 생각에 잠기고 혼자 있기를 좋아하며 아내의 죽음으로 괴로워한다. 딕슨은 다른 사람과 어울리기를 좋아하는 사람으로, 여자와 술과 쾌락을 좋아한다.

핀천은 두 사람의 이야기를 색다르게 재구성하는데, 이들은 돈키호테와 산초 판사, 톰과 허클베리, 빙 크로즈비와 밥 호프만큼 기억에 남는 한 쌍이 된다. 그리고 황무지의 지도를 그리려는 이들의 탐구가 패기만만한 피카레스크 소설의 뼈대를 제공한다. 핀천은 크리스마스트리 같은 이 뼈대를 농담, 노래, 말장난, 풍자적 보드빌(16세기 중엽 프랑스에서 유래한 노래·춤·촌극 등을 엮은 오락연예. _옮긴이)의 장기 자랑, 그리고 기계로 작동하는 오리부터 거대한 치즈와 금성의 일면 통과(내행성인 금성이 지구와 태양 사이에 정확하게 위치하면서 생기는 천문 현상. _옮긴이)까지, 로렌스 스턴의 『트리스트럼 샌디』식의 온갖 두서없는 여담으로 장식한다.

핀천은 1966년 소설 『제49호 품목의 경매』를 떠올리게 하는 익살스러우면서 음울한 형이상학을 『메이슨과 딕슨』의 배경이 되는 초기 미국에 도입한다. 동시에, 핀천이 이 소설에서 만들어낸 세계는 소도시의 친밀함을 지녀서 어떤 독자들은 래리 맥머트리(미국의 소설가이자 시나리오 작가로 주로 옛 서부나 현대의 텍사스를 배경으로 삼았다. _옮긴이)의 서부를 떠올릴 것이다.

핀천이 묘사한 대로, 황무지를 가로질러 경계선을 그으려는 메이슨과 딕슨의 탐색은 이성과 진보라는 계몽주의 원칙에 기초해 새로운 국가를 세우고자 한 건국 세대의 노력에 대한 은유가 된다. 이 나라는 자유와 평등이라는 민주주의 이념에 헌신했지만 말로 다 할 수 없는 폭력과 착취로 식민해 건설되었다. 인디언을 학살하고, 노예를 사고팔며, 가능성의 황무지를 길들여 "여관과 상점, 마구간, 도박장, 극장, 유원지……산책로, 가 아니라 쇼핑몰"로 이루어진 무감각한 풍경으로 바꿔놓았다.

핀천이 좋아하는 주제들이 이 소설을 관통하고 있는데, 가장 주목할 만한 것은 질서와 혼돈, 운명과 자유 선택, 편집증과 허무주의 사이의 역학관계이다. 복잡한 우주를 설명하는 믿기지 않는 음모가 있는 걸까, 아니면 만물은 무작위에 지나지 않는 걸까? 현대 생활에 만연해 보이는 이상한 우연의 일치는 숨겨진 설계를 의미하는 걸까? 아니면, 단순히 점을 연결하고 서사와 이야기를 만들어내며, 말하자면 지도에 표시되지 않은 황무지를 지도에 그려 넣으려는 우리의 강박적 욕구를 반영하는 걸까?

핀천을 이야기꾼으로 특징짓는 온갖 재능이 이 소설에서 충분히 드러난다. 여기에는 길고 두서없는 줄거리와 디킨스식의 좀 별난 이름에 대한 애호, 그리고 수다스런 이야기꾼의 소질이 포함된다. 하지만 그가 이전에 메이슨과 딕슨만큼 깊은 감정을 지닌 인물을 만들어낸 적은 없었다. 참으로, 이 소설은 미국 역사에 대해 장대한 명상을 펼치는 동시에 애수 어린 연민과 지혜로 주인공들의 내면을 드러낸다.

073

탄약을 찾아다니다

키스 리처즈·제임스 폭스

Keith Richards (with James Fox)

✳

『인생』(2010)

Life

수많은 롤링스톤스 팬에게, 키스 리처즈는 세상에서 가장 뛰어난 로큰롤 밴드의 심장이자 영혼일뿐더러 반항의 화신이다. 무법자, 해적, 퇴폐 시인, 영혼이 살아 있는 자이자 위반자, 심신이 너덜너덜한 도망자, 그리고 사망 가능성이 가장 높은 록스타 명단과 핵전쟁 후 살아남을 수 있을 생명체(바퀴벌레는 제외한다) 목록에서 모두 1위에 꼽힐 지구상 가장 멋진 친구이다(모두 롤링스톤스의 노래 가사 또는 앨범 제목에 쓰인 말들이다. _옮긴이).

리처즈는 이 감동적인 회고록에서 팬들이 묘하게 자신을 민중의 영웅인 반역자로 신화화한 것에 대해 쓴다. 또 심신을 지치게 하는, 똑같이 반복되는 길 위의 삶과 스튜디오에서 새로운 곡을 쓰고 녹음하는 일이 가진 특별한 매력을 기록한다.

진지하면서도 짓궂고 유쾌하면서도 냉소하며 가차 없는 리처즈는 대단히 직접적이면서 허심탄회하게 쓰고 있다. 이 책은 앨터몬트 공연(롤링스톤스가 1969년 캘리포니아의 앨터몬트에서 개최한 무료 공연으로, 공연 중 총기를 소지한 한 흑인 청년이 공연 보안을 맡은 갱조직 단원에게 칼에 찔려 죽는 일이 벌어졌고 이는 1960년대 히피 시대의 종언을 고하는 한 가지 사건으로 평가되고 있다. _옮긴이) 전후 몇 년 동안 롤링스톤스와 함께한 광기 어린 길 위의 삶, 리처즈 자신이 겪은 많은 위기일발과 (경찰, 감옥 생활, 헤로인 중독으로부터의) 구사일생에 관한 당혹스러운 이야기, 예리하게 순간 포착한 친구 및 동료의 모습이 담긴 잊을 수 없는 타임 캡슐을 제공한다.

하지만 『인생』은 연예계에서 흔히 볼 수 있는 폭로성 회고록을 넘어선다. 이 회고록은 또한 로큰롤이 무르익은 시대를 고화질에 고속으로 그려 보여준다. 로큰롤이 어떻게 영국과 미국을 쓰나미처럼 휩쓸었는지, 반체제 문화의 소용돌이 속 깊숙한 곳에서 있는 그대로 전해준다. 명장이 연금술의 비밀 같은 자기 예술의 비밀을 밝히는 작업장에서 함께 밤새도록 눈떠 있게 한다. 그리고 한 남자의 수십 년에 걸친 길고 낯선 여정에 대해 은밀하고도 가슴 뭉클한 이야기를 들려준다. 자화상을 그리기 위해 앉은 위대한 화가들이 흔히 드러내는 가식이나 경계심이나 자의식 없이.

물론 오랜 롤링스톤스 팬들은 〈루비 튜즈데이〉(Ruby Tues-

day)와 〈김미 셸터〉(Gimme Shelter) 같은 곡이 쓰인 내력, 리처
즈의 대표적인 기타 리프들이 탄생하는 과정, 그리고 리처즈
자신과 믹 재거 사이의 활발한 협업에 대해 상세히 이야기한
부분을 열심히 읽을 것이다. 하지만 이 책은 롤링스톤스에 별
로 관심이 없어 잘 모르는 사람들이나 리처즈를 막연히 록의
신으로 여기고 정신이 나간 데다 행실이 나쁘고 위험한 사람
으로 아는 사람들도 감탄하게 만들 것이다. 그만큼 설득력이
있다.

리처즈의 문체는 그의 기타 연주와 비슷하다. 강렬하고, 매
우 단순하며, 대단히 독특하고, 가슴 저리도록 감정에 직접 와
닿는다. 롤링스톤스가 격렬한 디오니소스적 찬가부터 사랑과
시간과 상실에 대한 우울한 발라드까지 모두 수용할 수 있는
특별한 사운드를 완성한 것처럼, 리처즈는 이 책에서 목소리
를, 다시 말해 풍성하면서 원초적인 키스어(Keith-Speak)를 찾
았다. 이 목소리로 재미있고 세상물정에 밝은 관찰, 소중한 가
족에 대한 추억, 무심히 내뱉는 신성모독적인 이야기, 냉소를
자아내는 문학적 암시를 전하는데, 마음에서 우러난 진정성과
악동의 매력을 모두 보여준다.

리처즈는 곡 쓰는 일이 오래전 자신을 언제나 "탄약"을 찾
아다니는 관찰자로 만들었다고 말하면서 손에 만져질 듯 과
거를 불러낸다. 제2차 세계대전 이후 다트퍼드라는 소도시에
서 보낸 어린 시절을 이야기하든, 런던에서 초창기에 친구들

과 함께 자주 들르던 연기 자욱한 블루스 클럽에 대해 이야기하든, 나중에 롤링스톤스가 투어를 돌면서 호텔 전체 층을 예약해 "우리 깃발 아래 변호사, 광대, 수행원들과 함께 대규모로 이동하는" "하나의 해적 국가가 되었던" 때 한심할 정도로 무절제했던 일에 대해 이야기하든.

리처즈는 미국 음악의 선교사가 되고 싶은 롤링스톤스의 꿈이 대중 사이에서 얻은 명성에 갑자기 무너졌을 때, 그리고 파티에서 훔친 빈 맥주병들을 바꿔 월세를 보태며 런던의 공동주택에서 근근이 살아가던 자신들이 야단법석을 떠는 십대들과 비명을 질러대는 소녀들, 그리고 의약용 코카인과 충동적인 해외여행("벤틀리에 올라타 모로코로 가자")을 전부 갖춘 최고 스타로 변신했을 때 느낀 소년다운 놀라움을 전한다.

하지만 이 책에서 가장 강렬한 선율은 마약이나 유명인이나 스캔들과 무관하다. 리처즈가 할아버지로부터 물려받은 음악에 대한 스펀지 같은 사랑 그리고 음악사에 대한 그의 감각, 평생 연구해온 블루스와 알앤비 대가들에 대한 존경심, 자신이 알고 있는 것을 전수하려는 결심과 관련이 있다.

이 놀라운 책의 많은 성취 가운데 하나는 리처즈가 우리에게 음악에 대한 자신의 열정을 전하고 음악가 세대들이 서로 연결되어 있음을 느끼게 한다는 것이다. 그 과정에서 작은 클럽이든 대규모 경기장이든 무관하게 동료들과 함께 무대 위에서 연주하는, 전율을 일으키는 마법 같은 경험을 전하는 데도 성공하고 있다. "실로 우리가 지구를 잠시 떠났음을, 아무도 우리에게 와닿을 수 없음을 깨닫는 어떤 순간이 있다." 리처즈는 이렇게 쓰고 있다. "같은 일을 하고 싶어하는 친구들과 함께 있기 때문에 우리는 들어 올려진다. 그렇게 되면 날개가 돋아"나 "무면허 비행을 할" 것이라고.

074

피카소가 일으킨 혁명

존 리처드슨

John Richardson

✳

『피카소의 삶: 신동, 1881~1906』(1991)

A Life of Picasso: The Prodigy, 1881~1906

『피카소의 삶: 입체파의 반란, 1907~1916』(1996)

A Life of Picasso: The Cubist Rebel, 1907~1916

『피카소의 삶: 성공 시대, 1917~1932』(2007)

The Triumphant Years, 1917~1932

파블로 피카소는 언젠가 대단히 절충적이면서 무척 변화무쌍한 자신의 미술 양식에 대해 연인인 프랑수아즈 질로에게 이렇게 말했다. "물론 그가 작업하는 모델의 온갖 다양한 형태, 크기, 색에 주목한다면 혼란하다고 해석할 수 있지. 그는 자신이 뭘 원하는지 모르거든. 그의 양식이 매우 모호한 건 당연해. 신과 비슷하지. 신은 사실 또 한 명의 예술가일 뿐이야. 신은 기린, 코끼리, 고양이를 만들었지. 진정한 양식이 없는 거야. 계속해서 다른 걸 시도하지. 이 조각가도 마찬가지야. 우선 그는 자연을 모델 삼아 작업하다가 추상을 시도해. 그리고 마침내는 자기 모델을 애무하면서 빈둥거리게 되지."

물론 신과의 비교는 3인칭 사용과 마찬가지로 의도적이었다. 예술사가이자 큐레이터인 존 리처드슨이 여러 권으로 이루어진 권위 있는 전기에서 상기시키듯, 피카소는 방탕한 예술 천재일뿐더러 자기신화화한 미노타우로스이기도 했다. 그는 자신의 대담함과 재능으로 우주를 재정의할 수 있다고 믿었다. 피카소는 예술이 신비한 마법 같은 힘을 가졌다고 여기며 액막이와 변신의 가능성을 제시한 니체식 주술사였다. 또한 입체주의와 고전주의, 아이러니와 감상성, 잔혹함과 부드러움 사이를 쉽사리 오가는 카멜레온이면서, 관습을 폭파해 세계를 새롭게 만들기 위해 맹렬히 이것저것 닥치는 대로 자유분방하게 역사, 사상, 다양한 양식을 빨아들이며 카니발리즘을 벌이는 교활한 마법사였다.

프랑스 남부에서 피카소의 이웃이자 친구였던 리처드슨은 전기 1권에서 피카소의 가족사와 조숙한 어린 시절을 자세히 들려주며 확고한 근거를 바탕으로, 여러 겹 덧칠된 광택제처럼 피카소에게 들러붙어 있는 신화, 풍문, 억측을 벗겨낸다.

2권은 피카소가 조르주 브라크와 함께 시작한 입체주의 운동을 중심으로 한다. 리처드슨의 견해에 따르면, 이 운동은 피카소가 말기에 이룬 성취에 자양분을 제공하고, 또한 뒤이은 "모든 주요 모더니즘 운동"에 연료를 제공했다. 리처드슨은 입체주의의 발생과 진화를 기록하면서, 현실의 균열과 다중 시점 처리가 어떻게 재현적인 동시에 반자연적인 예술을 낳았는지, 빛을 받아 일렁이는 아름다운 표면을 보여주는 인상주의에 대한 소박한 반란을 낳았는지 솜씨 좋게 설명한다. 첫 단계의 입체주의가 사물을 외과 의사처럼 분해하면서 이후 데스틸(신조형주의), 구성주의, 미니멀리즘의 성취가 가능했다고 리처드슨은 주장한다. 두 번째 단계의 입체주의는 뒤따르는 사람들이 사물을 다시 조합해 다다이즘, 초현실주의, 심지어 팝아트를 위한 토대를 놓았다고 쓰고 있다. 2019년 아흔다섯 살의 나이에 사망한 리처드슨은 피카소의 생애에 관한 마지막 책인 4권을 완성하지 못했지만, 3권은 피카소의 중반 편력을 돌아보는 매혹적인 여정으로 우리를 데려간다. 리처드슨은 피카소가 마티스와 수년간 서로 경쟁하며 이어간 대화를 스케치하고 20세기 초반 수십 년 동안 예술계에 균열을 일으킨 수많은 내부 갈등과 분열을 보여준다.

피카소를 예술가로서 좋아하지 않더라도, 화려한 기교가 두드러지고 때로는 폭력적인 그의 작품이 어떻게 현대 미술에 혁명을 일으켰는지, 어떻게 회화와 보는 방식의 어휘를 바꿔놓았는지 알고 나면 매료되지 않을 수가 없다. 그리고 이를 리처드슨보다 더 권위 있고 당당하게 설명할 수 있는 사람은 없다. 피카소의 기질과 영감의 원천에 대한 통찰부터 피카소가 자신의 경험과 감정을 예술로 변형한 마법에 대한 이해까지 리처드슨이 피카소의 작품에 대해 얼마나 정통한지는 이 여러 권의 전기 전반에 드러난다. 리처드슨은 개별 작품에 대해 흥미로운 사실을 드러내는 예리한 논평을 하고 피카소의 경력에 내재하는 더 큰 역동성을 추적한다. 그럼으로써 피카소의 프로메테우스적 야심과 엄청난 창조력을 깊이 인식하게 하며, 소란을 불러일으키고 전복적인 그의 작품이 남긴 문화적 유산을 빈틈없이 이해하게 한다.

피카소는 언젠가 자기 작품이 자신의 삶을 담은 일종의 일기라고 말했다. 리처드슨은 이 전기에서 그 일기를 훌륭히 번역해 어떻게 피카소의 집과 주변 환경이 작품에서 표면화되고, 어떻게 다른 화가들과 경쟁하며 그들의 작품을 연구한 것이 그의 특정한 유화와 스케치들에 영향을 미쳤는지, 어떻게 살면서 만난 여성들에 대한 열정, 분노, 원한 같은 감정이 비둘기와 현악기부터 흉측하게 왜곡된 생체 형태까지 그의 이미지에 표면화되었는지 보여준다.

오비디우스의 시에서처럼, 변신이라는 개념이 혼란스럽고 예측할 수 없는 세계의 본질에 대한 은유가 되었다. 폭력적인 변화와 변형은 피카소가 자신의 게걸스런 시각 기억과 소화력으로 다른 예술가들의 작품을 흡수하는 수단이 되었다고 리처드슨은 말한다. 그들의 표현 양식과 이미지를 재창조함으로써 그들을 이겨내고, 자신의 마술적이고 호전적인 예술관에 따라, 자신이 그것들을, 그리고 그 과거를 소유하고 있으며 역사를 새로운 현대로 이끌고 있음을 보여준다는 것이다.

"난 신이야." 피카소는 언젠가 한 에스파냐 친구에게 이렇게 말했다. "신 말이야. 내가 신이라고."

075

일과 직업에 관하여

저드 애퍼타우, 『제정신이 아냐: 삶과 희극에 대한 대화』(2015)
Judd Apatow, *Sick in the Head*
: Conversations About Life and Comedy

애덤 스텔츠너·윌리엄 패트릭,
『제대로 미친: 팀워크, 리더십, 고위험 혁신』(2016)
Adam Steltzner (with William Patrick), *The Right Kind of Crazy*
: A True Story of Teamwork, Leadership, and High-Stakes Innovation

제임스 리뱅크스, 『영국 양치기의 편지: 대자연이 가르쳐준 것들』(2015)
James Rebanks, *The Shepherd's Life: Modern Dispatches*
from an Ancient Landscape

헨리 마시, 『참 괜찮은 죽음』(2014)
Henry Marsh, *Do No Harm: Stories of*
Life, Death, and Brain Surgery

전문성은 마음을 사로잡는다. 스테픈 커리가 사실상 코트의 모든 지점에서 놀라운 클러치 슛(승패를 결정짓는 중요한 순간에 득점으로 연결되는 슛. _옮긴이)을 잇달아 세 번 성공하는 경우이든, 어리사 프랭클린이 그녀가 부르는 모든 명곡에 자신의 신비와 저항할 수 없는 매력을 부여하는 경우이든, 미하일 바리시니코프가 운동과 예술성을 결합하는 특별한 재능으로 춤의 가능성을 재창조하는 경우이든.

우리는 사람들이 자신의 직업에 필요한 지식, 기교, 기술 같은 기량을 어떻게 훈련하고 연마하는지 알고 싶어한다. 여러 해 전, 작가이자 역사가인 스터즈 터클의 작업이 상기시킨 것처럼, 일은 우리의 하루 가운데 많은 시간을 소모하며 특히 운 좋게도 의미 있는 직업을 가진 사람들에게는 세상을 보는 흥미로운 창을 제공해줄 수 있다.

여기에 저자들이 자신의 직업에 대해 생생히 써놓은 몇 권의 책이 있다. 이 책들은 그들의 기량 뒤에 있는 비결(말하자면 물에 잠겨 있어 보이지 않는 빙산의 부분), 의식처럼 지켜 반복하는 과정, 능력을 습득하고 시간이 흐르면서 숙달하고 능숙해지는 수년간의 훈련과 수습 과정에 대해 내부자의 의견을 제시한다.

코미디언이자 영화감독인 저드 애퍼타우는 본인이 기억하는 한 코미디광이었다. 자라면서 《TV 가이드》에 나오는 코미디언들의 이름을 동그라미 쳐두고는 이들이 출연하는 토크쇼를 놓치지 않고 챙겨 보았다. 5학년 때는 마르크스 브라더스(미국의 가족 코미디 예능 단체로 브로드웨이의 보드빌과 1900년대부터 1950년대 즈음까지의 영화에서 성공을 거뒀다. _옮긴이)의 삶과 경력에 관한 30쪽짜리 보고서를 수업용이 아니라 "개인용"으로 썼다. 게다가 고등학교 1학년 때에는 학교 라디오 방송국을 위해 제리 사인펠드, 존 캔디, 해럴드 레이미스, 제이 레노 같은 코미디언들을 인터뷰하기 시작했다. 물론 이후에는 애퍼타우 자신이 코미디계의 전설이 되었다. 그는 TV 시리즈 〈프릭스 앤 긱스〉, 〈걸스〉의 제작 책임자이자 작가이면서 〈마흔 살까지 못해본 남자〉, 〈사고 친 후에〉, 〈퍼니 피플〉, 〈디스 이즈 40〉, 〈스태튼 섬의 왕〉 같은 영화의 감독이다. 애퍼타우는 또한 이제는 오랜 친구이자 동료가 된 코미디언들을 계속 인터뷰했다. 이 인터뷰들을 『제정신이 아냐』에 모았다. 이 책은 코미디에 관한 훌륭한 구술사이면서 멜 브룩스, 마이크 니컬스, 스티브 마틴, 크리스 록, 존 스튜어트, 에이미 슈머, 스티븐 콜베어, 세라 실버먼 같은 인물들의 희극 예술에 대한 흥미로운 고찰이다.

애퍼타우는 훌륭한 인터뷰어여서, 그가 인터뷰하는 사람들은 많은 기자들과 인터뷰할 때보다 훨씬 더 자발적이고 적극적이다. 초기 인터뷰에서는 이들이 (자신이 하는 일을 자기만큼 잘 아는 것 같은 대단한 정보통이면서 팬인) 어린 애퍼타우에게 글쓰기와 연기에 대해 구체적이면서 유익한 조언을 해준다. 더불어 자기 목소리를 찾으려면 인내심과 자기이해에 대한 진정한 인식이 필요하다고도 말한다. 이후의 인터뷰들은 실로 친구이자 같은 예술 형식을 업으로 삼은 동료 사이의 대화이다. 이들은 종종 놀라우리만치 솔직한 감정과 지혜를 드러내며, 애초에 이들을 코미디로 이끈 어린 시절의 트라우마부터 실제의 자신과 자신이 종이와 무대와 스크린 위에 만들어낸 인물 사이의 관계에 이르기까지 온갖 이야기를 나눈다.

2018년 다큐멘터리 부문 에미상을 받은 애퍼타우의 〈게리 샌들링의 선(Zen) 일기〉와 2019년 책 『그것은 게리 샌들링의 책이다』(It's Garry Shandling's Book)는 게리 샌들링을 다루었다. 그는 〈래리 샌더스 쇼〉의 작가로 채용한 어린 애퍼타우에게

스토리텔링의 핵심은 "각 인물이 가진 감정의 핵에 도달하고자 하는 것"이며 "코미디는 진실과 자기폭로를 다루는 것"임을 가르쳐주었다.

샌들링의 말대로 "코미디언이 할 수 있는 가장 중요한 일은 자기 내부에서 출발해 글을 쓰는 것이다. 진부하게 들리겠지만 많은 코미디언들이 재미있는 걸 써야 한다고 생각하면서 시작한다. 그건 답이 아니다. 개인의 경험을 바탕으로 써야 한다."

애퍼타우와 많은 동료들은 자신의 코미디 영웅으로부터 배운 것에 대해 길게 이야기한다. 실제로 이 책 전반에서 형제애 의식이 드러난다. 어떻게 한 예술가, 한 세대가 다음에 오는 예술가와 세대에게 가르침과 영감을 전하는지에 대한 의식 말이다. "평생 동안 나는 비슷한 관심사와 비슷한 세계관을 가진 친구들을 원했다." 애퍼타우는 이렇게 쓰고 있다. "몬티 파이선(영국의 코미디 그룹. 개그와 재치, 풍자, 애니메이션 기법을 혼합한 텔레비전 프로그램 〈몬티 파이선의 날아다니는 서커스〉로 큰 인기를 끌었다. _옮긴이)과 SCTV(1976~84년 캐나다 텔레비전에서 방영된 코미디 프로그램으로 미국에서도 방영되어 성공을 거뒀다. _옮긴이)에 대해 이야기할 수 있는 사람들. 코미디언 스티브 마틴의 앨범 《렛츠 겟 스몰》(Let's Get Small)의 모든 가사를 욀 수 있는 사람들, 그리고 조지 칼린의 원조 코미디팀 파트너가 누구였는지(잭 번스이다) 아는 사람들. 공유할 사람이 아무도 없는 이런 관심사를 갖는 것은 외로운 일이었다." 애퍼타우는 『제정신이 아냐』에서 인터뷰한 사람들한테서 그런 친구를 찾았으며, 이 책을 쓰면서 이른바 "코미디언 부족" 명예 회원 자격을 독자에게 주고 있다.

2012년 8월 6일 화성 로버(차량형 이동 탐사 로봇) 큐리오시티가 이 붉은 행성에 착륙하면서 새로운 우주 탐사 시대가 열렸다. 이는 또한 인간의 독창성이 엄청난 역경을 이겨냈음을 의미했다. 25억 달러 규모의 우주 계획에서 허용 오차 범위는 사실상 0이었는데, 7천 명이 넘는 과학자와 공학자의 노력 그리고 50여만 줄의 컴퓨터 코드에 의존하는 임무에서 잘못될 수 있는 여지는 많았다.

2011년 11월 26일 아틀라스 5호 로켓에 의해 우주로 발사된 후, 큐리오시티는 8개월 동안 우주를 약 5억 7천만 킬로미터 질주해 시속 약 21,240킬로미터라는 무지막지한 속도로 화성의 대기 안으로 돌진했다. 이 탐사 로봇이 선택된 착륙 지역에 안전하게 내리려면 진입, 하강, 착륙의 전 과정이 완벽해야 했다. 이 과정에는 로켓 동력의 감속, 거대한 낙하산, 나일론 밧줄을 이용해 큐리오시티가 천천히 화성 표면에 내려 곧바로 바퀴를 내리고 안착하게 하는 스카이 크레인이 포함되었다.

애덤 스텔츠너는 이 큐리오시티의 화성 착륙을 맡은 나사

팀을 이끈 공학자였다. 그는 『제대로 미친』에서 그 놀라운 위업이 어떻게 이루어졌는지 설명하면서 팀원들의 전문 지식과 실전 능력을 제대로 알려준다. 이 우주 계획과 관련한 확실한 데이터, 직관적 지식, 24시간 계속되는 일을 알려주고, 공학자들이 해결하기 불가능해 보이는 문제를 어떻게 하나하나 "따져볼" 수 있는 더 작고 다루기 쉬운 문제들로 분해하는 법을 익히는지 알려준다.

스텔츠너의 팀은 "천체 역학(즉 지구와 화성의 천체 운동)에 의해 정해진" 시간과의 싸움 외에도, 자동차 크기의 큐리오시티를 착륙시키기 위한 시스템을 만들어내야 하는 과제에 맞닥뜨렸다. 큐리오시티는 섬세한 과학 장비로 가득 차 있어서 이전 탐사 로봇의 임무에 사용된 보호용 공기주머니를 그대로 쓰기에는 너무 무거웠다.

다행히 착륙은 계획대로 진행되었다. 현재 거의 8년 동안, 이 작은 탐사 로봇은 부지런히 작동해 이 붉은 행성의 표면을 굴러다니며 이곳에 한때 생명체가 살았다는 증거를 찾으면서 본국으로 대량의 데이터와 사진을 보내고 있으며 가끔은 트위터로 메시지를 보내기도 한다. 지구에서 수억 킬로미터 떨어진 화성에 무사히 착륙한 지 1주년이 되던 날, 이 외로운 작은 탐사 로봇은 혼자서 생일 축하곡을 불렀다.

제임스 리뱅크스는 마음을 사로잡는 책인 『영국 양치기의 편지』에서 영국 레이크 디스트릭트(잉글랜드 북서부의 호수 지대. _옮긴이)의 작은 양 농장에 대해 들려준다. 그의 가족은 몇 세대에 걸쳐 이 농장을 지켜왔다. 리뱅크스의 이야기는 변화하고 유동하는 시대의 전통과 뿌리에 대한 이야기이자 과도기의 소속감에 대한 이야기이다. 리뱅크스는 계절에 따른 리듬이 있는 농장 생활을 설명한다. 여름에는 양털을 깎고 겨울에는 건초를 비축하며 가을에는 양들을 고지에서 몰고 내려오고 봄에는 양의 출산 시기를 준비한다. 그는 농장 생활을 규정짓는 고단하고 반복적인 일에 대해 이야기한다. 담을 수리하고 통나무를 패고 이 들판 저 들판으로 양떼를 이동시켜야 한다. 그리고 자신의 가족과 이웃들이 땅에 대해 얼마나 정통한지 전한다. "이누이트족이 다양한 종류의 눈을 볼 수 있듯, 우리는 천 가지 색조의 녹색을 볼 수 있다."

리뱅크스가 자신이 하는 일에 대해 가진 애정이 책 전반에 뚜렷이 드러난다. "지구에서 보낼 날이 며칠밖에 남아 있지 않다면 나는 그 가운데 하루를 허드윅(잉글랜드 북부의 야생양. _옮긴이) 숫양을 살피면서 보낼 것"이라고, 가족의 삶이 "우리 모두가 세상에서 다른 무엇보다 아끼는 것, 즉 농장과 깊이 얽혀" 있음을 안다고 그는 쓰고 있다.

영국의 저명한 신경외과 의사인 헨리 마시의 『참 괜찮은 죽음』은 독자들이 그가 하는 일에 대해 대단히 친숙해지고 연민을 느끼며 때로는 두렵게 한다. 그는 이 직업을 폭탄 처리 작업에 비교한다. "외과 의사의 생명이 아니라 환자의 생명이 위험에 처하기 때문에 다른 종류의 용기가 필요하기는 하지만 말이다."

마시는 뇌 깊숙이에 있는 먹이에 접근하면서 "추격"하는 스릴감을 느끼고 "동맥류를 잡아 가둬 용수철이 장착된 반짝이는 티타늄 묶개(수술 후 창상의 가장자리를 가까이 붙이거나 작은 혈관의 출혈을 방지하기 위해 사용하는 금속성 도구._옮긴이)로 제거해 환자의 생명을 구하면서" 황홀한 "절정감"을 느꼈다. 더욱이 "이 수술은 인간의 삶에 중요한 모든 생각과 감정을 관장하는 신비에 싸인 기질(基質)인 뇌와 관련이 있었다. 이 신비는 내게 밤하늘의 별과 우리를 둘러싼 우주만큼이나 거대해 보였다. 그 수술은 우아하고 섬세하며 위험하면서 깊은 의미로 가득했다."

젊었을 때에는 수술을 성공한 후 "강렬한 흥분"을 느끼곤 했다고 마시는 회상한다. 재앙을 피해 환자를 안전하게 구조한 "개선장군 같은" 느낌이었다. "외과 의사 외에는 거의 경험하지 못할 오묘한 느낌이었다." 하지만 그는 많은 환자들을 구하기는 했으나 여전히 실패한 수술로 괴로워한다. 그것은 "모든 외과 의사가 자기 안에 가지고 있다고 프랑스 외과 의사 르네 르리슈가 언젠가 말한 묘지"의 묘비들이다.

마시는 외과 의사가 해야 하는 복잡한 위험 계산에 대해 쓰고 있다. 서서히 나빠지는 상태 또는 지속되는 통증으로부터 환자를 구할 가능성과, 그것을 악화시킬 위험성을 비교 검토하는 계산 말이다. 또 "수술 단계에서의 두려움"과 수술하는 날 아침에 환자를 만나는 일이 꺼려지는 것에 대해, 그리고 일단 수술실에 들어가면 이런 불안이 어떻게 "맹렬하고 행복한 집중"에 자리를 내주는지 쓰고 있다.

마시가 의사는 거리 두는 법을 배워야 한다고 아무리 이야기해도, 그가 환자에게 얼마나 마음을 쓰는지 이 책은 분명하게 보여준다. 가장 힘든 순간은 대부분 수술실이 아니라 수술 전이나 후에 환자와 대화를 나누는 도중에 닥친다고 마시는 말한다. 마시는 이 대화에서 현실("죽음이 이들에게 다가오고 있다"는 인식)과 환자에게 필요한 희망("짙은 어둠 속 한 줄기 빛") 사이에서 균형을 잡으려 애쓴다.

076

실비 이모

메릴런 로빈슨
Marilynne Robinson

✳

『하우스키핑(1980)
Housekeeping

이 아름다운 데뷔 소설은 가족의 사랑과 상실과 삶의 덧없음에 대한 잊을 수 없는 이야기이다. 또 마크 트웨인부터 잭 케루악, 존 업다이크, 샘 셰퍼드까지 미국 문학에서 뿌리와 뿌리 없음, 가정생활과 자유, 안전한 집과 흥겨운 길 사이에 존재하는 주요한 긴장이 중심 주제이다.

이 소설의 화자는 루스이다. 『앵무새 죽이기』의 스카웃과 비슷하게, 루스는 소도시에서 자란 소녀 시절을 되돌아본다. 어머니 헬렌이 루스와 여동생 루실을 외할머니 집에 내려주고 친구의 포드 자동차를 절벽 위로 몰아 외진 아이다 호수로 뛰어들었을 때 둘은 아직 어렸다. 여러 해 전 바로 이 호수에서 외할아버지와 다른 많은 사람들이 목숨을 잃었다. 기관차가 철교에서 미끄러져 추락하면서 나머지 철도 차량을 물속으로 끌어내린 탓이었다.

5년 동안 외할머니가 루시와 루실을 잘 돌봐주었으나, 외할머니가 돌아가시면서 둘은 친척들에게 넘겨진다. 하지만 이들은 두 고아를 기르고 싶지 않아 두 고아의 신비에 싸인 이모인 실비에게 핑거본 마을로 돌아오라고 한다.

실비는 몇 년 동안 정착하지 못하고 작은 도시들을 이리저리 옮겨 다녔으며 분명 별난 구석이 있는 인물이다. 실비는 적어도 1950년대 핑거본의 점잖은 중산층 사람들이 생활화한 규칙적 일과나 일상의 집안일을 좋아하지 않는다. 제대로 된 식사를 하는 대신에 그레이엄 크래커와 치리오스 시리얼을 먹고, 오래된 신문들을 집 여기저기에 쌓아두며, 어둠 속에 혼자 앉아 있기를 좋아한다. 실비가 "선실의 인어 같"았다고 루시는 회상한다. "이모는 배제해야 할 요소에 빠져들길 좋아했다. 우리 식료품 저장실에는 귀뚜라미가, 처마에는 다람쥐가, 다락에는 참새가 있었다."

두 자매는 처음에 엄마가 그랬듯 실비 이모가 자신들을 버릴 거라 걱정하고, 루실은 관습에 얽매이지 않은 실비 이모의 방식에 분개한다. 루실은 평범한 삶, 다른 모든 사람들과 같은 삶을 원한다고 말한다. 이웃 사람들과 시당국이 실비의 양육 및 가사 능력에 의문을 갖기 시작하면서, 루실과 루시는 가족으로서 함께하기 위한 계획을 세운다. 두 사람은 허클베리 핀처럼 "문명화되"는 데 질려서 "변경을 향해" 길을 나서고 싶어한다.

　로빈슨은 랠프 에머슨과 초월주의자들을 연구하는 일에 대해 썼는데, 어떤 면에서『하우스키핑』은 에머슨이『자기신뢰』에서 탐구한 중심 사상을 극화한 것이다. 에머슨은 이 유명한 글에서 개인은 독립을 얻기 위해 노력하면서, 순응과 다른 사람들의 기대를 물리치고, 고독을 자기이해로 가는 길로 받아들여야 한다고 주장했다. 하지만『하우스키핑』은 가르치려 들지 않으며, 깊은 감동을 주는 동시에 살짝 재미있게 한 가족을 그린다. 또 이 서정성 짙은 산문시는 하프시코드 독주의 영적 투명성과 블루그래스(기타와 밴조로 연주하는 미국의 전통적인 컨트리 음악. _옮긴이) 발라드의 높고 쓸쓸한 멜로디를 갖고 있다.

077

낯설고 초현실적인 미국인의 삶

필립 로스

Philip Roth

✳

『미국의 목가』(1997)

American Pastoral

수년간 서류상의 삶이 복잡했던(첫 번째 아내와 1963년 이혼한 후 오래도록 사귀던 영국 여배우 클레어 블룸과 1990년 두 번째로 결혼했다가 4년 만에 다시 이혼했다. _옮긴이) 필립 로스는 1997년 소설 『미국의 목가』에서 거울 게임(자아의 세계에 중점을 두는 소설을 일컫는다. _옮긴이)은 제쳐두고 대신에 미국 역사의 사회적·정치적·문화적 복잡성을 다룬다. 그 결과 로스의 작품 이력에서 가장 방대하면서 깊은 울림을 주는 소설이 탄생했다. 이 소설은 한 가족이 겪는 진통이라는 프리즘을 통해 제2차 세계대전과 베트남전 사이, 1950년대의 안일함과 1960년대, 70년대, 80년대의 혼란 사이 수십 년 동안 미국에 무슨 일이 일어났는지 살핀다.

1961년(1961년이다!)에 쓴 한 글에서, 로스는 미국인의 삶이 낯설고 초현실적이어서 소설가가 다루기 힘든 주제가 되었다고 주장했다. 주요 뉴스가 전하는 실화가 소설가의 상상력을 뛰어넘어서 자신을 비롯한 작가들이 "우리 시대의 더 큰 사회 및 정치 현상"을 다루길 포기하고 쉽게 다가갈 수 있는 자아의 세계에 중점을 둔 작품을 쓰도록 자극했다는 말이다.

『미국의 목가』는 놀라운 열정으로 이런 저지를 뚫고 나왔다. 개인적인 것과 정치적인 것이 교차하는 지점을 탐구하면서, 로스의 많은 인물들을 괴롭히는 세대 간 싸움을 미국 역사에서 드러나는 두 가지 상반된 충동에 대한 우화로 바꿔놓는다. 첫 번째 충동은 주인공 시모어 레보브(스위드)에 의해 구현되는데, 근면과 진보에 대한 믿음에 근거한 에머슨식 자립이라는 변형된 낙관주의를 대표한다. 두 번째 충동은 스위드의 반항하는 딸 메리에 의해 구현되며, 로스가 "난폭한 토착 미국인"의 "분노, 폭력, 절망"이라고 말한 미국 개인주의의 어두운 면을 대표한다.

『포트노이의 불평』 같은 로스의 초기 소설에서 분별과 위반, 일상적인 것과 디오니소스적인 것의 충돌은 소란한 희극의 원천이었다. 하지만 『미국의 목가』에서는 같은 충돌이 가족 간 대립을 일으켜 비극적 결말을 초래한다. 이는 1960년대에 파열되어 이후 곪아터지고 깊어지는 미국 문화 내 분열에 대한 은유가 된다.

시모어는 젊었을 때 온 미국인의 총아와도 같았다. 성실하면서 활동적이고 건강하며 믿음직했다. 그는 해병대가 되고, 1949년 미스 뉴저지와 결혼했으며, 아버지의 장갑 사업을 물려받았다. 하지만 베트남 전쟁 반대 시위가 한창일 때 딸 메리가 소도시의 우체국에서 폭탄을 터뜨려 한 남자를 죽이면서 시모어의 삶은 돌연 산산조각 난다.

메리는 어째서 사실상 하룻밤 사이에 천문학과 오드리 헵번을 사랑하던 소녀에서 폭력적인 좌파 활동가로 변신했을까? 메리의 아버지와 마찬가지로, 독자는 메리의 삶을 이해하려 애쓴다. 이 소설은 어떻게 특권층 부모가 애지중지하는 딸이 법망을 피해 도망 다니는 인물, "혼돈 그 자체"로 묘사되는 소녀가 될 수 있었는지 설명하려 애쓴다. 이 강렬한 소설에서 로스가 말하고 있는 한 가지 요점은, 일어나는 사건은 합리적이지 않고 삶은 일관성이 없으며 오랫동안 확신해온 아메리칸 드림은 역사가 던지는 커브볼을 맞을 때 종종 결딴나고 만다는 것이다.

078

해리 포터 시리즈

J. K. 롤링

J. K. Rowling

*

『해리 포터와 마법사의 돌』(1997)

Harry Potter and the Philosopher's Stone

『해리 포터와 비밀의 방』(1998)

Harry Potter and the Chamber of Secrets

『해리 포터와 아즈카반의 죄수』(1999)

Harry Potter and the Prisoner of Azkaban

『해리 포터와 불의 잔』(2000)

Harry Potter and the Goblet of Fire

『해리 포터와 불사조 기사단』(2003)

Harry Potter and the Order of the Phoenix

『해리 포터와 혼혈 왕자』(2005)

Harry Potter and the Half-Blood Prince

『해리 포터와 죽음의 성물』(2007)

Harry Potter and the Deathly Hallows

J. K. 롤링은 10년에 걸쳐 쓴 일곱 권의 『해리 포터』 소설로 오즈나 나니아나 중간계만큼 빈틈없이 세밀하고 완전히 상상해낸 허구의 세계를 창조했다. 자체의 규칙과 전통과 역사를 가진 세계를 말이다. 해리 포터의 이야기는 그가 일반적인 청소년기의 온갖 좌절과 도전을 겪는 평범한 머글 세계에 기초를 두고 있다. 하지만 롤링은 끝없이 독창적인 상상력으로 올빼미가 메시지를 전하고, 그림이 말을 할 수 있으며, 사탄의

312

우두머리인 루시퍼 같은 어둠의 군주가 돌아와 자유로운 세계의 미래를 위협하는 마법의 왕국을 불러낸다.

각 권은 해리가 볼드모트와의 최종 대결을 준비함에 따라 점점 어두워진다. 퀴디치 경기는 어둠의 마법 방어술 훈련으로 바뀌고, 호그와트 마법학교의 수업 과목인 마법이 이제는 전쟁 무기가 된다. 해리는 볼드모트에 맞선 저항을 이끄는 지도자가 되면서 점점 더 많은 책임을 짊어진다. 시리즈의 마지막 부분에서, 해리는 할 왕자(즉위하기 전 어린 헨리 5세. _옮긴이)보다는 헨리 5세, 워트(아서 왕의 어릴 적 이름. _옮긴이)보다는 아서 왕에 더 가깝다.

롤링은 플래시백을 사용해 시간을 거슬러 올라가면서도, 일련의 도전과 시험을 통해 해리의 이야기를 발전시킨다. 실로 해리의 정서적 현명함은 점점 커지는데, 이는 과거, 다시 말해 자신의 가족과 호그와트의 과거 그리고 고대 마법 세계에 대한 이해에 뿌리를 두고 있다.

이미 고아였던 해리는 대리 아버지인 덤블도어와 시리우스를 잃고, 자신이 볼드모트와 이상하게 정신적으로 연결되어 있음을 알고 괴로워한다. 해리는 어두운 숲으로 들어가 어둠의 군주만이 아니라 오만과 절망의 유혹과도 싸워야 한다.

『해리 포터』 시리즈는 고대 그리스와 노르웨이 신화부터 톨킨과 C. S. 루이스, 『스타워즈』까지, 그리고 호메로스의 『일리아스』와 밀턴의 『실낙원』, T. H. 화이트의 『옛 왕이자 미래의 왕』(*The Once and Future King*, 예전에 왕이었던 아서가 다시 돌아와 왕이 될 것이라는 뜻. _옮긴이)과 스파이더맨 만화책과 영화까지 전통문학과 서사시 영화에 깊이 뿌리를 두고 있다. 하지만 롤링은 고전에 대한 애정을, 그 원천을 가뿐히 뛰어넘는 서사시로 바꿔놓는다. 이 서사시는 성장소설, 추리소설, 가족 무용담, 위기에 처한 조국을 구하는 영웅에 대한 민담 등 관습적 장르 또한 가뿐히 뛰어넘는다. 그러면서 어린이와 성인을 모두 사로잡을뿐더러 영어덜트 소설과 판타지 장르가 가진 문화적 힘을 분명하게 보여주어, 밀레니얼 세대를 열렬한 독자 세대로 만드는 데 기여하고 팬층의 역학관계를 변화시켰다. 『해리 포터』 시리즈는 문학사상 최고의 성장소설 가운데 하나이면서, 21세기의 불확실성 속으로 빠져드는 인간 세계를 여실히 보여준다.

079

인도 역사에 대한 초현실적 우화

살만 루슈디
Salman Rushdie

✳

『한밤의 아이들』(1981)
Midnight's Children

『무어의 마지막 한숨』(1995)
The Moor's Last Sigh

화려한 기교가 두드러지는 1981년 소설 『한밤의 아이들』과 그 짝을 이루는 1995년 소설 『무어의 마지막 한숨』은 모두 독립 이후의 인도 역사에 대한 초현실적 우화이다. 독립의 밝은 희망은 1975년 인디라 간디 수상이 긴급조치를 내리면서 환멸로 추락했다. 긴급조치와 더불어 다원주의에 대한 독립 초기의 꿈이 분파 간 폭력과 정치 부패에 무너졌다.

이 두 소설은 루슈디가 작가로서 가진 재능과, 그의 가장 강렬한 소설에 연료를 공급하는 야심 찬 주제를 보여준다. 인도아대륙의 역사를 보여주는 쉼 없고 창의적인 상상력. 과장되면서도 세상물정에 밝고 익살스러우면서도 애수 어리고 생기 넘치면서 열띤 언어. 역사의 지각변동이 낳은 문화적·심리적 유배 의식에 대한 본능적 이해.

『한밤의 아이들』에서 인도의 운명은 인도가 독립한 첫 한 시간 동안("시계의 두 손이 정중히 인사하며 손바닥을 맞댄" 순간)에 태어난 1,001명의 아이들의 삶에 구현되어 있었다. 이들의 운명은 이들 나라의 운명과 "떼어놓을 수 없이 묶이"게 된다. 이 아이들 각자는 시간 여행을 하거나 미래를 보는 능력처럼 마법 같은 특유의 재능이 있지만 결국 희망을 잃게 된다.

화자인 살림은 텔레파시 능력이 있다. 그는 아마도 부유한 이슬람교인 집안에 태어났지만, 태어났을 때 간호사가 현재 가난한 힌두교인으로 거리에서 노래하는 가수의 아들인 시바와 바꾼 사실을 나중에 알게 된다. 살림과 시바는 최대의 적이 되고, 이들의 격렬한 경쟁은 나머지 한밤의 아이들의 약속을 훼손한다.

『무어의 마지막 한숨』에서 인도아대륙의 운명은 비슷하게 다 가마 조호비 집안이 겪는 운명의 부침에, 좀 더 구체적으로 말하자면 마지막 살아남은 이 집안의 사람으로, 무어로도 알려진 모라에스 조호비의 모험에 구현된다.

무어는 사생아로 희귀 유전질환을 앓아 보통 사람들의 두 배 속도로 노화가 진행되는데, 그 역시 인도가 처한 곤경을 공유하는 상징적 인물이 된다. "적절한 계획을 세울 시간도 없고", 경험에서 배울 시간도 없으며, "반성할 시간도 없이" 너무 빨리 성장해야 하는 국가의 곤경 말이다.

실제로 무어의 전 가족은 질투, 배신, 끔찍한 복수 행위로 인해 분열된다. 양측으로 갈라진 외가는 서로 수년간 싸우다가 집과 가족 사업을 분할하기로 결정한다. 또 다른 가족 대립에서는 헌신적인 민족주의자인 형제와 친영주의자인 형제가 싸운다. 가톨릭교인인 어머니와 유대교인인 아버지의 연애는 거의 로미오와 줄리엣 식의 파국으로 끝났다. 더욱이 그의 증조할머니는 죽어가면서 저주를 남겼다. "바라건대 너희 집 구석이 영원히 분열되기를, 그 기초가 먼지가 되기를, 너희 자식들이 너희에게 맞서 들고일어나기를, 너희의 몰락이 혹독하기를."

소유욕이 강한 어머니가 다원적 인도에 품은 꿈과 열정적인 연인이 종교적 절대주의에 품은 비전 사이에서, 폭력과 돈이 지배하는 아버지의 세계와 언어와 예술이 지배하는 자신의 세계 사이에서 선택해야만 할 때, 무어는 저 저주가 실현되는 것을 살아서 보게 된다. 이 책의 끝부분에서 많은 살인과 싸움과 열변과 계략과 불행이 있은 후 다 가마 조호비 집안은 봄베이(뭄바이)처럼 폐허가 되고, 무어는 타락해 추방된

●

*화자는 모두 이들을 창조한 작가가
이야기에 품은 애정과 경의를 공유하며
역사와 자신의 삶을 신화로 만드는
현대판 세헤라자드이다.*

후 홀로 이 이야기를 들려준다.

『한밤의 아이들』과 『무어의 마지막 한숨』의 화자는 모두 이들을 창조한 작가가 이야기에 품은 애정과 경의를 공유하며 역사와 자신의 삶을 신화로 만드는 현대판 세헤라자드이다. 루슈디는 2012년 출간된 회고록 『조지프 앤턴』에서 이야기라는 "아름답고 오래된 예술"을 하는 사람임을 영광으로 생각한다고 쓰면서, "세계가 모든 사람을 반대 방향으로, 다시 말해 편협함, 편견, 부족주의, 극단적 종파주의, 전쟁으로 밀어붙이"는 시대에 문학이 어떻게 "다른 사람들에 대한 이해, 공감, 동일시"를 권하는지 그려낸다.

080

시가 된 과학

올리버 색스
Oliver Sacks

✳

『아내를 모자로 착각한 남자』(1985)
The Man Who Mistook His Wife for a Hat: And Other Clinical Tales

『화성의 인류학자』(1995)
An Anthropologist on Mars

올리버 색스를 뛰어난 작가로 만든 재능은 그를 더할 나위 없는 의사로 만든 재능과 성질이 동일하다. 깊은 공감 능력, 예리한 관찰력, 인간 정신의 신비에 대한 직관적 이해 등. 색스는 『아내를 모자로 착각한 남자』와 『화성의 인류학자』에서 삶(신체와 정신, 과학과 예술, 아름다운 자연세계와 마술 같은 인간의 상상력 사이)의 대칭성과 이상하고도 놀라운 상호연결성에 찬사를 보낸다.

색스가 두 책에서 그리는 환자들은 너무나 예상 밖이면서 큰 울림을 줘 호르헤 루이스 보르헤스나 이탈로 칼비노의 이야기처럼 읽힌다. 음악 교사인 P선생은 시각 및 인지 능력이 손상되어 아내의 머리를 모자로 착각하고 장미를 "초록색으로 된 기다란 것이 붙어 있는 붉은색의 복잡하게 얽힌 형태"

로만 알아볼 수 있다. 존과 마이클이라는 쌍둥이는 완전히 수로 이루어진 정신의 풍경 속에 살고 있다. 이들은 매일 해야하는 가장 평범한 일을 하는 데 어려움을 겪는 반면, 삼백 자리 수를 즉시 암기하고 스무 자리 소수를 쉬지 않고 빠르게 말할 수 있다. 보르헤스의 「기억의 천재 푸네스」를 떠올리게 하는 한 남성은 이탈리아의 작은 마을에서 보낸 어린 시절에 대한 온갖 것을 집요하게 기억하면서 다른 것은 생각할 수 없는 듯이 보인다. 또 다른 남성은 기억이 1960년대에 멈춰서 초기 로큰롤로 정의되는 타임캡슐에 갇혀 있다.

색스는 이들을 심각한 상실이나 질환으로 고통을 겪는 환자가 아니라 이들의 심리적·도덕적·정신적 딜레마가 안톤 체호프나 윌리엄 트레버의 인물들의 딜레마만큼이나 현실적으로 다가오는 개인으로 그렸다. 그는 신경질환이 이들의 관계와 일상 그리고 이들이 상상하는 풍경에 미치는 영향에 관심을 가졌다. 색스의 사례 연구는 환자 경험의 주변성을 강조하기보다는, 온갖 우연성과 위험성을 갖는 공동의 인간 노력에서 그들이 하는 역할을 강조하는 문학성 있는 서사가 되었다. 더욱이 색스의 글은 이런 개인이 흔히 겪는 손실과 형이상학적 고립을 기록하는 동시에 이들이 적응하고 정체성 및 주체성을 유지하는 능력을 또한 강조한다.

어떤 이들은 자신의 질환이 놀랄 만한 창의적 성취를 자극한다는 사실을 알게 되기도 한다. 지능이 낮은 한 젊은 여성은 서른 개가 넘는 언어로 아리아를 부르는 법을 배운다. 또 다른 여성은 아흔 살가량의 나이에, 본의 아닌 향수를 한바탕 앓으면서 잊었던 어린 시절을 되찾는다. 이로 인해 어린 시절에 알던 노래들이 마법처럼 머릿속에서 저절로 재생된다.

색스는 이들에 대해 쓰면서 인간 정신의 복잡성을 조명하고, 생리학과 심리학의 문제를 상상력 및 영혼의 문제와 통합할 수 있는 좀 더 인간적이고 새로운 의학을 주장한다. 색스가 언젠가 훌륭한 의학 저자인 알렉산드르 R. 루리야(옛 소련의 신경심리학자로 종종 현대 신경심리학의 아버지로 평가된다. _옮긴이)의 저작을 설명하기 위해 사용한 말을 빌리자면 "과학이 시가 되어 근원적 상실의 파토스를 불러일으켰다."

081

아이들이 열망하는 진실

모리스 샌닥
Maurice Sendak

✳

『괴물들이 사는 나라』(1963)
Where the Wild Things Are

"어린 시절을 견뎌낸 아이들은 나를 사로잡는 주제이자 내 평생의 관심사이다." 모리스 샌닥은 언젠가 한 인터뷰에서 이렇게 말했다. 『잃어버린 동생을 찾아서』, 『깊은 밤 부엌에서』 같은 책과 오래도록 읽히고 있는 걸작인 『괴물들이 사는 나라』는 모두 아이들이 "우리 어른과 마찬가지로 매일 수많은 문제를 처리해야 하는, 용기 있는 작은 사람들"이라는 샌닥의 인식을 보여준다. 이들은 "대부분의 일에 준비가 되어 있지 않으며 가장 열망하는 것은 어딘가에 있는 약간의 진실이다."

샌닥의 책들은 흔치 않은 창의성, 솔직함, 유머로 저 진실을 내놓는다. 그러면서 어린 시절의 즐거움과 길들지 않고 경이로워하는 능력 그리고 그 어두운 면을 모두 포착한다. 버려지는 것과 상실에 대한 두려움, 통제하고 이해하기 어렵게 느꺼지는 혼란한 세계에서 취약하다는 느낌 등. 동시에 샌닥은 아이들의 회복력을, 놀라운 기지 그리고 자기 운명을 개척할 줄 아는 용기와 능력을 담아낸다.

흰 늑대 옷을 입은 장난꾸러기 맥스가 괴물들이 사는 나라로 가는 이야기는 샌닥이 반복해서 다루는 이런 주제를 모두 담고 있다. 이제는 하나의 상징이 된, 마음을 사로잡는 이 책의 그림은 현실과 환상을 마술처럼 쉽게 넘나드는 아이들의 능력을 그린다. 그리고 그 스토리는 괴물 같은 행동 때문에 저녁을 굶고 방으로 보내진 어린 소년이 어떻게 환상을 이용해 분노와 좌절이라는 두려운 감정을 대면하고 이겨내는지 보여준다. 소년은 작은 배를 불러내고 이 배는 밤낮없이 항해해 무서운 소리로 으르렁대고 무서운 이빨을 부드득 가는 "괴물들이 사는 곳"으로 소년을 실어 간다. 맥스는 이 괴물들(과 자신의 감정)을 권위와 재능으로 길들이고 괴물들은 "괴물 중의 괴물"이라며 소년에게 왕관을 씌워준다.

맥스는 괴물 나라의 새로운 왕으로서 선언한다. "괴물 소동을 벌이자!" 그리고 샌닥은 대단히 즐거운 양면 펼침 그림 셋을 잇달아 배치해, 이어지는 축하를 위한 축제를 뛰어난 이미지로 보여준다. 이들 이미지는 동적이고 생생해서 맥스와 괴물들이 엷은 달빛 아래 뛰어다닐 때 흐르는 음악이 우리 귀에도 들리는 듯하다. 그러다가 맥스는 괴물들을 잠자리에 들게 한다. 엄마가 저녁밥도 주지 않고 맥스를 잠자리에 들게 한 것과 똑같이. 맥스는 외로움을 느끼며, 집을 향해, 세계를 다시 항해해서, 자기 방으로 돌아오고, 거기에는 "저녁밥이 맥스를 기다리고 있었다." "그리고 저녁밥은 아직도 따뜻했다."

맥스는 상상력을 이용해 자신을 해방하고 감정을 길들인다. 이는 샌닥이 자주 침대에 틀어박혀 있던 병약한 어린 소년이었을 때 알게 된 사실을 반영한다. 상상력은 두려움을 아름답고 잊을 수 없는 예술로 바꿀 수 있게 해주는 재능이라는 사실 말이다.

082

처음 읽은 책

닥터 수스

Dr. Seuss

✳

『호튼』(1954)

Horton Hears a Who!

『모자 쓴 고양이』(1957)

The Cat in the Hat

『그린치가 크리스마스를 훔친 방법!』(1957)

How the Grinch Stole Christmas!

『초록 달걀과 햄』(1960)

Green Eggs and Ham

『로랙스』(1971)

The Lorax

『네가 갈 곳들!』(1990)

Oh, the Places You'll Go!

처음 읽은 책의 이름이 뭐였더라?

읽는 법을 가르쳐주고,

페이지의 단어들을 사랑하게 만든 책,

읽고 싶어지게 만든 책.

내게 그건 닥터 수스,

그는 한결같이 멋지게 쓰고 그릴 수 있었지,

괴상한 동물과 실제 동물을 만들어내고,

미소 지으며 읽는 법을 가르쳐주었지.

수스 나라에서 우리는 운 좋게 만났어,

깃털이 있고 솜털이 보송보송하고 털로 덮인 동물들을.

모자를 쓰고 엄지장갑을 끼고 양말을 신은 작은 동물들을,

언제나 서두르는 것 같은 동물들을.

책마다 동물들이 재잘거리고 으르렁거리지,

깩깩대고 깽깽거리고, 콧노래 부르는 물고기가 흥얼거려.

수스의 동물들은 털이 텁수룩하고 멋지고 흐늘흐늘해.

어떤 일이 닥쳐도 굴하지 않아.

예전의 딕은 넌더리가 나고 예전의 제인(딕과 제인은 미국과
영어권 국가들에서 아이들에게 읽기를 가르치는 데 쓰이는 기초 독본에
나오는 인물. _옮긴이)도 넌더리가 나고,

두 아이의 멍청한 개 스폿도 넌더리가 나.

읽기를 재미있게 만든 건 수스였어,

수스는 절대로 가르칠 수 없는 걸 가르쳐주었지.

맞아, 맞아, 두말하면 잔소리.

이 훌륭한 의사(수스가 자신을 의사로 키우고 싶어했던 부모의 바
람을 담아 지은 필명으로, 진짜 의사는 아니다. _옮긴이)는 즐거운 재
미를 주었지!

그린치와 스니치가 있는 세계,

그곳 날씨는 고약하고 화창했어.

수스는 언어가 춤추게 만들 수 있었지,
미국식으로 멋지게.
멀베리 가 같은 오래된 곳과,
눌 정글 같은 새로운 곳을 불러냈어.

눅, 잰스, 각스, 잉,
모자 쓴 고양이, 파란 양말을 신은 여우,
나무들과 얘기하는 로렉스,
그리고 상자 안에 사는 싱1, 싱2가 있었지.

수스는 "난리법석 정신없는 소란"을 담았어,
저기 자기 머리에서 튀어나온 세상에.
펜의 잉크와 머릿속의 압운으로,
얼룩말(Zebra)을 지나 Z 너머로 우리를 데려갔지.

네가 처음 읽은 책의 이름은 뭐였어?
읽는 법을 가르쳐주고,
페이지의 단어들을 사랑하게 만든 책.
대부분 동의하지, 수스의 책이라고!

083

무인도에 가져갈 책

윌리엄 셰익스피어

William Shakespeare

✳

윌리엄 셰익스피어의 희곡들

셰익스피어는 죽은 지 4세기가 지난 후에도 여전히 가장 현대적인 작가로 남아, 그의 극은 전 세계 다양한 문화에서 수많은 언어로 공연되고 있다. 셰익스피어는 작가와 사상가들의 상상력과 글에 중요한 영향을 미쳤다. 도스토예프스키, 멜빌부터 링컨 대통령과 오바마 대통령, 키르케고르, 니체, 프로이트, 보들레르, 브레히트, 베케트까지. 게다가 우리가 숨 쉬는 문학적 공기의 일부가 되었다. 할리우드 로맨틱코미디의 구조, 소설과 텔레비전 프로그램에서 의식의 흐름 기법에 따르는 방백 사용, 심지어 "멋진 신세계"와 "소음과 분노"처럼 관용어가 된 표현의 기원은 모두 셰익스피어까지 거슬러 올라갈 수 있다. 제인 오스틴의 『맨스필드 파크』에 나오는 한 인물이 말한 대로 우리는 "영문도 모른 채" 셰익스피어의 작품에 "익숙해진다."

"무인도"에 가져갈 책(외딴섬에 난파될 경우 가져가고 싶은 책)으로 뭘 선택할 것인지 질문을 받을 때마다, 나는 언제나 셰익스피어 극을 이야기한다. 셰익스피어 극은 대단히 흥미로우며 다층적이고 복잡하면서도 놀라울 정도로 언어가 단순해서 구조선이 도착할 때까지(또는 도착하지 않을 때까지) 몇 번이고 읽고 또 읽을 수 있을 것이다. 셰익스피어 극은 인간의 상상력이 가장 기본적인 물리학 법칙을 거스르며 불러일으키는 기적을, 다시 말해 무 또는 거의 무(낡은 줄거리의 재활용)로부터의 창조를 상기시킨다. 또 현재 전 세계 학생들이 잘 아는, 인간들이 바글바글 들끓는 세속 세계의 발명을 상기시킨다.

셰익스피어 극은 이렇듯 인간 조건의 본질적 양상을 규정한다. 그래서 각 세대의 독자들은 사회·정치·문화에 대한 자신들의 관심사를 반영하는 프리즘으로 셰익스피어의 작품을 여과해 보면서 그가 자신들의 시대를 대변한다고 주장한다. 왕정복고 시대의 많은 비평가들은 셰익스피어를 당시의 쟁점을 다루는 대중극 시인이라고 본 반면, 낭만주의자들은 사랑의 기쁨과 실망을 이해한 작가로서 그의 역할을 강조했다. 최근의 학자들은 장르를 뒤섞고 개조하며 고급 예술과 대중 오락을 융합하고 관객을 의식하는 구성 방식을 깨뜨리는 등 셰익스피어의 기법이 가진 현대성에 대해 논평하는 반면, 관객들은 셰익스피어의 활발하고 독립심 강한 여주인공, 그리고 정체성 문제와 진실은 단 하나가 아니라 여럿일 수 있다는 문제에 골몰하는 자기현시적 인물의 동시대성에 경탄한다.

셰익스피어가 오래도록 호소력을 갖는 한 가지 이유는 그의 극이 자기 경험을 작품에 적용하는 배우들에 의해 완성되고 계속해서 재창조된다는 사실에 있다. 런던 국립극장 전 예술감독이자 유명한 셰익스피어 극 연출자인 니콜러스 하이트너가 2013년 한 강연에서 말한 대로 "실은 배우였던 셰익스피어는 자신의 이야기를 표현하고 자신의 인물을 연기하는 무한히 다양한 방법을 다른 배우들에게 제시"했으며, 그의 극은 "음악이 되려면 연주자가 필요한" 악보와 비슷했다.

셰익스피어 극에서 묘사되는 변화와 상실의 세계는 현대의 독자에게도 묘하게 익숙한 느낌이다. 그의 정치극(『리처드 3세』, 『줄리어스 시저』, 『맥베스』, 『코리올레이너스』가 가장 유명하다)은 폭정과 정치적 배신의 역학을 예리하게 살펴, 전 세계에서 독재정치가 부상하고 민주주의가 점점 후퇴하고 있는 오늘에도 반향을 불러일으킨다.

폴란드 비평가 얀 코트는 큰 영향력을 미친 1964년 책 『우리의 동시대인 셰익스피어』(*Shakespeare, Our Contemporary*)에서 셰익스피어 극이 우리 시대의 역사를 비춰줄 수 있는 거울이라고 보았다. 또 셰익스피어가 사뮈엘 베케트, 외젠 이오네스코, 장 주네 등 부조리극의 화신과도 같은 작가들과 갖는 친화성을 살피면서, 『햄릿』, 『리어 왕』 같은 극은 세계가 폭력과 우연에 지배되는 비이성적인 곳, "어릿광대가 진실을 말하는" 곳이라는 어둡고 단호하면서 대단히 현대적인 관점을 분명하게 드러냈다고 주장한다.

엘리자베스 여왕 시대는 우리 시대와 마찬가지로 급속한 발전 및 세계화가 불러일으킨 불안한 여파와 씨름하고 있었다. 인쇄기 덕분에 글을 읽고 쓸 줄 아는 능력이 널리 퍼지고 전통적인 계급 구분이 사라지고 있었다. 탐험가들은 세계를 개척하고 있었으며, 천문학자들은 바야흐로 우주 질서에 대한 기존의 인식을 산산조각 낼 발견을 하기 직전이었다.

당시는 과학과 혁신의 시대이자 "건축에서 가장 위대한 업적"을 이룬 시대일뿐더러 종교 전쟁, 유독한 정치 갈등, 도시를 초토화한 전염병, 증가하는 불확실성과 환멸의 시대이기도 했다. 사람들이 "꿈과 현실 사이, 인간의 가능성과 고통스런 운명 사이의 격차"와 씨름해야 했던 시대로, 그런 점에서 우리 시대와 다르지 않았다.

084

창조자들을 위하여

메리 셸리
Mary Shelley

✳

『프랑켄슈타인』(1818)
Frankenstein

데이비드 H. 거스턴·에드 핀·제이슨 스콧 로버트 편집

    메리 셸리의 『프랑켄슈타인』은 발표된 지 2세기가 지나 SF 소설과 현대 공포소설의 주춧돌을 놓은 작품의 하나로 인정받고 있다. 이 소설은 『쥐라기 공원』이나 『터미네이터』 시리즈 같은, 과학의 오만과 기술의 난동에 대한 현대의 수많은 이야기에 영감을 주었다. 또한 신의 권능을 침해하거나 여성의 생식 능력을 전용하려는 인간의 위험성에 대한 우화이자, 서구 제국주의와 식민주의 및 노예제로 인해 인간이 치러야 하는 끔찍한 대가에 대한 알레고리로 읽혀왔다.

    셸리가 열여덟 살에 쓰기 시작한 이 소설은 기발하게도 이야기 속의 이야기로 구성돼 있으며, 에밀리 브론테의 『폭풍의 언덕』과 마찬가지로 19세기 영국 문학에서 가장 획기적인 작품 가운데 하나다.

전기 작가들이 지적한 대로 『프랑켄슈타인』의 주제는 사실 메리 셸리 자신의 삶에 깊이 뿌리를 두고 있었다. 작가이자 여권 운동가인 메리 울스턴크래프트와 사회철학자이자 정치 평론가인 윌리엄 고드윈의 딸로 알려진 점부터 급진적 정치 및 철학 사상, 일련의 비극적 개인사로 인해 좀체 잊을 수 없는 탄생과 죽음의 연관성(어머니는 메리 셸리를 낳고 2주도 채 안 돼 산후 합병증으로 죽었고, 남편과의 사이에 낳은 첫째 아이는 12일밖에 살지 못했다)까지. 빅토르 프랑켄슈타인이 즉석에서 프랑켄슈타인을 버렸을 때 이 피조물이 느끼는 거부감도 십대의 메리에게 익숙했을 터이다. 메리는 기혼자인 퍼시와 눈이 맞아 달아난 일로 경멸을 당하고 아버지로부터 비난을 받았기 때문이다.

여러 영화 버전과 달리, 메리 셸리의 소설은 진짜 괴물이 빅토르가 생명을 불어넣은 피조물이 아니라 빅토르 자신임을 분명히 한다. 메리 셸리는 여기서 모든 과학을 공격하기보다 결과를 고려하지 않고 부주의하게 과학 혁신을 추구하는 흐름을 공격하고 있다. 빅토르는 수용될 수 없는 야망과 자만이라는 죄를 저지른다. 또한 부모로서 자신이 세상에 내놓은 피조물에 대한 연민 없이 그를 비참하고 고립된 존재로, 만나는 모든 이들로부터 거부당해 독학해야만 하는 외로운 존재로 방치하는 죄를 저지른다. 이 소설을 각색한 영화들은 프랑켄슈타인이 『실낙원』, 『젊은 베르테르의 슬픔』, 『플루타르크 영웅전』을 읽으면서 인간과 선악에 대해 배우는 감동적인 장면을 생략하는 경향이 있다.

2017년 MIT 출판부가 출간한 판본은 빅토르 프랑켄슈타인이 자신이 세상에 내놓은 피조물을 방치하는 데 초점을 두고 있다. 이 판본에는 "과학자, 공학자, 그리고 온갖 종류의 창조자를 위한 주가 달려" 있다. 이 책의 편집자들은 이렇게 쓰고 있다. 이 소설은 "개인과 집단의 책임에 대해 진지한 반성을 촉구"하며, "우리의 창의력이 만들어낸 산물을 보살피고 주변 세계를 변화시키는 우리의 능력에 제약을 두어야 한다"고 말한다. 이는 "합성생물학, 유전체 편집, 로봇공학, 머신러닝, 재생의학의 시대에 특히 중요한 개념이다."

MIT 판본의 한 미주에는 낙담한 프랑켄슈타인이 사람들을 죽이기 시작한 이후 빅토르가 느끼는 회한이 "로버트 오펜하이머가 원자폭탄의 이루 말할 수 없는 위력을 목격했을 때의 감정을 연상시킨다"고 지적하고 있다.

085

1980년대, 뉴욕, 이민자 가족

게리 슈테인가르트
Gary Shteyngart

✳

『작은 실패』(1818)
Little Failure

『작은 실패』는 내가 읽은 회고록 가운데 가장 재미있다. 1980년대 뉴욕에서 이민자로 자란다는 것이 어떤 것인지를 예리하게 관찰한 이 소설은 감동적이고 애정이 깃들어 있으며 불경하면서도 진지한 이야기이다. 이야기를 만들어내는 작가의 넘치는 재능과 언어에 대한 진한 사랑이 분명하게 드러난다.

부모가 전 재산을 녹색 가방 두 개와 주황색 여행 가방 세 개에 꾸려 레닌그라드에서 뉴욕 퀸스로 이주했을 때 슈테인가르트는 일곱 살이었다. 그의 유쾌한 소설『엄청 슬프고 진실한 사랑 이야기』(*Super Sad True Love Story*)나『사교계에 데뷔하는 러시아 여자들을 위한 안내서』(*The Russian Debutante's Handbook*)와 마찬가지로, 이 회고록은 옛 소련의 단색 세계와 미국의 복잡하고 화려한 총천연색 세계, 양쪽 모두의 부조리한 삶을 고주파 레이더로 탐지해 보여준다.

『작은 실패』에서, 슈테인가르트는 어렸을 때 "적"으로 여기도록 배웠던 나라에 적응해 살아가려는 자신의 어설픈 노력에 대해 재미있게 들려준다. 동시에 미국에서 새로운 삶을 일구려 고군분투하는 부모의 노력과, 작가가 되려는 자신의 아메리칸 드림에 착수하면서 부모에게 느끼는 애정과 분노를 가슴 뭉클하게 전한다.

그 과정에서, 슈테인가르트는 부모가 검소하고 신중한 미국 생활에서 엄격히 지키는 기본 원칙을 우리에게 이해시킨다. 이들은 자동차 여행을 하면서, 집에서 싸온 음식(은박지에 싼 반숙 계란, 러시아식 비트 샐러드, 식힌 닭고기)을 맥도널드에 가져간다. 공짜 냅킨과 빨대를 마음대로 쓰면서 60센트짜리 햄버거가 불필요한 사치라고 물리친다.

가족이 적잖이 상의한 끝에, 작가의 본명인 이고르를 게리로 바꾼다. "이고르는 프랑켄슈타인의 조수이고 나는 이미 가진 문제로도 충분하"며 게리는 배우 게리 쿠퍼를 기분 좋게 연상시키기 때문이다. 하지만 새 이름이 동급생들의 문화적 어휘를 배우는 데는 별 도움이 되지 않는다. 게리는 집에 텔레비전이 없어서 여가 시간을 체호프의 단편소설을 읽으며 보내지만 학교의 "이 작은 돼지들"은 「구스베리」나 「개를 데리고 다니는 부인」에 거의 관심이 없"음을 재빨리 알아차린다.

회고록의 제목은 어머니가 자신에게 붙여준 별명인 "페일류어치카(Failurchka, 작은 실패)"에서 유래했다고 슈테인가르트는 설명한다. 작은 실패란 그가 스타이비선트 고등학교에서 받은 성적이 아이비리그 대학에 갈 만한 성적이 아니었기 때문인데, 그의 부모는 이럴 줄 알았다면 "여기에 오지 않는 편이 나았을지도 모른다"고 말한다. 작은 실패란 작가라는 직업이 부모가 마음에 그리던 직업이 전혀 아니기 때문이다. "이민자 자녀는 법, 의학 또는 '컴퓨터'로만 알려진 낯설고 새로운 분야로 가야 한다는 걸 모두가 알고 있다."

옛 소련에서 천식을 앓는 다섯 살짜리 게리는 할머니를 즐겁게 해드리고 싶어서 첫 소설로 "레닌과 그의 마법 거위"라는 제목의, 애국심이 담긴 이야기를 쓰기 시작했다. 할머니는 게리가 한 페이지를 쓸 때마다 치즈를 한 장씩 주었고, 하나의 장을 완성할 때마다 버터를 바르고 치즈를 넣은 샌드위치를 주었다.

"나는 할머니에게 '나를 사랑해주세요'라고 말하고 있는 것이다. 내가 할머니와 부모님에게, 나중에는 퀸스에 있는 예시바(정통 유대교인을 위한 학교. _옮긴이)의 초등학생들에게, 그리고 더 나중에는 전 세계에 있는 나의 여러 독자들에게 전하려는 건 바로 이 간절하면서도 평범한 메시지이다."

086

런던 이야기

제이디 스미스

Zadie Smith

✳

『하얀 이빨』(2000)

White Teeth

　『하얀 이빨』은 제이디 스미스가 스물네 살에 발표한 대단히 인상적인 데뷔 소설이다. 대작인 데다 화려하고 등장인물이 많은 이 작품은 찰스 디킨스의 인간미 있고 익살스런 활력을 보여준다. 살만 루슈디와 마찬가지로 망명과 이주라는 주제에 매료되어 있으며, 데이비드 포스터 월리스의 야심과 힘찬 언어를 공유한다. 스미스는 이야기를 만들어내는 타고난 재능과 대단히 독창성 있는 목소리를 모두 갖고 있다. 이 목소리는 세상물정에 밝으면서 해박한 동시에 대담하고도 철학적이다.

　표면상, 이 소설은 제2차 세계대전 참전 용사인 두 사람(겸손한 영국인 아치 존스와 그의 가장 친한 친구로 이슬람교를 믿는 벵골인 사마드 익발)의 불행과, 이들의 매우 문제가 있는 대가족에 대해 이야기한다. 스미스는 인물의 내면에 마법처럼 접근해 이들이 사랑과 가족으로 인해 겪는 진통을 연민과 유머로 묘사한다. 동시에 이야기를 전개하면서 이들의 일상 삶에 영향을 미치는 더 폭넓은 문화 및 정치의 역학관계를 살핀다. 스미스의 소설은 부모와 자식, 친구와 이웃에 대한 이야기, 더 크게는 이주와 망명과 영국 식민주의의 유산에 대한 이야기이다.

『하얀 이빨』은 카레 가게와 당구장과 저렴한 미용실이 뒤죽박죽 섞여 있는 런던이 배경이다. "벡들(물질주의적이고 천박한 젊은 사람을 가리키는 속어. _옮긴이), 비보이들, 인디 음악을 듣는 애들, 사기꾼들, 한량들, 폭력단원들, LSD 중독자들, 샤런들, 트레이시들, 케브들(노동자계급 남성을 가리키는 속어. _옮긴이), 동포들, 래거(레게와 힙합 음악의 특징이 섞인 서인도 제도의 대중음악. _옮긴이)하는 애들, 파키스탄인들"로 가득하고, 좌절한 웨이터들이 역사를 바꾸는 꿈을 꾸며 한때 지독하던 인종과 계급의 경계가 흐릿해진 도시 말이다.

스미스의 인물들은 주위의 사회 변화에 아주 다른 방식으로 대처한다. 클라라라는 젊은 자메이카 여성과 결혼한 주인공 아치는 가벼운 유머로 온갖 변화와 혼란에 대처한다. 그는 사람들이 왜 "사이좋게 지낼" 수 없는지, "평화롭거나 조화롭게 아니면 어떤 식으로든 함께 살" 수가 없는지 궁금해한다. 그에 반해 그의 가장 친한 친구인 사마드는 현대 문화가 퇴

폐적이며 그것이 자신의 십대 쌍둥이 아들들을 타락시킨다고 분노한다.

아치와 사마드는 두 가지 세계관을 대변한다. 하나는 현실적이고 실용주의적인 세계관이며 다른 하나는 이념적이고 절대주의적인 세계관이다. 하나는 우연성을 자유의 부산물로 받아들이고, 다른 하나는 운명을 만들어나가려는 의지를 갖고 있다. 광고우편물(DM) 회사에서 일하며 인쇄물 접는 방법을 고안하는 아치는 자신이 "넓게 보면 그 의미가" 해변의 자갈, 바다에 떨어지는 빗방울, 건초더미 속 바늘과 "비슷하게 여겨질 수 있는 인간"임을 받아들인다. 그래서 기꺼이 흐름을 따른다. 사마드는 세포이 항쟁에서 증조부가 한 역할에 여전히 심취해 있다. 그는 영광과 비범함을 갈망하고 자신이 웨이터라는 비천한 일을 하고 있는 데 대해 분노한다.

사마드는 쌍둥이 아들 가운데 좀 더 고분고분한 마기드를 방글라데시로 보내 적절한 이슬람교 교육을 받게 한다. 그렇게 하면 적어도 아들 가운데 하나는 자라서 자신의 가족 및 문화의 뿌리를 자랑스러워하리라 생각한다. 하지만 그가 그린 아들들의 미래 청사진은 계획대로 이루어지지 않는다. 방글라데시에서 돌아온 마기드는 영국을 열렬히 예찬하면서 변호사가 되려 하며, 흰 양복을 입고 영국 배우 데이비드 나이븐처럼 말한다. 반면 형제인 밀라트는 혁명과 금욕을 설교하는 급진 이슬람 단체에 가담한다.

스미스는 아치의 가족과 사마드의 가족에게 닥치는, 점점 우스꽝스러워지는 일련의 사건을 이야기한다. 그러면서 인물들의 자만심과 자기기만을 슬쩍 조롱하는 한편, 한 세대가 다른 세대에게(아들이 아버지에게, 딸이 어머니에게) 어떻게 흔히 반감을 품게 되는지 보여줄뿐더러 그들이 어떻게 이전 세대의 실수를 반복하고 선조들의 꿈을 되짚어가는지 그리고 이민자와 그 자녀가 어떻게 자신의 이중의식과 이중의 유산을 받아들이기 위해 고군분투하는지 보여준다.

대단히 조숙한 이 데뷔작은 스미스가 놀라운 저력을 가진 소설가임을, 야심에 걸맞은 재능을 가진 작가임을 알렸다.

087

예민하게 관찰하고 듣는 사람

소니아 소토마요르
Sonia Sotomayor

✳

『소토마요르, 희망의 자서전』(2013)
My Beloved World

소니아 소토마요르는 2009년 오마바 대통령에 의해 대법관으로 지명되었다. 1980년대 초 맨해튼 지방검찰청에서 일하기 시작했을 때, 소토마요르는 윗사람으로부터 검사는 논리만으로 호소할 수 없고 감정으로써 배심원들이 "유죄를 선고할 도덕적 책임"을 느끼게 해야 한다고 배웠다. 이 회고록에서 소토마요르는 국가의 소송은 "하나의 서사, 즉 범죄에 대한 이야기"라고 썼다. "이야기를 현실로 만드는 건 세부사항이다. 나는 증인 신문에서 일반적인 질문을 해서 강렬한 감각연상으로 세부사항을 이끌어내는 법을 배웠다. 색, 소리, 냄새는 마음에 이미지를 심어주어 듣는 사람을 불타는 집에 들여놓는다."

『소토마요르, 희망의 자서전』은 소토마요르 판사가 서사

△

이 책은 정체성과 성장 과정,
남다른 의지와 노력으로 실현한 아메리칸 드림에
대해 면밀하고도 설득력 있게 진술한다.

기법을 얼마나 완벽히 익혔는지 보여준다. 정체성과 성장 과정, 남다른 의지와 노력으로 실현한 아메리칸 드림에 대해 면밀하고도 설득력 있게 이야기한다. 소토마요르 판사는 연상을 불러일으키는 솔직한 문체로 뉴욕에서 푸에르토리코인 부모 밑에서 자란 어린 시절과 교육을 받고 변호사로 활동하던 시기를 진지하게 성찰하며 되돌아본다. 1960년대와 70년대, 강도와 중독자들이 불쑥 튀어나오는 탓에 계단통을 피해야 하고 지혈대와 글라신페이퍼(얇은 반투명의 종이로 식품 포장에 많이 쓰인다. _옮긴이) 봉지가 인도에 어지럽게 널려 있는 브롱크스에서 성장한다는 게 어떤 것인지 깊이 이해하게 한다.

어린 소토마요르를 지탱한 것은 절제력, 인내심, 금욕적 자립심이었다. 이런 자질은 자신의 당뇨병을 관리하는 법을 익히고(부모가 주사를 제대로 놓지 못하는 것 같아 소토마요르는 일곱 살 때부터 직접 인슐린 주사를 놓기 시작했다), 어릴 때 아버지는 술을 마시고 어머니가 아버지의 알코올중독에 대해 화를 내면서(이는 어머니가 야간 및 주말 근무를 해서 집에 있기를 피하는 형태를 띠었다) 집안에 닥친 일상의 불확실성을 인식하면서 발전했다.

"집안의 혼란에서 벗어날 피난처"를 제공하고 "내 인생에 가장 있을 법하지 않은 가능성을 상상"할 수 있게 해준 건 할머니의 사랑과 보호였다고 소토마요르 판사는 쓰고 있다.

어린 소녀 소니아는 페리 메이슨(미국의 변호사이자 작가인 얼 스탠리 가드너의 추리소설에 나오는 주인공. _옮긴이)을 보고서 변호사나 판사가 된다는 생각에 매료되었다. 하지만 소니아의 첫 번째 꿈은 매우 좋아하는 여주인공인 낸시 드루처럼 탐정이 되는 것이었다. 자기 생각이 낸시의 생각과 비슷하다고 소니아는 혼잣말을 했다. "나는 예민하게 관찰하고 듣는 사람이었다. 나는 단서를 알아차렸다. 논리로 따지고 수수께끼를 즐겼다. 나는 문제를 해결하는 데 집중해서 다른 모든 것이 희미해지는 때에 찾아오는 선명하고 집중된 느낌을 좋아했다."

자신을 잘 아는 소토마요르 판사는 자기 삶에는 반복되는 양상이 있었다고 쓴다. 프린스턴 대학교든, 예일 법학대학원이든, 맨해튼 지방검찰청이든, 또는 대법관 임명이든, 새로운 환경에 대한 도전이 처음에는 "심한 불안감, 몸을 납작 엎드리게 만드는 반사적인 두려움"을 느끼는 시기로 이어지고 그런 다음에는 "맹렬한 보상 노력"이 뒤따르곤 했다. 소토마요르는 어머니한테서 "과도한 노력으로 자신감 부족을 극복할 수 있"음을 배웠다고 말한다.

소토마요르는 대학교 첫 중간시험에서 C학점을 받고서 좀 더 일관된 주장을 구성하는 방법을 익히고 영어 실력도 향상시켜야 할 필요가 있음을 깨달았다. 이후 몇 번의 여름 동안 매일 점심시간을, 문법을 연습하고 새로운 단어를 열 개씩 익히면서 어렸을 때 읽지 못한 『허클베리 핀의 모험』과 『오만과 편견』 같은 고전을 읽어 보충하는 데 쏟았다.

뭐든 운에 맡기는 데 대한 두려움(이는 불안정한 어린 시절이 남겨준 또 다른 유산이다) 때문에, 소토마요르는 수업과 소송을 철두철미하게 준비했다. 그리고 이런 한결같은 노력은 성과가 있었다. 학창 시절 우등생에게 주는 작은 금별을 모으는 데 능숙해졌듯, 프린스턴 대학교를 최우등으로 졸업하고 검사가 되어서 유죄 판결을 받아내기 시작했다. 1992년 새 연방법원 판사로 공개 법정에 처음 나서는 날, 소토마요르는 불안해서 말 그대로 무릎이 후들거리는 느낌이었다. 하지만 곧 자신이 천직을 찾았음을 깨달았다. 소토마요르는 이렇게 쓰고 있다. "물고기가 제 물을 만났던 것 같다."

088

보험사 간부의 이중생활

월리스 스티븐스

Wallace Stevens

*

『마음 끝의 종려나무: 시선집과 희곡 한 편』(1971)

The Palm at the End of the Mind: Selected Poems and a Play

홀리 스티븐스 편집

유명 작가들의 글쓰기 습관에 대한 이야기 가운데 내가 가장 좋아하는 하나는 월리스 스티븐스에 관한 것이다.

스티븐스는 40여 년 동안 하트퍼드 손해보험회사에서 일하면서 부사장이 되었다. 평일이면 하트퍼드의 쾌적한 주거 지역에 있는 집에서 시내의 사무실까지 3.2킬로미터 거리를 걸어 다녔다. 걸으면서 머릿속으로 반짝이는 음악적인 시를 썼으며, 이 시로 가장 뛰어난 미국 시인의 하나로 인정받게 되었다. 일설에 따르면, 스티븐스는 자기 발걸음의 리듬에 단어들의 박자를 맞추길 좋아해서 어떤 리듬이나 시구에 열중할 때면 발걸음을 멈추거나 한 발짝 물러서기도 했다. 딸 홀리에 따르면, 스티븐스는 가끔 메모를 했을지도 모르지만 머릿속으로 시를 구상한 다음, 완성한 시를 사무실의 비서에게 받아쓰게 했다.

일주일이면 7일을 회색 양복을 입는 스티븐스는 보험업계에서 "보험금 청구인들의 감독관"(하트퍼드 손해보험회사에서 보험금 사정 및 각종 소송 업무를 맡아 했다고 한다. _옮긴이)으로 알려졌지만, 시에서는 광대, 멋쟁이, 겉멋 든 이 같은 익살스런 페르소나를 내세웠다. 즉 피터 퀸스와 코미디언 크리스핀(피터 퀸스는 셰익스피어의 『한여름 밤의 꿈』에 나오는 인물로 스티븐스는 「건반 앞의 피터 퀸스」라는 시를 썼으며, 크리스핀은 「C라는 글자로서의 코미디언」에 등장한다. _옮긴이) 같은 인물 말이다.

스티븐스의 집 뒷마당 그리고 그가 딸을 데리고 가서 오리에게 먹이를 주던 하트퍼드의 엘리자베스 파크는 그의 시에 나타난 자연의 아름다운 이미지에 영감을 주었다. 계절이 순환하는 자연은 만물이 끊임없이 변화하고 반복되는 데 대한 아찔한 절망과 계속해서 재생되는 생명에 대한 희망을 모두 불러일으켰다.

스티븐스는 가장 찬사를 받는 많은 시들에서 현실과 인간 상상력의 관계, 세계 자체와 인식 및 예술에 의해 변형된 세계의 관계로 거듭 되돌아간다. "나는 테네시에 항아리를 놓았네." 그는 가장 유명한 시 가운데 하나인 「항아리의 일화」(Anecdote of the Jar)에 이렇게 썼다. "언덕 위 둥근 항아리./그 항아리는 어지러운 황야가/그 언덕을 둘러싸게 했지."

「키웨스트의 질서 개념」(The Idea of Order at Key West)에서

는 이렇게 쓰고 있다. "그녀의 목소리가/막 사라지는 하늘을 가장 예민하게 만들었지./그녀는 시시각각 하늘의 고독을 가늠했네/그녀는 세상의 하나뿐인 창조자/세상에서 노래했지. 그녀가 노래했을 때, 바다는,/어떤 자아를 가졌든, 그 자신이 되었네/그것은 그녀의 노래였지, 그녀가 창조자였으니까."

스티븐스의 전기 작가 조앤 리처드슨이 말한 대로, 시인이자 보험사 간부라는 이중생활 덕분에 스티븐스는 문학적 성공이라는 젊은이 특유의 꿈과 아버지의 청교도적 기대를 모두 충족할 수 있었다. 그는 이런 이중생활로 일부 시간에는 자신이 만든 추상의 영역에서, 또 일부 시간에는 냉철하고 현실적인 비즈니스 세계에서 살 수 있었다. 사실상, 그의 상상력이 "현실과 마찰"을 일으키는 과정에서 시들이 탄생했을 뿐아니라 그 과정이 작품의 중심 주제가 되었다.

스티븐스는 언제나 무질서에 대한 공포감을 다스리면서 사무실 일과를 중심으로 일상생활을 조심스럽게 조직했다. 상상력을 수단 삼아 자신을 둘러싼 혼돈을 가라앉히는 법을 서서히 익혔다. 리처드슨은 이렇게 썼다. 마침내 "그는 어머니한테서 배운, 신에 대한 갈망을 세속 버전으로 바꿀 수 있었다. '조화로움과 질서 속의 기쁨' 말이다."

스티븐스에게, "최고의 허구"인 시는 종교의 대용물이 되었으며, 그 자신의 말로 하자면 "삶의 완성"이었다.

089

포스트 9·11 시대의 디킨스

도나 타트
Donna Tartt
✳
『황금방울새』(2013)
The Goldfinch

　도나 타트가 2013년 발표한 이 눈부시게 아름다운 소설을 읽고서 찰스 디킨스의 작품을 떠올리지 않을 수 없다. 이 소설의 제목은 17세기 네덜란드 화가 카렐 파브리티우스가 그린 매력적인 새 그림에서 따왔으나, 그 인물과 멜로드라마 같은 줄거리는 분명 찰스 디킨스의 소설을 흡입하고 흡수한 작가의 작품이다. 타트는 이렇게 받아들인 것을 완전히 상상해낸 포스트 9·11 시대의 소설로 마술처럼 내뿜고 있다. 마음을 사로잡는 이 소설은 이야기를 만들어내는 타트의 재능을 분명하게 보여준다.

　『황금방울새』는 소설가 타트의 성장과 역량을 보여준다. 상실과 죽음과 망가지기 쉬운 평범한 일상이라는 이 소설의 중심 주제는 타트가 예전에 다루었던 것이다. 하지만 타트는 여기서 흥미진진한 데뷔 소설 『비밀의 계절』이 가진 긴장감과 2002년 소설 『작은 친구들』에서 발전시킨 능력을 결합해 인물들의 감정을 대단히 정밀하게 그려 내면을 보여준다. 사실상 『황금방울새』는 19세기의 위대한 소설가들이 다룬 큰 철학적 문제부터 많은 현대 작가들이 보여준 좀 더 내면적인 투쟁까지 붙들고 씨름할 수 있는 작가 타트의 폭을 드러낸다. 동시에, 타트는 분위기와 장소에 대한 본능적 감각으로 21세기 미국을 디지털 이미지처럼 선명하게 그려낸다. 맨해튼 어퍼이스트사이드(상류층이 많이 모여 사는 주택가. _옮긴이)의 오랜 사교 의례, 그리니치빌리지(많은 예술가, 배우, 작가, 시인들이 사는 고급 주택가로 보헤미안 문화의 중심지로 알려져 있다. _옮긴이)의 소도시 같은 리듬, 압류된 빈 집들로 가득한 라스베이거스 사막 지역의 "뜨거운 광물성의 공허"(과거 라스베이거스의 주요 산업은 광업이었으며 당시의 광산이 지금도 남아 있다. _옮긴이)를 포착한다.

찰스 디킨스의 『위대한 유산』과 마찬가지로, 『황금방울새』는 한 고아와 신비에 싸인 후원자의 도덕 및 감정 교육에 관한 이야기이다. 이 소설은 열세 살 난 시오 데커의 삶을 그 전과 후로 나누는 사건과 더불어 시작된다. 데커는 어머니와 함께 어머니가 좋아하는 그림인 파브리티우스의 〈황금방울새〉가 전시되어 있는 메트로폴리탄 미술관에 들르는데, 이때 갑자기 테러 폭탄이 터진다. 어머니는 이 폭발로 사망하고, 시오는 혼란의 여파 속에서 불타는 잔해로부터 충동적으로 〈황금방울새)를 가지고 나온다. 이 그림은 어머니의 사랑의 부적 같은 것이 되고, 시오는 이를 미술관에 돌려주기를 주저하다가 마약상, 미술품 도둑, 조직폭력배와 연루돼 점점 위험해지는 모험으로 이끌린다.

이 모험의 동반자는 새로운 친구 보리스이다. 보리스는 재미있으면서 세속적이고 세상물정에 밝은 아이로 오스트레일리아, 러시아, 우크라이나에서 자랐다. 시오가 올리버 트위스트라면, 보리스는 아트풀 다저(찰스 디킨스의 『올리버 트위스트』에서 올리버 트위스트를 우연히 만나 소매치기 소굴로 끌어들이는 인물. _ 옮긴이)이다. 활력이 넘치는 보리스는 기억할 만한 인물이다. 대단히 역동적이고 아무런 제약을 받지 않으며 철저히 현실적인 그는 우리 마음속에 영원히 남을 것이다.

이 소설의 일부 줄거리는 요약하면 말도 안 되게 억지스럽게 보일지 모른다. 하지만 타트는 디킨스와 비슷하게 우연과 개연성이 낮은 사건을 이용해 삶의 우연성과 때로 잔인한 운명의 유머 감각, 그리고 새로운 출발과 인생의 2막에 대한 미국인의 믿음을 깊이 이해하게 한다.

090

민주주의의 가능성과 위험성

알렉시 드 토크빌
Alexis de Tocqueville

✳

『미국의 민주주의』 1, 2(1835, 1840)
Democracy in America

1831년 알렉시 드 토크빌이라는 스물다섯 살의 프랑스 귀족과 친구 귀스타브 드 보몽은 자신들의 상상력을 사로잡은 신생의 민주주의를 보기 위해 미국을 향해 출항했다. 이렇게 9개월 동안 여행한 결과 토크빌은 고전이 된 연구서를 쓰게 된다. 이 연구서 『미국의 민주주의』는 탐방기자와도 같은 젊은 저자의 예리한 시선과 사회역사가로서 가진 분석 능력이 결합된 책이다.

토크빌의 조부모는 프랑스 혁명 이후 공포정치 시대에 살해되었다. 그래서 토크빌은 민주주의가 새로운 폭정이 될 수도 있다고 우려했으나, 또한 민주주의와 평등주의를 미래의 물결로 받아들였다. 토크빌과 보몽은 말, 카누, 증기선을 타고 열일곱 개 주를 여행하면서 다양한 미국인들을 인터뷰했다.

토크빌은 이 방대한 기록을 바탕으로 미국의 정신과, 통치 방식으로서 민주주의에 내재한 가능성(과 위험성)을 통찰력 있게 진단한 대단히 명석한 책을 썼다.

소셜미디어가 생각이 비슷한 사람들끼리 사일로에 갇히는 현상을 가속화하는 일이 일어나기 한 세기 반 전에, 토크빌은 "비슷한 조건, 습관, 태도로 결속된 작은 사적 영역"으로 물러나 자신들만의 "즐거운 사생활에 탐닉"하는 미국인의 경향에 주목했다. 그는 이런 자기몰두가 더 큰 공동체에 대한 의무감을 약화해 "사람들을 압박하고, 무기력하게 만들어, 침묵시키고, 우민화하"는 부드러운 독재의 길을 열어줄 것이라고 우려했다. 이는 물질주의적 성공에 집착하는 사회가 치러야 할 수도 있는 한 가지 대가이며 이런 사회에서는 사람들이 "사소하고 무가치한 즐거움을 구해 그것으로 삶을 채우"는 데 집중하게 되어 시민으로서 가진 책임을 소홀히 한다고 토크빌은 예견했다. "자치의 습관을 완전히 포기한" 사람들이 어떻게 통치자를 제대로 선택할 수 있을지 상상하기 어렵다고 썼다.

반엘리트주의에다가 입후보자의 자격을 신중히 살피는 열

◎

토크빌은 이 방대한 기록을 바탕으로
미국의 정신을 통찰력 있게 진단한
대단히 명석한 책을 썼다.

의까지 부족할 때, 대중이 듣고 싶어하는 말을 떠들어대는 "온갖 사기꾼들"에 민주주의가 쉽게 영향을 받을 수 있다고 토크빌은 염려했다. 앤드루 잭슨 대통령한테서 포퓰리즘의 위험성을 볼 수 있다고 하면서 그를 "미국의 대다수 개화된 계급"이 반대하는 "성질이 난폭하고 재능은 지극히 볼품없는 인물"로 묘사했다. 잭슨 대통령은 "자신의 적이 길을 가로막을 때마다 그들을 짓밟"고 심지어 의회 의원들을 "모욕에 가까운 경멸로" 대했다. 연방 정부의 대통령으로서 잭슨의 행동은 "연방 정부의 지속성을 위협하는 한 가지 위험 요인으로 간주될 수도 있다"고 토크빌은 썼다.

토크빌은 미국인들이 북미 대륙에서 저지른 두 가지 원죄에 대해 가장 혹독하게 말했다. "정부의 횡포"가 뒷받침하는 "이주민들의 탐욕"이 아메리카 토착 부족의 살해와 전멸로 이어졌으며, 노예제는 "인간성의 원칙이 완전히 왜곡되었음을 보여주기에 충분할 정도로 유례가 없는 잔학행위"를 불러왔다. 토크빌은 노예제가 "가장 끔찍한 내전으로" 이어질 수 있으리라고 예측했다.

토크빌이 『미국의 민주주의』에서 했던 많은 예측이 묘하게 선견지명을 보여주었다. 그 가운데 하나를 들자면, 그는 하늘의 뜻으로 앞으로 두 나라가 "두각을 드러내 세계의 두 절반의 운명을 좌우"할 것이라고 예측한다. 이 두 나라는 "사람들의 무분별한 힘과 분별력을 자유로이 발휘"하게 하는 미국과

"사회의 권위"가 온통 통치자에게 집중되는 러시아이며 "전자의 주요 수단은 자유이고 후자의 경우는 예속"이다.

091

반지의 제왕

J. R. R. 톨킨
J. R. R. Tolkien

✳

『반지 원정대』(1954)
The Fellowship of the Ring

『두 개의 탑』(1954)
The Two Towers

『왕의 귀환』(1955)
The Return of the King

톨킨의 『반지의 제왕』을 마음속에 그릴 때 나는 피터 잭슨
의 영화를 떠올리지 않는다. 세트로 상자 포장이 되고 바버라
레밍턴의 민속 미술이 표지를 장식한 1965년 밸런타인 출판
사판 책을 떠올린다. 그 표지에서는 꽃이 핀 나무가 샤이어라
는 목가적 낙원을 상징하고(『반지 원정대』), 사악한 검은 짐승
무리가 하늘을 가로질러 날아가는 산악 풍경이 펼쳐지며(『두
개의 탑』), 무서운 짐승들이 계곡 아래를 돌아다니는 가운데 둠
산이 위태로이 불길을 뿜어낸다(『왕의 귀환』).

인터넷이 생겨나기 이전에 어떻게 입소문이 났는지 기억나
지 않지만, 1960년대에 톨킨의 소설은 학교에서 유행을 주도
하는 아이들, 그리고 그 손윗동기들이 읽고 있었던 것 같다.
당시 『반지의 제왕』은 수십 년 후 나올 『해리 포터』와 같았다.

아이들은 반려동물에게 프로도와 간달프라는 이름을 지어주고 사우론이 히틀러의 대역인지, 반지의 파괴력이 원자폭탄의 은유인지에 대해 우리 딴에는 무겁고 지적으로 여겨지는 대화로 논쟁을 벌였다.

어린 우리는 선과 악 사이의 장대한 대결에 매료되었고, 또 이야기의 주인공이 빛나는 갑옷을 입은 기사나 그리스 꽃병에 그려진 조각 같은 전사가 아니라 작은 마을 출신의 키 작고 마음씨 고운 고아라는 사실을 좋아했다. 우리는 톨킨이 중세 영어와 앵글로색슨어의 권위자라는 사실이나 반지의 제왕이 성배의 전설, 『베오울프』, 톨킨 자신이 제1차 세계대전 동안 군인으로서 겪은 경험을 바탕으로 한 것이라는 사실을 몰랐다. 게다가 이 이야기가 조지프 캠벨이 "영웅의 여정"이라고 한 원형 신화의 거의 완벽한 모범이라는 사실도 몰랐다.

당시 내게는 『반지의 제왕』의 두 가지 점이 눈에 띄었다. 첫째는 가운데땅에 대한 상상이 완벽하다는 점이었다. 톨킨은 자체의 역사, 지리, 언어, 문화를 온전히 갖춘 세계를 불러냈다. 내게 이 세계는 명백히 실재하는 곳이었다. 사실, 나는 『반지의 제왕』을 각색해 만든 영화를 보지 않으려 했다. 톨킨의 언어가 내 머릿속에 새겨놓은 생생하고 세세한 가운데땅의 지도를 영화 이미지가 밀어내는 걸 원치 않았기 때문이다.

내가 『반지의 제왕』에 그렇게 감동한 두 번째 이유는 결말과 관련이 있었다. 반지는 파괴되고 사우론이 패해 샤이어는 평화를 되찾지만, 언젠가 어둠의 시대("큰 위험")가 가운데땅에 다시 닥치지 않으리라는 보장이 없다. 게다가 프로도는 샤이어에서의 예전 삶으로 되돌아갈 수가 없다. 그는 그 긴 여정으로 인해 달라졌다. 지치기도 하고 그 여정에서 입은 상처로 여전히 고통을 겪고 있는 프로도는 이야기의 끝에 샤이어를 떠나 빌보, 간달프, 그리고 많은 엘프(요정)들과 함께 서쪽에 있는 불사의 땅으로 간다. 그해는 1968년이었다. 그해에, 되돌릴 수 없는 끔찍한 일들이 세상에서 일어나고 있다는 사실을 우리는 처음 의식하게 되었고, 그래서 열세 살인 내게도 그때까지 내가 읽었던 다른 많은 책들의 틀에 박힌 행복한 결말보다 『반지의 제왕』의 결말이 더 현실성 있고 진정성 있게 느껴졌다.

092

고흐 예술의 지침서

빈센트 반 고흐
Vincent Van Gogh

✳

『빈센트 반 고흐의 편지』
The Letters of Vincent Van Gogh

그의 그림은 곧장 알아볼 수가 있다. 프랑스 남부에서 지내
던 시기에 그린, 눈부시게 빛나는 태양으로 가득한 캔버스들,
밤하늘에서 수레바퀴를 돌리는 인광성의 별들, 정원을 밝히는
환한 붓꽃들, 폭풍우 치는 하늘 아래 황금빛 밀밭을 가로질러
날아가는 까마귀 떼.

빈센트 반 고흐가 외우고 있던, 프랑스 화가 외젠 들라크
루아를 묘사한 말은 사실 온전히 반 고흐 자신에게 적용된다.
그는 "머리에는 태양을, 가슴에는 뇌우를" 가졌다.

책을 무척 좋아한 반 고흐는 자신의 창작 과정을, 그리고
경우에 따라서는 특정한 그림들의 내력을 편지 수백 통에 기
록한 재능 있는 작가였다. 이들 편지에는 동생 테오에게 보낸
650통이 넘는 편지가 포함되어 있다. 테오는 창작, 정서, 재정

면에서 자주 고흐를 도와준 유일한 버팀목이었다.

이 편지들은 반 고흐가 그리고 읽고 보고 생각한 것을 거의 의식의 흐름에 따라 쏟아낸 것으로, 편집하지 않은 일기장처럼 읽힌다. 반 고흐의 글은 자신의 외로움, 우울증, 의미를 찾으려는 부단한 탐색을 기록해 대단한 직접성을 드러낸다. "네 영혼에 커다란 불이 있을지도 몰라." 1880년 반 고흐는 이렇게 쓰고 있다. "하지만 아무도 불을 쬐러 오지 않아. 지나가는 사람들이 볼 수 있는 건 굴뚝에서 나오는 작은 연기뿐이고 그래서 그들은 그냥 지나가지."

반 고흐는 아버지처럼 목사가 되려 했으나 실패한 후 그림으로 눈을 돌렸다. 그는 예술이 자기 영혼에 난 구멍을 메우는 데 도움이 된다는 사실을 깨달았으며, 그의 편지에는 새로 찾은 직업에 어떻게 전념하고 있으며 그림을 배우려는 의지가 얼마나 굳은지에 대해 아무나 해줄 수 없는 설명을 담고 있다. 반 고흐는 가족의 반대, 초기에 그림을 가르쳐주던 이들의 폄하, 그림의 판매 부진에 직면해 고군분투했다.

그는 편지에서 렘브란트, 밀레, 점묘화가, 일본 판화제작자 등 자신이 배운 화가들, 그리고 셰익스피어, 졸라, 디킨스, 조지 엘리엇 같은 존경하는 작가들에 대해 쓴다. 색과 빛에 대한 생각, 새로운 기법의 실험, 자신의 그림 솜씨에 대한 좌절감에 대해 쓴다. "나는 아름다운 걸 만들어내길 간절히 바라." 1882년 그는 테오에게 이렇게 썼다. "하지만 아름다운 건 노력과 실망과 인내를 요구하지."

우리는 이 편지들을 읽으면서 반 고흐가 어떻게 화가가 되겠다고 마음먹고 끊임없이 다른 화가들을 연구했는지, 어떻게 미술관에서 배워 머릿속에 담아둔 것을 완전히 소화해서 자신의 탁월하고 혁신적인 예술로 바꿔놓았는지 알게 된다.

반 고흐의 가장 유명한 몇몇 그림들의 스케치가 담긴 편지들은 깊은 감동을 주는 그의 예술로 안내하는 가장 중요한 지침서이다. 1883년 반 고흐는 테오에게 이렇게 썼다. "30년 동안 세상을 돌아다녔으니, 나는 감사하는 마음으로 소묘나 채색화 형태로 어떤 기념품을 남길 책임과 의무가 있어."

093

베트남에서 온 가족

오션 브엉
Ocean Vuong

∗

『지상에서 우리는 잠시 매혹적이다』(2019)
On Earth We're Briefly Gorgeous

오션 브엉은 1988년 사이공 외곽에서 논농사를 짓는 농가에서 태어나 두 살 때 미국으로 왔다. 브엉은 2016년에 출간한 대단히 아름다운 시집『총상 입은 밤하늘』에서 언어의 마술로 가족들의 기억을 불러내 보존하고, "뼈를 소나타로" 바꿔놓으며, 펜으로 종이에 눌러써 어루만져서 "그것들을 소멸로부터 되살려낸다."

브엉은 코네티컷 하트퍼드에서 글을 읽을 줄 모르는 할머니와 어머니 밑에서 자랐다. 어머니는 가족의 생계를 위해 네일숍에서 일했다. 할머니가 베트남 전쟁 동안 미군과 결혼한 까닭에, 브엉은 자신의 시에서 이 전쟁의 아이러니에 대해 이렇게 썼다. "폭탄도 없고 가족도 없고 나도 없다."

브엉의 많은 시들이 베트남 그리고 베트남 전쟁의 기억과 씨름하는 가족의 노력에 초점을 두고 있다. 그의 서정성 짙은 데뷔 소설『지상에서 우리는 잠시 매혹적이다』도 베트남이 겪고 있는 감정의 여파를 들여다본다. 이 소설은 또 정체성에 대해, 다시 말해 이민자, 동성애자, 작가(브엉은 애초에 어머니와 할머니에게 통역사가 필요했기 때문에 언어를 소중히 여기도록 배웠다)가 된다는 게 무엇을 뜻하는지에 대해 통렬히 곱씹는다. 브엉은 하트퍼드에서 가난하게 자라던 시절에 대해 이야기한다. 자전거를 타고 한 시간을 달려가 시급 9달러짜리 여름방학 아르바이트를 하고, 굿윌('자선이 아닌 기회를'이라는 구호 아래 장애인과 사회 취약계층에게 일자리를 제공해 안정된 소득을 보장하는 비영리 기관. _옮긴이)에서 50퍼센트 추가 할인되는 노란색 꼬리표가 붙은 품목을 찾으며, 원더브레드 빵과 어머니가 버터라고 여기는 마요네즈로 만든 샌드위치를 먹으면서 "이것이 아메리칸 드림이라고 생각"한다.

브엉의 입체파 그림 같은 서사는 대담하고도 시적이고 절실하면서 애수가 어려 있으며, 시간을 앞뒤로 오가면서 화자와 그 가족의 삶을 순간순간 포착해 보여준다. 어느 정도 브엉 자신의 삶을 녹여낸 이 소설은 리틀 도그라는 청년이 문맹인 어머니에게 보내는 편지 형식을 취하고 있다. 리틀 도그는 어머니에게 트레버라는 청년과 사랑에 빠졌으며 이 열렬한 사랑은 두 사람이 어느 여름에 지역의 담배 농장에서 일하는 동안 시작되었다고 이야기한다. 트레버가 펜타닐을 가미한 헤로인을 과다복용해 스물두 살 나이에 죽었으며 다른 네 친구도 마약으로 목숨을 잃었다고 이야기한다.

베트남 전쟁 당시 온갖 폭격을 목격하고 리틀 도그의 아버지로부터 학대를 당한 리틀 도그의 어머니는 외상 후 스트레스 장애를 앓고 있다. 또 자신의 분노를 아들에게 퍼부으며 아들을 괴롭히고 때리며 물건을 집어 던진다. 하지만 리틀 도그는 자신이 미국에서 살 수 있게 하려고 어머니와 할머니가 감수한 모든 희생에 대해 감사하는 마음 그리고 함께 나눈 기억을 가득 담아 애정을 가지고 어머니를 그린다.

그는 어머니가 가장 좋은 옷을 차려입고 자신을 데리고 쇼핑몰에 물건 구경하러 갔던 일을 떠올린다. 어렸을 때 무서워하면 어머니가 아는 유일한 영어 노래인 생일 축하곡을 콧노래로 들려주던 일을 떠올린다.

"전쟁은 언제 끝나?" 그가 어머니에게 베트남에 대한 기억을 묻는다. "언제쯤이면 내가 엄마라고 부르는 사람이 그냥 엄마일 수 있을까? 엄마가 남겨두고 온 뭔가가 아니라."

094

상상 속 말고는 나라가 없었다

데릭 월컷

Derek Walcott

✳

『데릭 월컷 시선집 1948~2013(2014)
The Poetry of Derek Walcott, 1948–2013

글린 맥스웰 편

"이제 내게는 상상 속 말고는 나라가 없었다." 데릭 월컷은
「스쿠너 여행」(The Schooner Flight, 스쿠너는 둘 내지 네 개의 돛대
에 세로돛을 단 서양식 범선. _옮긴이)에서 이렇게 썼다. 이 시구는
노벨상을 수상한 시인의 작품 전반에 생기를 불어넣은 주제
들을 간략히 요약한다. 서인도제도의 잉글랜드, 아프리카, 네
덜란드 혈통으로 이루어진 가정에 태어난 월컷은 여러 문화
의 주변부에 끼인 "분열된 아이"로 자랐다. 이렇게 뒤섞인 유
산으로부터 독특한 시적 목소리를, 그리고 회화와 같은 직접
성, 복잡한 역사, 놀라운 음악성이 인상적인 작품을 벼려냈다.

월컷은 초기 시에서 "그리스와 아프리카의 신들 사이에서"
갈팡질팡하고, "이 아프리카와 내가 사랑하는 영어 사이에서"
해야 하는 "선택"에 대해 썼다. 정체성을 찾으려는 그의 탐색

은 자전적 시인『또 다른 삶』(*Another Life*) 그리고『운 좋은 여행자』(*The Fortunate Traveller*)에 실린 망명의 노래들에서 더욱 자세하게 서술된다. 여러 문화 사이를 헤매는 방랑자, 집으로 돌아갈 수 없는 탕아가 된다는 것은 축복이자 저주임을 월컷은 은연중 드러낸다. 이는 혼란과 문화적 상속권의 박탈을 뜻하지만 또한 자립과 "빌려온 조상들"로부터 자유로이 자신을 창조해낼 수 있음을 뜻하기도 한다.

월컷은 언젠가 그가 말한 이른바 "견실한 식민지 교육"을 받으면서 복잡하고 형식적인 운율에 대한 취미를 길렀으며 셰익스피어, 제라드 맨리 홉킨스(영국의 종교인이자 시인. _옮긴이), 키츠, 그리고 호메로스, 베르길리우스, 단테의 영향을 흡수했다. 동시에, 월컷의 가장 역동적인 시는 카리브 해의 특정한 역사 그리고 그가 자란 바다의 열기와 빛과 소리에 여전히 기반을 두고 있다.

타고난 음악성과, 월컷이 재능 있는 수채화가이기도 하다는 사실을 떠올리게 하는 눈부신 이미지를 가진 그의 시는 독자가 사물을 처음 보는 듯이 느끼게 하는 힘이 있다. 이들 시에서 자연에 대한 회화적 묘사("밤새 나뭇잎 사이에 남겨진 달", "비가 수은처럼 흩어지는" 나뭇잎, "당밀에 붙들린 반딧불이"처럼 빛나는 별)를 문학적 언급 그리고 역사와 정치에 대한 사색과 결합해 눈을 뗄 수 없는 신세계의 신화를 만들어낸다. 한때 노예 무역상과 제국주의에 약탈당한 앤틸리스 제도가 이제 이 시인

의 상상 속에서 프로스페로(셰익스피어 극 『템페스트』의 주인공. _
옮긴이)의 비밀의 섬처럼 새로이 재창조되어 회복된다.

"제국의 타락"은 카리브 해에 타격을 입혀 그 여파로 끔찍
한 가난과 궁핍을 남겼다("지옥은/나무 기둥 위 판잣집 이백 채,/
똥거름 구덩이로 가는 하나의 덤불 길). 하지만 앤틸리스 제도에는
또한 남쪽 하늘의 찬란한 빛이 비추는 놀랍도록 아름다운 녹
색 풍경이 있다.

1992년 노벨상 수상 강연에서 월컷은 이렇게 말했다. 시는
"과거와 현재, 두 시제를 동시에 활용한다." 그리고 "시의 운명
은 역사에도 불구하고 세계와 사랑에 빠지는 것이다."

095

느슨하고 헐렁한 괴물들

데이비드 포스터 월리스
David Foster Wallace
✳
『무한한 재미』(1996)
Infinite Jest

산문의 마술사 데이비드 포스터 월리스는 열정과 유머와 활력으로 무엇이든 쓸 수 있었다. 테니스든 정치든 랍스터든, 두려운 마약 금단 현상이든 복잡한 영어 문법이든, 호화 유람선 생활의 사소하고 우스꽝스러운 문제든 분주히 주의를 딴 데로 돌리지 않으면 마주하게 되는 두려운 인간 실존의 문제든. 월리스는 무한한 것과 극미한 것, 신화적인 것과 세속적인 것을 보여주고 가장 아방가르드하면서 포스트모던한 현란한 기교를 전통의 도덕적 진지함, 자기성찰과 융합할 줄 알았다.

『무한한 재미』는 헨리 제임스가 어떤 소설들에 대해 이야기하면서 사용한 "느슨하고 헐렁한 괴물들"(너무 길어서 읽기 힘들지만 이상하게 매력적인 19세기 소설, 특히 도스토예프스키와 톨스토이의 소설을 두고 한 말. _옮긴이)이라는 표현에 새로운 의미를 부여했다. 이 길고 현란한 소설은 이상한 일화, 괴상한 인물, 자의식이 강하게 드러나는 각주뿐 아니라 농담, 독백, 그리고 곁가지로 벗어나 놀랍도록 민첩하게 불어나는 여담들을 모두 담고 있다. 월리스가 자신의 원기왕성하고 수다스런 목소리를 포용하고 있음을 보여줄뿐더러 서사 관습, 즉 시작과 끝과 종결에 대한 우리의 모든 예상에 이의를 제기한다. 그러면서 우리가 살게 될 세상, 불연속성이 유일한 상수인 세상을 비춘다.

『무한한 재미』는 쓰인 지 25여 년이 지나 획기적인 작품 가운데 하나가 되어 이미 우리 문화 전반에 영향을 미치고 있으며, 디스토피아를 보여주는 그 미래상은 어느 때보다도 21세기에 시의성이 있어 보인다.

월리스는 이 소설에서 야생 햄스터 떼가 땅 위를 돌아다니는 미국의 부조리한 미래를 상상하는 한편, 광고가 우리의 삶을 도배하고 사람들이 오락, 자기만족, 마약성 약품에 과도하게 빠져 있는 나라를 이미 잠식한 부조리를 기록한다. "견본품 크기 도브 비누의 해", "디펜드(요실금 등을 위한 일회용 속옷 브랜드. _옮긴이) 성인 속옷의 해" 등 해마다 특정한 제품명을 따 그해에 이름을 붙이고, 자유의 여신상은 거대한 광고판 역할을 해서 예전의 횃불 대신 거대한 가짜 햄버거와 다른 품목들을 높이 쳐들고 있는 나라를 묘사한다.

사후에 출간된 『창백한 왕』(The Pale King)과 마찬가지로, 이 소설은 월리스가 자신의 놀라운 재능을 모두 활용해 스스로 만든 사일로 속에 고립돼 있는 사람들의 소외감과 고독감, 매일 매순간 쏟아지는 데이터와 뉴스와 잡다한 정보, 풍경부터 취미와 중독까지 모든 것의 가차 없는 상업화 등 새천년을 맞이한 미국의 불협화음과 광기를 포착하고 있다는 느낌이 든다.

영국의 가수이자 작곡가인 로버트 플랜트는 현실 자체가 초현실적으로 느껴지게 된 현대 미국의 삶에 무수한 "심각하고 무의미한" 양상을 이야기했다. 월리스는 바로 이를 포착했다.

096

권력과 도덕에 관하여

로버트 펜 워런
Robert Penn Warren

✳

『왕의 모든 신하들』(1946)
All the King's Men

로버트 펜 워런의 『왕의 모든 신하들』은 권력과 도덕에 대한 전형적인 우화로, 그 제목은 동요에서 따왔다. "험프티 덤프티(담벼락에서 떨어져 깨진 달걀을 의인화한 인물로, 보통 한 번 잘못되면 원래대로 돌이킬 수 없는 것을 뜻한다. _옮긴이)가 담벼락에 앉았네,/험프티 덤프티는 쿵 떨어졌지/왕의 모든 말과 왕의 모든 신하들은/험프티를 도로 붙여놓을 수 없었네."

험프티 덤프티는 누구일까? 영어 수업 시간에 항상 나오는 이 질문의 한 가지 답이 이 책의 주인공에 대해 워런이 한 말에서 제시된다. 워런은 주인공이 원래 "민주주의가 자초할 수 있는 파멸"을 상징하도록 구상했다고 이야기한다.

워런의 주인공 윌리 스타크는 루이지애나 주지사이자 상원 의원이었던 휴이 P. 롱으로부터 어느 정도 영감을 얻었다. 미국의 평론가 헨리 루이 멩켄은 롱을 "산간벽지의 선동가"라 했고 저널리스트인 호딩 카터 2세는 "미국 땅에서 나온 최초의 진정한 독재자"라고 말했다.

워런은 『왕의 모든 신하들』 출간 35주년을 기념하는 글에서, 앞서 자신이 1930년대에 작업한 시극에 나오는 탈로스라는 "독재자"가 윌리와 같은 인물이었다고 썼다. 그 극은 휴이 롱에 대한 관찰, 워런 자신의 셰익스피어 역사극 수업, 에드먼드 스펜서의 『요정 여왕』(*The Faerie Queene*)에 대한 생각, 이탈리아에 잠시 사는 동안 목격한 무솔리니의 부상에 영향을 받았다. 워런은 "'위대한 인물'은 역사의 힘에 의해 만들어질 뿐이며, 그는 그 인물 자신만의 힘이 아니라 다른 사람들의 나약함이나 사명을 잃은 사회로 인해 '위대'해진다"는 이론에 관심이 있었다고 썼다.

『왕의 모든 신하들』에 나오는 한 인물은 스타크를 "냉정한" 인물로 묘사한다. "그는 냉정하고 철저하게 행동했다. 하지만 그가 제대로 이해한 한 가지 원칙이 있다. 달걀을 깨뜨리지 않고는 오믈렛을 만들 수 없다는 원칙 말이다. 그리고 그 선례도 있다." 이것이 "무솔리니와 히틀러" 그리고 "권력을 쥐는 모든 자들"의 "구실"이었다고 워런은 1981년의 글에 썼다. "모든 공산주의자와 동조자들은 달걀을 깨뜨리지 않고는 오믈렛을 만들 수 없다는 상투적 문구를 입에 올리길 좋아했다. (그리고 이것이 모스크바 재판[스탈린이 정적을 제거하기 위해 1936~38년에 연 재판. _옮긴이]이 열리게 되는 약 일 년 후 스탈린의 구실이 될 터였다.)"

이런 악명 높은 폭군에 비해(도널드 J. 트럼프에 비해서도), 윌리 스타크는 복잡한 인물이다. 이 정치가는 권력에 굶주린 야망뿐 아니라 이상주의적 동기에서 정치 경력을 시작했다. 그는 자신의 속임수, 협박, 공갈을 가난하고 박탈감을 느끼는 사람들의 삶이 개선되도록 돕는다는 목표를 이루기 위한 수단으로 합리화한다. 게다가 다음과 같은 냉소적인 조언을 받은 후에야 선동이라는 암수를 배운다. "그들을 울고, 웃게 만드시오. 당신이 그들의 나약하고 실수하는 친구나 전능한 신이라 생각하게 만드시오. 또는 그들이 화를 내게 만드시오. 당신에게조차 화를 내도록 말이오. 그냥 그들을 자극하시오. '어떻게'나 '왜'는 중요하지 않소. 그러면 그들은 당신을 사랑하고 더 많은 것을 위해 당신을 다시 찾을 것이오."

워런이 알았듯, 윌리 스타크는 "주변 사람들의 어떤 필요, 어떤 공허를 채워줄 수 있었기 때문에 권력을" 소유했다. 그의 이야기는 보좌관인 잭 버든의 이야기로 구성된다. 소외감과 "보스"를 위해 무슨 일이든 하겠다는 허무주의적 의지를 가진 잭 버든은 소설이 진행되면서 자신이 한 행위에 따른 결과를 받아들이게 된다. 잭은 남부가 노예제라는 원죄를 받아들이는 일을 피할 수 없듯 자기 가족의 고통스런 과거를 피할 수 없음을 알게 된다. 그의 이야기는 무관심과 거리를 두는

태도에 따르는 대가 그리고 역사의 바깥에 서 있을 수 있다는
믿음의 위험성을 강조한다.

097

내 정신의 통제권

타라 웨스트오버
Tara Westover
✳
『배움의 발견』(2018)
Educated

　이 회고록은 한 젊은 여성이 자기를 발견하는 놀라운 여정을 감동적으로 이야기하고, 삶을 변화시키는 책과 지식의 힘을 분명하게 보여준다.

　칠남매 중 막내로 아이다호 시골의 자연 속에서 자란 웨스트오버는 어렸을 때 학교에 다니지 않았다. 성경, 모르몬경, 조지프 스미스와 브리검 영(조지프 스미스는 모르몬교 창시자이고 그가 살해되자 브리검 영이 뒤를 이어 모르몬교를 이끌었다. _옮긴이)의 연설문을 공부하면서 읽기와 쓰기를 배웠다.

　웨스트오버의 아버지는 극단적 생존주의자(대피시설을 마련하고 식량을 비축해서 전쟁 등의 큰 재난에서 살아남는 것을 목표로 하는 이들을 가리킨다. _옮긴이)로 "공립학교는 아이들이 신으로부터 멀어지게 하려는 정부의 술책"이라고 믿었다. 그는 총과

탄약과 통조림 식품을 비축하고 가족이 연방 정부와의 대결 그리고 그가 말하는 이른바 "가증스런 시절"에 대비하게 했다. 그는 의사나 병원을 믿지 않았으며, 자신과 아들들이 자동차 사고에 이어 폐철 처리장에서 사고를 당해 끔찍한 부상을 입고 고통을 겪으면서도 그랬다. 타라가 오빠 숀이 폭행했다고 알렸을 때 타라의 아버지도 어머니도 아무런 조치를 취하지 않았다.

오랫동안 자신의 삶은 이런 식으로 규정되었다고 타라 웨스트오버는 쓰고 있다. 여자는 실질적인 선택권이 없으며 아버지의 말이 법이라고 들었다. "나는 내 삶이 어떻게 끝날지 알았다. 열여덟 살이나 열아홉 살이 되면 나는 결혼하게 될 것이었다. 아버지는 내게 농장 한 귀퉁이를 내주고 내 남편이 그 위에 집을 지을 터였다. 어머니는 내게 허브에 대해, 또 산파 일에 대해 가르쳐주곤 했다." 웨스트오버가 아이들을 갖게 되면 "어머니가 그 아이들의 출산을 돕고, 언젠가는 내가 그렇게 할 터였다."

웨스트오버는 솔직하고 사무적인 어조로 어린 시절의 이야기를 들려준다. 마찬가지로 침착한 어조로, 자신이 이룬 놀라운 도약에 대해 이야기한다. 웨스트오버는 학교 교육을 전혀 받지 않은 상태에서 대학에 가고 마침내 케임브리지 대학에서 역사학 박사학위를 받았다. 웨스트오버가 이 책을 쓴 것은 교육이 어떻게 자기 삶의 궤적을 완전히 바꿔놓았는지에 대한 이야기를 공유하는 수단이면서 그에 못지않게 자신이 걸어온 길을 이해하기 위한 방법이었던 듯하다.

그 도약은 타라의 오빠 타일러(아버지에게 저항하며 대학에 가기 위해 집을 떠났다)가 대입자격시험(ACT) 공부를 권유하면서 시작되었다. 웨스트오버는 가장 가까운 서점까지 약 64킬로미터를 차를 타고 달려가 학습 안내서와 대수 교과서를 샀고, 수개월 동안 집중해 공부한 후 열일곱 살의 나이에 브리검 영대학에 입학했다. 아버지의 반응은 이랬다. "인간의 지식을 좇아서 신의 축복을 창녀에게 내버렸구나. 넌 신의 진노를 사고 있어. 오래 걸리지 않을 게다."

웨스트오버는 대학에서 자신의 깊은 무지에 놀라고 말았다. 나폴레옹이나 인권운동이나 홀로코스트에 대해 들어본 적이 없었다. 룸메이트 가운데 하나가 음란한 옷을, 그러니까 쥐시꾸뛰르 바지와 스파게티 같은 끈이 달린 민소매 티셔츠를 입은 것을 보고 혼비백산했으며 동급생들이 일요일에 영화를 본다는 사실에 깜짝 놀랐다.

하지만 웨스트오버는 계속해나갔다. 케임브리지 대학에서 게이츠 장학금을 받고, 하버드 대학의 방문 연구원이 되었으며, 박사학위를 위해 다시 케임브리지 대학으로 돌아갔다. 웨스트오버는 공부를 하면서 학문의 세계로 나아갈수록 집에서 더 멀어지는 느낌이었다. 숀이 자신과 여동생을 위협한 일에 대해 말했을 때 아버지가 매몰차게 숀의 편을 든 후에는 마침내 부모와 관계를 끊었다. 아버지는 웨스트오버가 한 말과 행동을 모두 철회하고 "다시 태어나"는 데 동의해야만 관계가 회복될 수 있을 것이라고 말했다. 웨스트오버는 부모의 사랑을 되찾고 싶었으나 아버지가 포기하도록 요구하고 있는 것은 다름 아닌 "옳고 그름, 현실, 분별에 대한 (타라) 자신의 인식"임을 깨달았다고 말한다.

웨스트오버는 이렇게 쓰고 있다. "내가 애써 해온 일, 공부해온 세월은 모두 나 스스로 한 가지 특권을 얻기 위한 것이었다. 아버지가 내게 준 것보다 더 많은 진리를 보고 경험할 수 있으며 그 진리를 가지고 내 생각을 구성할 수 있는 특권 말이다. 나는 많은 생각, 역사, 관점을 평가할 수 있는 능력이 자기창조가 의미하는 바의 핵심이라고 믿게 되었다. 지금 항복하면, 나는 논쟁에서 지는 것 이상을 잃을 터이다. 내 정신의 통제권 말이다. 나는 이런 대가를 치르도록 요구받고 있었으며, 이제 그것을 제대로 이해했다. 아버지가 내게서 떨쳐내고 싶은 것은 악마가 아니라 바로 나였다."

"이런 자기애를 많은 이름으로 부를 수 있을 것이다." 웨스트오버는 계속해서 쓴다. "변화, 탈바꿈, 허위, 배신."

"나는 이를 교육이라 부른다."

098

과거는 결코 죽지 않는다

콜슨 화이트헤드
Colson Whitehead

✳

『언더그라운드 레일로드』(2016)
The Underground Railroad

콜슨 화이트헤드는 충격을 안기는 2016년 소설 『언더그라운드 레일로드』에서 19세기에 흑인 및 백인 활동가들이 미국 최남부 지역 노예들의 탈출을 돕기 위해 운영하던 비밀 경로와 안전 가옥의 은밀한 연결망을 실제의 기차, 다시 말해 자유를 향해 북쪽으로 달리는 지하철도로 바꿔놓는다(화이트헤드는 19세기 미국에서 노예들을 탈출시키는 활동을 했던 비밀 단체 '언더그라운드 레일로드'에 대해 처음 듣고서 말 그대로 '레일로드', 즉 철도가 존재했다고 생각했으며 이것이 오해임을 깨닫고서 이 소설을 쓰기로 마음먹었다고 한다. _옮긴이).

그 결과, 노예제로 인해 인간이 치러야 했던 끔찍한 대가를 이해시키는 강렬하고 환상적인 소설이 탄생했다. 잊을 수 없는 반향을 불러일으키는 랠프 엘리슨의 『보이지 않는 인간』,

토니 모리슨의 『빌러비드』, 빅토르 위고의 『레미제라블』과 나란히, 이 소설은 1930년대 연방작가프로젝트(대공황 시기에 실직 작가들에게 일자리를 제공하기 위한 연방 정부의 지원 계획. _옮긴이)가 수집한, 소름 끼치고 상세한 노예 서사들과 같은 힘을 갖고 있다.

화이트헤드의 이야기는 코라라는 한 십대 노예의 삶을 기록한다. 코라는 몇 해 전 어머니 메이블이 그랬듯 자신이 태어난 조지아 주의 농장에서 달아나 온갖 위험을 무릅쓰고 자유를 찾아간다.

코라와 친구 시저는 장발장을 쫓는 자베르처럼 광적인 노예 사냥꾼 리지웨이에게 쫓긴다. 메이블을 찾는 데 실패한 리지웨이는 메이블의 딸을 끝까지 추적해, 그를 도와준 노예폐지론자들의 연결망을 박살 내기로 한층 더 결심한다. 조지아에서 사우스캐롤라이나, 노스캐롤라이나, 테네시, 인디애나까지, 코라는 리지웨이만이 아니라 다른 현상금 사냥꾼, 밀고자, 린치를 가하는 무리를 피해 다녀야 한다. 코라는 그 과정에서 몇몇 헌신적인 "철도" 노동자들의 도움을 받는데, 이들은 코라를 구하기 위해 기꺼이 목숨을 건다.

화이트헤드의 이전 소설 『직관주의자』(The Intuitionist)나 『존 헨리의 나날들』(John Henry Days)과 마찬가지로, 『언더그라운드 레일로드』는 가차 없는 리얼리즘과 우화 같은 알레고리, 직설적인 것과 시적인 것을 손쉽게 엮어내는 화이트헤드의 능력을 보여준다.

화이트헤드는 두려움, 굴욕감, 존엄성과 통제력의 상실 등 노예제가 정서에 미치는 여파를 전한다. 또 코라가 집단성폭행을 당하고, 채찍질(게다가 고통을 더하기 위해 채찍질한 부위를 후추 물로 문지른다)이 일상인 잔혹한 농장 생활을 전한다. 코라가 수년 동안 "남자들이 나무에 매달린 채 독수리와 까마귀의 밥이 되는 것을 보았다"고 화이트헤드는 쓰고 있다. "여자들은 아홉 개의 끈이 달린 채찍으로 살이 터져 뼈가 드러나도록 맞았다. 살아 있는 몸과 죽은 몸이 장작더미 위에서 굽혔다. 달아나지 못하도록 발이 잘리고 도둑질하지 못하도록 손이 잘렸다."

코라는 자유를 찾아가는 과정에서, 먼 북부의 주들에서도 여전히 자유를 찾기 힘들다는 사실을 알게 된다. 그곳에서 코라는 끊임없이 노예 순찰대를 경계한다. 노예 순찰대는 "공중의 안전을 명목으로 누구의 집이든 문을 두드려 고발하고 임의로 검열도 할 수 있는" 권한을 가지고 있었다.

충격일 정도로 많은 수의 흑인 남성과 소년이 무기를 갖고 있지 않은데도 경찰에게 살해당하고, 이민자들에 대한 불시단속이 강화되며, 소수자를 겨냥한 불심검문이 이뤄지고, 트럼프 대통령의 인종차별 언어가 백인 우월주의자들에게 힘을 실어주는 오늘날 상황에서, 저와 같은 구절들이 반향을 불러일으킨다. 화이트헤드는 이런 유사점을 강조하지 않는다. 그럴 필요가 없다. 그가 이 소설에서 들려주는 몹시 고통스러운 이야기는 오늘날 아프리카계 미국인과 이민자들이 계속해서 겪고 있는 부당함의 배경이 되는 이야기이지만, 이는 윌리엄 포크너가 말한 대로 "과거는 결코 죽지 않는다. 지나가지도 않는다"라는 의미에서만 그렇다.

099

잔인성의 승리

슈테판 츠바이크

Stefan Zweig

✳

『어제의 세계』(1942)

The World of Yesterday

오스트리아 작가 슈테판 츠바이크의 회고록『어제의 세계』
는 세기말 빈에서 보낸 청춘 시절, 그 잃어버린 세계에 바치
는 애가이다. 또한 제1차 세계대전에 뒤이어 잠시 평화로운
막간의 시기 후 대재앙을 일으키는 히틀러가 등장하고 유럽
대륙이 제2차 세계대전에 휘말리면서 닥친 참상에 대한 소름
끼치는 이야기이기도 하다.

출간된 지 75년이 넘은 츠바이크의 이 책은 문명이 얼마나
취약한지, "이성의 지배"가 얼마나 빠르게 "가장 광포한 잔인
성의 승리"에 자리를 내줄 수 있는지에 대한 잊히지 않는 경
고로 읽힌다. 주의를 촉구하는 이 이야기는, 불안하게도 유럽
과 미국에서 국가주의와 극우 정치가 부활하면서 제2차 세계
대전 이후의 자유민주주의 질서가 약화되고 있는 오늘날 상

황을 감안할 때 더 이상 시의적절할 수가 없다.

츠바이크가 어렸을 때 그리고 나중에 바이마르 공화국 시대에 작가로서 성공을 거두었을 때 알았던 세계가 틀림없이 21세기 초반을 살아가는 많은 독자들의 심금을 울릴 것이다. 츠바이크는 질병을 정복하고 "인간의 말을 순식간에 전 세계로 전송하는" 과학의 기적으로 진보가 불가피해 보이면서 가난 같은 대단히 심각한 문제도 "더 이상 극복하지 못할 일로 보이지 않"던 시대와 장소에서 성장한 이야기를 썼다.

낙관주의(1989년 베를린 장벽이 붕괴된 후 무성했던 희망을 상기시킨다)가 아버지 세대에 영향을 미쳤다고 츠바이크는 회상한다. "국가와 종파 사이의 차이와 경계가 점차 공통된 인간성으로 녹아들어 사라지고 모든 인류가 가장 소중한 평화와 안전을 공유하리라고 그들은 정말로 믿었다."

젊었을 때, 츠바이크와 친구들은 커피하우스에서 많은 시간을 보내며 예술, 사상, 개인 관심사에 대해 이야기를 나눴다. "우리는 최신의 것, 가장 새로운 것, 가장 화려한 것, 가장 색다른 것의 최초 발견자가 되려는 열정을 품고 있었다."

사람들은 히틀러가 나타내는 위험을 빨리 알아차리지 못했다. 츠바이크는 이렇게 썼다. "히틀러의 책을 읽는 수고를 아끼지 않은 소수 작가들은 그의 강령에 빠져들기는커녕 겉만 번드르르하고 과장된 그의 글을 조롱했다." 게다가 신문들은 독자들에게 나치 운동이 "곧 실패"할 것이라고 안심시켰다. 하지만 불길한 징후가 쌓이고 있었다. 독일 국경 근처에서 험악한 청년 무리가 "누구든 즉각 동참하지 않는 자는 나중에 대가를 치러야 할 것이라고 협박하며 자신들의 복음을 전했다." 게다가 "화해의 시대가 그토록 힘겹게 수습했던 계급과 인종 사이의 숨은 균열과 틈"이 다시 벌어져 곧 "심연과 깊은 골로 넓어"지고 있었다.

히틀러가 집권한 후에도 많은 사람들이 익숙한 삶, 일상과 습관을 포기하길 꺼려하며 일어나고 있는 일을 여전히 부인하는 상태에 있었다고 츠바이크는 지적한다. 사람들은 "법이 확고히 자리 잡고 있고, 의회의 다수가 그에게 반대하며, 모든 시민이 자신의 자유권과 평등권이 엄숙히 확인된 헌법에 의해 보장된다고 믿는 국가에서" 독일의 새 지도자가 "무력으로 무엇을 할" 수 있겠느냐고 물었다. "20세기에는" 이런 광기의 분출이 "계속될 수 없을 것"이라고 되뇌었다.

기존에 발표한 지면을 개고하거나 일부를 수록하도록 허락해준 《뉴욕타임스》에 감사의 말을 전한다.

"For Muhammad Ali, an Endless Round of Books," June 23, 2016, including *Muhammad Ali: The Tribute, 1942~2016*, by *Sports Illustrated*, *The Fight* by Norman Mailer, *King of the World* by David Remnick, *The Soul of a Butterfly: Reflectionson Life's Journey* by Muhammad Ali with Hana Yasmeen Ali, *The Muhammad Ali Reader*, edited by Gerald Early.

"For Writers, Father and Son, Out of Conflict Grew Love," May 23, 2000, *Experience: A Memoir* by Martin Amis.

"Stories of Wonder, Fear and Kindness from the Moth,"

April 3, 2017, *The Moth Presents All These Wonders. True Stories About Facing the Unknown*, edited by Catherine Burns.

"A Nation's Best and Worst, Forged in a Crucible," April 29, 2012, *The Years of Lyndon Johnson: The Passage of Power* by Robert A. Caro.

"Confronting the Inevitable, Graphically," May 5, 2014, *Can't We Talk About Something More Pleasant?* by Roz Chast.

"Elena Ferrante's 'The Story of the Lost Child,' the Finale in a Quartet," September 3, 2015, *The Story of the Lost Child* by Elena Ferrante.

"What Hath Bell Labs Wrought? The Future," March 19, 2012, *The Idea Factory: Bell Labs and the Great Age of American Innovation* by Jon Gertner.

"Listening for Clues to Mind's Mysteries," July 8, 2013, *The Examined Life: How We Lose and Find Ourselves* by Stephen Grosz.

"Hope Jahren's Road Map to the Secret Life of Plants," March 28, 2016, *Lab Girl* by Hope Jahren.

"And When She Was Bad She Was..." March 7, 2002, *Atonement* by Ian McEwan.

"First Time for Taxis, Lo Mein and Loss," August 27, 2009, *A Gate at the Stairs* by Lorrie Moore.

"Trevor Noah's Raw Account of Life Under Apartheid," November 28, 2016, *Born a Crime: Stories from a South African Childhood* by Trevor Noah.

"A Writing Stone: Chapter and Verse," October 25, 2010, *Life* by Keith Richards with James Fox.

"Quirky, Sassy and Wise in a London of Exiles," April 25, 2000, *White Teeth* by Zadie Smith.

"The Bronx, the Bench and the Life in Between," January 21, 2013, *My Beloved World* by Sonia Sotomayor.

"'Underground Railroad' Lays Bare Horrors of Slavery and its Toxic Legacy," August 2, 2016, *The Underground Railroad* by Colson Whitehead.

이 글들은 모두 뉴욕타임스사로부터 재수록 허가를 받았다.

세계를 읽는 아흔아홉 가지 로드맵

이 책은 원제가 "엑스 리브리스"(Ex Libris, ~의 장서에서)로, 아흔아홉 권의 책을 소개한다(경우에 따라서는 한 인물에 관한 책을 모두 묶거나 비슷한 주제의 책을 여럿 묶어서 소개하기도 한다). 이 분열과 소음의 시대에 미치코 가쿠타니의 장서를 따라 읽는 것은 세계의 아흔아홉 가지 로드맵을 손에 넣는 일이다.

『뉴욕타임스』의 악명 높은 직설 서평으로 신뢰받는 미치코 가쿠타니가 가장 먼저 소개하는 장서는 치마만다 응고지 아디치에의 소설 『아메리카나』다. 이페멜루는 나이지리아에서 이민 와 미국 생활에 적응하려 고군분투하면서 "급변하는 세계화된 세계의 인종, 계급, 이민, 정체성" 문제를 날카롭게 관찰한다. 이 "거침없이 말하는 씩씩한 여주인공"은 이민 1.5세대 미국인인 가쿠타니의 페르소나로도 읽힌다.

가쿠타니 자신이 이민자이기도 하지만 가쿠나티의 장서에는 유난히 이민자 이야기가 많다. 하지만 소설가 진 리스에 따르면 "책 읽기는 우리 모두를 이민자로 만든다. 우리를 고향으로부터 멀리 데려간다." 가쿠타니의 말로 하자면, 이 "벽돌 크기의 물건"은 "작은 타임머신"이다. 우리를 과거와 미래, 지구상 먼 곳과 훨씬 더 먼 우주, 그리고 지구상에는 존재하지 않는 곳으로 데려간다. 지금, 여기에 붙박여 납작하고 협소해진 우리의 경험과 이해에, 우리의 존재에 깊이와 넓이를 입혀준다.

이제 우리는 저가 항공, 유비쿼터스 기술 등으로 그 어느 때보다도 쉽게 세계의 먼 곳까지 도달할 수 있게 되었다. 그러나 아무리 멀리 가도 정주(定住)할 데를 찾기 어렵고, 우리가 만든 체제가 세상을 더욱 부조리하고 견디기 힘든 곳으로 만들고 있다. 이 혼란스럽고 자주 악인이 승리를 거두는 세계의 틈새에서 책을 읽는다는 것은 지금 여기에서 다시 고향을 찾는 일이다. 가쿠타니가 인용한 제임스 볼드윈과 진 리스를 재인용하자면 "우리는 책을 읽고서 우리한테만 일어났다고 생각한 일이 100년 전 도스토예프스키한테도 일어났음을 알게 된다. 이는 언제나 자기 혼자라 생각하고 괴로워하며 고군분투하는 사람에게 매우 큰 해방이다." 책읽기는 우리를 이민자로 만들지만 "더욱 중요하게, 어디서든 우리의 고향을 찾게 해준다."

하지만 가쿠타니의 이 장서들은 무엇보다 책읽기의 즐거움을 맛보게 한다. 세상을 변화시킨 원동력은 다름 아닌 이야기, 즉 책이 주는 즐거움이었다고 버지니아 울프는 말한다. "우리가 유인원에서 인간으로 성장하고 동굴을 떠나 활과 화살을 내려놓고서 불 주위에 둘러앉"은 것은, "황폐한 사막과 혼란한 정글에서 벗어나 집을 짓고 사회를 만든" 것은 이야기–책을 사랑했기 때문이라고 주장한다. 가쿠타니가 자신의 장서를 날렵하게 회 떠 지은 생선초밥과도 같은 글을 하나씩 하나씩 맛보다 보면, 어느 사이엔가 그 장서 자체가 궁금해진다. 실제로 나는 이 책을 번역하면서 마거릿 애트우드의 『시녀 이야기』를 읽기 시작했다.

이 글을 쓰고 앉아 있자니, 어디서 왔는지 책상 한쪽에 딱정벌레(아마도) 한 마리가 나타나 슬금슬금 기어 다닌다. 세는 데 약간의 집중력이 필요한, 다리 여럿인 생명체에게 원초적 공포심을 가진 나는 혼자서 음소거한 호들갑을 떨다가 딱정벌레를 휴지 위로 유인한다. 아파트 삼층 베란다 난간 위에 딱정벌레를 내려놓는데, 삼층 높이 거대한 나무의 어느 가지가 눈의 무게를 이기지 못하고 뚝, 꺾인다. 폭설과 한파가 닥친 날에 어지간히 헤매고 다니는구나, 딱정벌레야.

우리는 모두 헤매는 자들이다. 가쿠타니가 건네는 세계의 아흔아홉 가지 로드맵으로 어디서든 고향을 찾을 수 있기를.

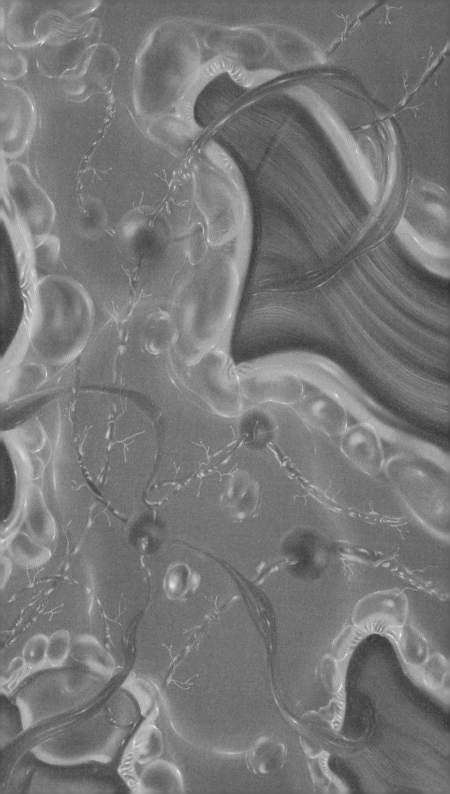